南京医科大学学术著作出版资助项目（2021XZZ01）

沈从文小说语言风格
英译再现研究

A Study of the English Representation
of the Linguistic Style
of Shen Congwen's Stories

张　蓓◎著

南京大学出版社

图书在版编目(CIP)数据

沈从文小说语言风格英译再现研究 / 张蓓著. — 南
京:南京大学出版社,2022.9
ISBN 978 - 7 - 305 - 25416 - 1

Ⅰ. ①沈… Ⅱ. ①张… Ⅲ. ①沈从文(1902—1988)
-小说-英语-文学翻译-研究 Ⅳ. ①I207.42
②H315.9

中国版本图书馆 CIP 数据核字(2022)第 029907 号

出版发行　南京大学出版社
社　　址　南京市汉口路 22 号　　　　　邮　编　210093
出 版 人　金鑫荣

书　　名　**沈从文小说语言风格英译再现研究**
著　　者　张　蓓
责任编辑　裴维维　　　　　　　　编辑热线　025 - 83592123

照　　排　南京南琳图文制作有限公司
印　　刷　南京玉河印刷厂
开　　本　718×1000　1/16　印张 13.25　字数 270 千
版　　次　2022 年 9 月第 1 版　2022 年 9 月第 1 次印刷
ISBN 978 - 7 - 305 - 25416 - 1
定　　价　67.00 元

网址:http://www.njupco.com
官方微博:http://weibo.com/njupco
官方微信号:njupress
销售咨询热线:(025) 83594756

Preface and Reflections

I am delighted to write a preface for Dr. Zhang Bei's exquisite and detailed comparative research on English translations of Shen Congwen's fiction, which focuses on existing translation's representations of Shen's style. I am first of all grateful to Dr. Zhang for her friendship and support during a 2018 international conference at Shanghai International Studies University on the translation and reception of Chinese literature overseas. I learned a great deal about the field of translation studies from her and other colleagues there. Dr. Zhang and I have continued to exchange research insights and experiences during the difficult years for both our countries that have followed. It has been a great uplift to my spirits as well as my knowledge.

This book by Dr. Zhang has been very instructive for me. I never was an expert on translation theory or on the taxonomy of Chinese grammatical and rhetorical terms, and I am not an expert now, so I find her book very helpful. Understanding these terms is difficult in any language! This book's explanation of literary techniques and figures of speech in Shen Congwen's fiction has above all brought to my attention many nuances in particular passages of Shen's prose that I had previously overlooked. When we translators who are native in the target language produce a translation, our misunderstandings or neglect of special aspects of the original texts that we translate are usually invisible to the final reader. They remain hidden. The burden is greater for the translators who are not native in the target language, for the problems in their translations are clearly visible, seldom hidden, so the reader simply stops reading. I think the best solution is international collaboration, of native speakers with translators, writers, and editors who are native in the target language. Happily, today much collaboration can be done through electronic communication.

It is theoretically ingenious to investigate how translators have reproduced Shen Congwen's deviations from standard Chinese style. Simply detecting deviations in Shen's style is difficult, and it must be difficult even for the native reader today who reads the works in the original Chinese. It is still more difficult for a translator to reproduce them. There is the matter of effect (效果). Unusual renditions of Shen's style in a translation must appear to be brilliantly creative, or the reader will typically conclude that the translator is incompetent or does not care about the craft of translation. And there is a theoretical and historical problem besides that. In the era when Shen Congwen wrote his literary works, written vernacular Chinese was not the same as it is today. Shen Congwen and other writers were still inventing 白话文 as a modern written language. Some of Shen Congwen's contemporaries even thought that much of the individuality of his style was not creative, but simply bad writing. The most famous example may be how his wife, 张兆和, went through his works to add the word "的" in some places. She felt that leaving out that word made his works ungrammatical! We must give consideration to her judgment, however, for she was a professional editor and she had published some short stories of her own.

I feel very grateful for the kind words Dr. Zhang and others have said about my own translations, which I can see, now more than ever, could be improved. I think one of the most successful aspects of my translations is their ability to make a text sound natural in current American speech. But English usage is internationally variable and it changes as rapidly as Chinese usage. One necessary conclusion is not only that my translation may sound deficient to a native English-language reader who is not American, but also that my translations will sound awkward to many younger American readers 30 or more (or fewer!) years from now. I am getting that feeling already now, when I read some of my older translations. Further, should the speech of, for instance, a young Chinese girl sound natural to American ears to begin with? So many of the connotations of a word that occur to us come from our own perceptions, and that reflects our own different reading experiences, even within a particular era. That must be one reason why so many literary criticisms are in disagreement.

Dr. Zhang's careful and very useful research will help us all to set new and very high standards for translations, of Shen Congwen's works and other writers' works, too. This book of hers ought to stand the test of time, as a treatise on the variability of language itself, on the variability of our understanding of language, and on the difficulty of translating from language to another. Theorists and translators both should feel very much indebted to Dr. Zhang's research.

Jeffrey C. Kinkley
March 6th , 2022

前　言

　　在中国现代文学史上,沈从文(1902—1988)可谓屈指可数的文学大师,其文学创作范围广泛,包括小说、散文、传记、杂文、诗歌、戏剧等多种体裁,尤以小说创作成就为上。在中国现代文坛,沈氏小说不啻是独树一帜的:文体常有突破,故事不拘一格,语言自成一体。比如在语言风格方面,其小说叙述平实纯朴,含蓄凝练,节奏舒缓;描写用词妥帖,比喻新奇,意象丰富,节奏有致;人物语言常植根于湘西生活土壤,大量运用了极富修辞效果的民间表达手法,如比譬双关,俗语歌谣,乃至粗话野话。凡此等等,无不赋予了沈氏小说别具一格的风格特征。

　　独具匠心的语言修辞风格也为沈从文小说的英译带来了巨大困难。尽管沈从文系最早被译介到英语世界的中国现代小说家之一,其作品译介持续时间长,译本数量众多,然而诸多译者及论者(如夏志清、金介甫、刘禾等)却一再宣称,因其独特的语言修辞风格,沈从文是汉语世界最难翻译的小说家之一,如何在翻译中再现沈从文小说的语言修辞风格也因此成为翻译研究的热点和难点。就目前情况而言,沈从文小说语言风格的英译再现研究尚未打破“以篇为界”的研究格局,或不妨说,在现有研究中,有关沈氏小说语言修辞风格的再现研究尚缺乏综合性探讨方面的内容。鉴于此,本书拟打破以往研究中“以篇为界”的壁垒,尝试从变异修辞现象入手,对沈从文小说语言风格的整体再现进行较为全面的考察。

　　众所周知,小说是语言的艺术。在创作过程中,小说家往往会努力寻求最为恰当且最富有表现力的表达方式,为此,小说家往往会创造性地对语言常规进行偏离,乃至对语言表达规范进行颠覆性突破,从本质上讲,该现象可视为一种变异修辞活动。可以这样说,小说创作是离不开变异修辞活动的。纵观中外文体学研究,有关"语言风格"的界定均存在一种"常规变异论",认为语言风格不过是语言使用者有意识地违反语言常规所产生的表达效果的集中体现,换言之,语言风格即是人们在语言运用过程中通过变异修辞活动所产生的修辞效果的集中体现。由此可见,小说创作、语言风格和变异修辞三者之间存在着密不可分的关联。基于国内文体学界对"语言风格"界定的"总和特征论"和"常规变异论"以及黎运汉对"作家语言的个人风格"的界定,本书尝试将"作家语言的个人风格"界定为作家一系列作品中反复而持续出现的涉及调音、遣词、择句、设格、谋篇等方面的变异修辞现象的总和。鉴于此,本书以变异修辞为切入点,对沈从文小说中反复而持续出现的涉及上述各方面的变异修辞现象的再现进行考察,以期对沈从文小说语言风格的整体再现情况作出评价。

笔者发现,在汉语变异修辞研究中,相关论述就"变异修辞"这一核心概念的界定并不充分,对"变异参照系"的认定众说纷纭,无法为变异修辞方式的判定提供可操作的指导原则和统一的判定依据,此外,相关研究对变异修辞方式的分类所依据的标准也不甚统一,从而导致了变异修辞方式的归属性混乱。可以说,这些变异修辞研究大都各自为政,尚未形成统一的变异修辞理论体系,因而不能直接用来对本书研究对象进行有效的理论指导和实证分析。然而尽管如此,这些研究均结合大量实例对众多变异修辞方式的结构和修辞效果进行了细致的描述,所有这些研究成果对于沈从文小说中变异修辞现象的结构和修辞效果的分析乃至再现效果的评价都不乏一定的指导意义。基于上述分析,本书引入了陈望道在其构建的汉语修辞理论体系中提出的"消极修辞"和"积极修辞"概念,指出其与"常规修辞"和"变异修辞"之间存在着对等关系。在此前提下,本书通过将"常规修辞"即"消极修辞"指定为变异修辞的变异参照系,将陈望道所构建的"积极修辞"纲领移用为"变异修辞"纲领,从而将陈望道的汉语修辞理论体系中的"积极修辞"部分改造为"变异修辞"研究框架的基本架构,并以统一的变异参照系和"变异修辞"纲领为依据,对汉语变异修辞研究中归纳出的变异修辞方式的变异性进行了重新判定,同时根据改造后的汉语"变异修辞"研究框架的基本架构,将本书中所认定的变异修辞方式进行整合和分类,从而形成一个博采众家之长的开放式变异修辞研究框架,以此作为沈从文小说语言风格英译再现研究的理论及结构框架。

在该理论框架的指导下,笔者对沈从文小说及其英译本进行了比对性细读,从中挑选出反复且持续出现的涉及调音、遣词、择句、设格这四个方面的六种变异修辞现象,将其设定为沈从文小说语言风格英译再现的考察参数。译例分析表明:在"词语的超常搭配"的英译过程中,译者所关注的多为其基本语义的传递,很大程度上忽略了超常搭配所蕴含的独特的美学或诗学意义的再现。以"同词相应"的英译为例,只有 43.8% 的译文兼顾了原文用词的呼应性再现及构成呼应关系的词语/词素语义的传递。另以"乡土语言"再现为例,在"方言詈辞"的转换过程中,译者大多只关注方言詈辞的字面或语用意义的传递,忽略了其詈骂功能及其他语用功能的再现,而在"地方俗语"的转换过程中,仅有 36% 的译文兼顾了其语言表达形式移译和语用意义传递。再如"叙事语言中的押韵现象"的翻译,押韵现象的转换率则更是不足 17%,而即便有译者尝试进行照应,其译文也存在不少问题,从而较大程度地偏离了作者的用韵风格。在"比喻"的再现方面,对于"A 像 B,C 型"比喻的英译,尽管比喻这一修辞手法的再现率高达 83.3%,但由于延伸主词英译失当,译文中比喻或难以成立,或无法与原文比喻实现对等或近似对等的修辞效果,对于"联喻"的英译,译文在各分喻语义信息的传递和修辞手法及修辞效果的再现方面,在各分喻之间相关性和呼应性的再现以及各分喻配合使用所实现的组合修辞效应的再现方面均存在一定问题。就"飞白"的英译而言,只有 22.2% 的译文通过在译入语中重造飞白再现了与原文飞白在修辞效果方面的对等。

上述分析表明,多数译者更注重变异修辞现象语义信息的传递,忽略了表达形式和修辞效果的再现。由此,我们认为,从变异修辞视角来看,不少情况下,沈从文小说的语言风格并未得到充分再现。其原因如下：一、译者普遍对沈从文小说的语言风格缺乏整体性认识，未能意识到变异修辞转换之于沈从文小说整体风格再现的重要意义；二、英语母语译者即便拥有良好的中英文读写能力，较之汉语母语译者，也依然缺乏对汉语敏锐的感知力，因而无法对各类变异修辞现象及其所蕴含的诗学意义进行透彻的理解和传递；汉语母语译者尽管能够更好地识别各类变异修辞现象，在转换过程中，却往往因缺乏应有的语感及相应的表达能力而同样无法传递出变异修辞手段所承载的风格信息；三、英汉两种语言系统上的差异性也为变异修辞现象的再现及其所蕴含的美学意义的传递带来了巨大的挑战。

我们认为，要充分再现沈从文小说的语言风格，译者应对沈从文小说进行认真细读，从而获得对其作品中种种变异修辞现象等反映原作风格的语言现象的敏锐感知力。此外，若能采用中西合璧的翻译模式，既充分发挥汉语母语译者在识别原作中的变异修辞现象和理解其所蕴含的美学意义方面的优势，又充分发挥英语母语译者在英语表达方面的优势，以变异译变异，充分再现原作中变异修辞现象的修辞效果，并传递出变异修辞现象所承载的风格信息，则有望将沈从文这位蜚声中外的小说家的风采展现于英语世界。

变异修辞视角下的沈从文小说语言风格英译再现研究是笔者批判性借鉴国内主要的汉语变异修辞研究成果探寻沈从文小说语言风格英译再现研究路径的首次尝试，不妥之处，敬请读者批评指正。

目　录

表格目录

图目录

第 1 章

绪　论

在中国现代文学史上,沈从文(1902—1988)可谓屈指可数的文学大师之一。早在 20 世纪 30 年代,沈从文就已蜚声中国文坛,被鲁迅视为"自从新文学运动以来出现的最好的作家之一"(Wales,1936:347)。1949 年沈从文退出文坛,其文学盛名逐渐归于沉寂。然而,因其作品所体现出的对"纯文学"的追求、对政治意识形态的疏离和对人性的深切关怀,沈从文自 20 世纪六七十年代起开始进入海外中国文学研究界的视野[①]并于 20 世纪 80 年代在海外掀起了一股"沈从文热"(秦牧,2011;谢尚发,2016),其影响之大甚至带动了国内文学界对沈从文文学地位的重评(任南南,2016:95)。在海外中国文学研究界的多次联名推荐[②]下,沈从文于 1987 年、1988 年两度进入诺贝尔文学奖候选人终审名单,是"在全世界得到公认的中国新文学家"(朱光潜,1983:72)。

沈从文的文学创作范围广泛,包括小说、散文、传记、杂文、诗歌、戏剧等多种体裁,尤以小说成就为上(钱理群 等,2015:214;刘洪涛,2005:5)。在长达 24 年(1924—1947)的小说创作生涯中,沈从文共创作小说 200 篇(部),在中国现代作家中排名第一(刘洪涛,2005:5)。在中国现代文坛,沈从文小说是独树一帜的:

[①]　当时沈从文研究的主要成果包括学术专著,如 *A History of Modern Chinese Fiction:1917—1957* (C. T. Hsia,1961),*Shen Ts'ung-wen*(Nieh Hua-ling,1972)和博士学位论文如 The Life and Works of Shen Ts'ung-wen (Anthony John Prince,1968),Characters and Themes in Shen Ts'ung-wen's Fiction (William Lewis MacDonald,1970),Shen Ts'ung-wen's Vision of Republican China (Jeffrey C. Kinkley,1977)。

[②]　"金介甫从 1982 年始,联合夏志清,连续三次向瑞典文学院提名推荐沈从文为诺贝尔文学奖候选人,正因为他们的力荐,沈从文才进入诺奖评委马悦然的视野并得到高度评价,经马悦然的推荐,沈从文两度进入诺贝尔奖的终审名单,终因 1988 年过早离世而与诺奖失之交臂。"(古大勇,2012:88)

主题鲜明,或揭露都市文明人的病态、扭曲、丑陋和虚伪,或歌颂湘西人民的自然、淳朴、美好和真实,或在二者的对立互参中彰显作家对于"优美,健康,自然,而又不悖乎人性的人生形式"(沈从文,1992 卷 11:45)的追求和向往;文体不拘常例,淡化人物,淡化情节,注重抒情造境,有意打破诗歌、散文和小说之间的文体藩篱;语言自成一格,"格调古朴,句式简峭,主干凸出,少夸饰,不铺张,单纯而又厚实,朴讷却又传神"(凌宇,2006:303)。最能体现沈从文小说语言风格的,是其湘西题材小说中用来表现乡土人生的乡土语言(凌宇,1980:161;2006:302)。沈从文的乡土语言以湘西方言为基础,大量吸收民间富有表现力的语言表达形式(凌宇,2006:绪论 23):他"继承了湘西人说话就地取譬的传统,这种比喻不是对书本上已有的比喻的袭用,而具有造语新奇,出人意表,朴实而又神气飞动的特点"(同上:304);他在人物对白中大量引入湘西方言、俚言俗语乃至被多数文人所鄙弃的粗话、野话,使得小说既回荡着湘西特有的乡音又富有一种野性的魅力。早在 20 世纪 30 年代沈从文就享有"文字的魔术师"(凡容,2011:115)之美誉,"他的文字……永远不肯落他人窠臼,永远新鲜活泼,永远表现自己"(苏雪林,2011:39)。

沈从文的小说从 1936 年开启英译之旅到 2015 年最新一部译作问世,在这近 80 年的英译历程中,共有 45 部小说①被译成 72 种英译本(重印本未计算在内)(徐敏慧,2010:220;彭颖,2016:176②),沈从文也成为被译介到英语世界时间最早,持续时间最长,英译本最多的现代小说家之一。沈从文小说以恒久的魅力吸引着一代又一代的海外读者。美国著名汉学家、"海外沈从文研究第一人"金介甫(Jeffrey C. Kinkley)(金介甫,1980:138)教授曾说:"(沈从文,笔者注)先生的代表作品是世界上好多文学者永远要看,而且要给自己的子女看的。"

沈从文小说英译本发表时间跨度大、数量可观、译者群体构成复杂,这为英译研究提供了丰富的语料资源和广阔的研究视角。沈从文小说英译研究最早可

---

① 学界对这 45 部作品中部分作品体裁的认定尚存争议,如金介甫教授(2019 年 5 月 9 日电子邮件)就认为《昆明冬景》是散文,而徐敏慧教授则将其认定为小说。本研究以 Minhui Xu(2011:299 - 305)和彭颖(2016:181)对这 45 部作品体裁的认定为准。

② 徐敏慧教授(2010:220)查找到了沈从文 44 部小说的共计 70 部英译本(重印本未计算在内),彭颖博士(2016:181)在此基础上又补充了沈从文小说《夫妇》的一部新译本以及新发现的被英译的小说《代狗》及其英译本一部。

以追溯到 1985 年(华强,1985),至今已逾 30 载。本章接下来将对此 30 余年间沈从文小说的英译研究现状进行综述,从现有研究的不足中引出本书的研究问题,进而指出研究目的及意义,并简要说明研究思路与方法。

1.1　沈从文小说英译研究综述

本节将系统梳理从 1985 年到 2017 年①间国内外沈从文小说英译专题研究文献,首先对研究现状进行宏观概述,其次对研究主题进行分类综述,在此基础上分析研究中存在的问题,进而提出本书研究的切入点。

1.1.1　文献搜集及宏观分析

笔者将"沈从文"、"《边城》"及其他已被英译的沈从文小说篇名分别与"英译"、"翻译"、"译介"、"传播"搭配,作为检索词,在中国知网、万方数据库、台湾学术文献数据库检索沈从文小说英译的中文研究文献,同时在 EBSCO Research Databases、SSCI 与 A & HCI 期刊索引数据库、ProQuest 学位论文数据库、西索学术资源发现平台分别将"Shen Congwen"、"Shen Ts'ung-wen"、"border town"等与"translation"搭配,作为检索词,补充搜集沈从文小说英译研究的英文文献。通过阅读所有文献的标题、摘要或目录,笔者手工筛选沈从文小说英译专题研究文献,将只是部分涉及沈从文小说英译研究但并不以其为专门研究对象的文献以及与沈从文小说英译研究毫无关联的文献剔除,最终得到文献回顾检索数据。经整理,笔者共搜集到专著 1 部,学术论文 207 篇,其中期刊论文 112 篇(含国内核心期刊②论文 17 篇,国际期刊论文 5 篇),硕士论文 90 篇,博士论文 1篇,会议论文 4 篇。

邵华强是国内关注沈从文小说英译的第一人。他于 1985 年发表《沈从文著

---

① 由于本书撰写时间紧迫,遗憾未能将 2018 年至今沈从文小说英译研究情况囊括其中。

② 包括北京大学《中文核心期刊要目总览》来源期刊和 CSSCI 中文社会科学引文索引来源期刊(含扩展版)。

作的外文翻译》①一文,详细梳理了从 1936 年到 1982 年间问世的沈从文作品的译文信息(以小说的英译为主),内容囊括译者信息、译文出处和译文发表时间,开创了国内沈从文小说英译研究的先河。此后,沈从文小说英译研究大致经历了沉寂期(1986—2001 年)、肇始期(2002—2010 年)和高速发展期(2011—2017年)。在进入高速发展期之前,核心期刊(包括国际期刊)论文几乎是凤毛麟角,且出现时间间隔长,但自 2012 年起每年均有核心期刊论文发表,而且年度核心期刊(包括国际期刊,下文若不特别指明,则核心期刊也包括国际期刊)论文数量在同年发表的论文总数中所占的比重大体呈上升趋势②,在 2012、2014、2015 年这三大论文高产年份甚至均有国际期刊论文(Xu,2012;Kinkley,2014;Eoyang,2014;Xu,2015)发表,这表明进入高速发展期后,沈从文小说英译研究随着论文数量的大幅增长,研究质量也不断得到提升,然而就核心期刊论文数量总和在论文总数中所占比重(10.6%)而言,研究质量依然有待提升。

从研究篇目来看,沈从文小说英译研究共涉及 11 部小说,按照研究热度排名依次为:(1)《边城》;(2)《丈夫》;(3)《萧萧》;(4)《柏子》;(5)《三三》与《静》;(6)《雪晴》与《月下小景》;(7)《贵生》、《夫妇》与《龙朱》。沈从文小说现有 45 部被译为英文,受到研究者关注的篇目却只占 24.4%,且多集中在知名度较高、译本较为丰富、译本出版时间较晚的乡土小说,研究篇目失衡问题明显。《边城》作为沈从文小说的代表作,其英译专题研究论文多达 172 篇,占论文总数的83.1%,其中尤以金介甫译本和戴乃迭译本受关注度最高,由此可见,研究篇目单一、研究译本趋同问题突出。

从研究视角来看,沈从文小说英译研究大致可分为文本内和文本外研究两类。顾名思义,文本内研究侧重于对原、译文文本本身的研究,研究主题涉及风格研究(包括意境、美学意蕴、语言风格和叙事风格的英译再现,英译本的文体特征和审美价值研究等)、文化研究(包括文化意象传递、民俗文化英译、文化负载词英译、地方色彩再现等)、译者研究(包括译者主体性、译者翻译观、翻译伦理、译者身份、译者职业惯习、意识形态、翻译行为等)和语言学研究(包括隐含信息、

---

① 经笔者与邵华强先生确认,该论文虽署名为华强,实为邵华强先生所作(2017 年 11月 19 日电子邮件)。

② 从 2012 年到 2017 年,年度核心期刊论文数量在同年发表的论文总数中所占的比重依次为:3.7%,8.3%,10.8%,14.7%,13%,14.3%。

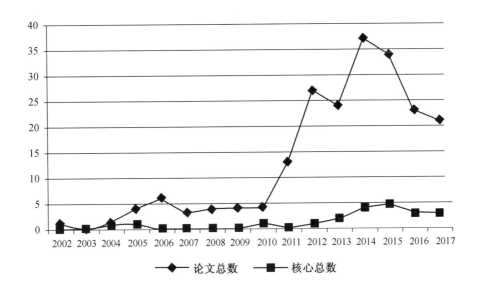

图 1 2002—2017 年沈从文小说英译专题研究论文年度发表数量
及核心期刊(包括国际期刊)论文年度发表数量①

隐性连接、词汇或语篇衔接手段、词性转换、汉英语义关系等);文本外研究不完全排除对文本因素的分析,却将关注重心放在译文产生的历史、政治、文化语境,译文的海外传播,作家的海外形象建构和译文的接受等方面以及以沈从文小说的英译研究为考察对象的综述类研究。纵览沈从文小说的英译研究历程,文本内研究占据绝对优势,且贯穿各研究阶段的始终。然而早在 2005 年,梁洁贞(2005)从出版人、编者、读者、文本存缺等方面探讨沈从文作品英译选集的编选过程对沈从文海外文学形象塑造所产生的影响,就开创了沈从文小说英译的文本外研究的先河。徐敏慧(2010)全面梳理沈从文小说的英译史,考察不同时期英译者群体的构成、翻译活动的发起人、英译本的发表途径、篇目选择标准、目标读者定位、不同类型译者的总体翻译策略选择倾向,更是标志着沈从文小说的英译研究出现了由文本内向文本外研究全面转变的趋势。尤其是从 2014 年起至2017 年,每年均有 2 篇以上涉及文本外研究的论文产出(汪璧辉,2014;张晓眉,2014;莫玉梅,2015;王惠萍,2015;汪璧辉,2016;侯东华,2016;彭颖,2016;周毅

---

① 由于从 1986—2001 年间有长达 16 年的研究空白,为清晰呈现图表数据,现从 2002 年开始统计论文产出情况。

军、欧阳友珍,2017;胡道华,2017),这表明沈从文小说英译研究的研究视野不断得以开阔,研究出现向纵深化发展的趋势。

从理论工具来看,沈从文小说英译研究囊括了从奈达的语言学翻译理论到后殖民翻译理论,从"信、达、雅"、"三美"、"化境"论到生态翻译学、译者行为批评理论,从语言学、文学、美学到传播学、心理学在内的中西方几乎所有翻译理论及众多其他学科理论。相当一部分论文,尤其是硕士学位论文,以《某理论观照下的沈从文某小说的英译研究或英译本对比研究》为题,其论述框架大多是先用一定篇幅介绍该理论,接着提出一些所谓的问题,再套用该理论解释一番完事(潘文国,2016:7),"实际上既没有解决任何理论问题,因为理论本来就是现成的;也没有解决任何现实问题,因为想解决的问题还在那里,并不因为理论换了就变得不一样了"(同上)。有研究者甚至将研究目的和价值定位为论证某理论对于翻译研究的适用性,如刘炼(2012:I)指出"本文尝试从美学再现的步骤角度对《边城》译作进行分析,……旨在证明翻译美学是一门操作性较强、能够引入翻译学科的理论。"又如谢艳娟(2014)通过从刘宓庆的翻译美学理论视角分析《边城》三个英译本的审美价值,论证了"翻译美学在文学翻译中不但具有较强的阐释力,而且可以成为文学翻译的标准,评估相应的文学翻译实践"(2014:iii)。沈从文小说英译研究也因此几乎沦为国内外各学科理论用于中国语境的试验田。

从研究的系统性来看,期刊论文和硕士学位论文多为针对单部小说的单部英译本具体问题的分析或者单部小说多部英译本的对比分析,文本对象单一、译例样本有限、研究规模小,势必影响对具体研究问题的全面认识,也不利于形成对沈从文小说英译本的全局认识。徐敏慧(2010)对沈从文小说的英译本进行整体考察,标志着沈从文小说英译研究开始出现系统化趋势。2011年第一篇沈从文小说英译研究博士论文问世(Xu,2011),2013年以该博士论文为基础的第一部沈从文小说英译研究专著问世(Xu,2013),二者以《柏子》、《丈夫》、《萧萧》、《边城》这4部小说的15部译文为考察对象,建构了沈从文小说英译本的叙事风格研究模型,并结合定性与定量研究的方法对造成译本间叙事风格差异的原因进行了详尽探讨,为沈从文小说英译研究带来了篇目数量、研究方法和研究规模上的突破,是截止到2017年年底以前最系统、最全面的沈从文小说英译研究。此后,从2013年到2017年,每年均有对沈从文小说英译本进行整体考察的系统性研究论文问世(汪璧辉,2014;2016;彭颖,2016等),沈从文小说英译研究逐步走向系统化、全面化和深入化。

从研究地域来看,国外研究英译沈从文小说的论著不少,但主要还是海外中国文学研究界从文学研究的视角对译作的关注。尽管国外出版的沈从文研究专著、英译沈从文作品选集、英译中国文学选集、英语世界编撰的中国文学史中沈从文小说英译文的信息常以脚注或附录形式出现,却旨在为专业读者扩展阅读提供线索,对译文及翻译活动本身并无实质性探讨。另外,英译沈从文小说单行本及选集的书评中偶见对英译本翻译质量的评论,但总是寥寥数语,又几乎无一例外地以推介作家和图书为主要目的,对翻译活动本身无系统化、理论化的观照。截止到 2017 年年底,笔者只搜集到 2 篇海外研究者发表的沈从文小说英译专题研究论文(Eoyang,2014;Kinkley,2014),作者均为拥有英汉双语背景的沈从文小说"学人译者"(徐敏慧,2010:224;Xu,2012:151;Xu,2018:5 - 6)。由于良好的英汉双语能力是从事沈从文小说英译研究的基本前提,而谙熟英汉双语的汉学家及沈从文小说的英语母语译者又大多无意从事翻译研究,沈从文小说英译研究的主力依然是中国译学研究界。

1.1.2　各主题研究现状

在本节中,笔者从所搜集的文献中挑选出涉及下列各研究主题的代表性文献进行重点考察。

1.1.2.1　译介、接受及综述研究

沈从文小说的译介与接受研究涉及小说在不同时期、不同地域的译介情况、译介的社会历史语境、译介主体、海外接受以及作家的海外文学形象建构等。徐敏慧(2010)可谓是沈从文小说译介研究的先导,她细致梳理了沈从文小说英译本的发表途径和译者群的构成以及沈从文小说在不同时期的译介特点,但对译本产生的社会历史语境及译本的接受情况关注不够。彭颖(2016)从沈从文小说的新增英译本、新发表渠道、英译各阶段的社会历史语境等方面对徐敏慧(2010)进行了补充,重点分析了意识形态、赞助人、译者等因素对译本产出造成的影响。汪璧辉(2014)考察了沈从文乡土小说的译介情况,包括其乡土小说在其所有被英译小说中的译介比重、在不同年代的译介比例、首译、复译情况、复译篇目选择、译者群体构成、翻译目的和翻译策略。梁洁贞(2005)是研究沈从文小说在英语世界的接受的先导,她探讨了沈从文作品英译选集的编选和翻译过程对沈从

文海外文学形象塑造所产生的影响。张晓眉(2014)将译介与接受研究相结合，除了全面梳理沈从文作品在欧美国家的译介情况外，还将欧美学界的沈从文研究纳入考察范围，据此考察沈从文作品的海外传播和接受效果。汪璧辉(2016)从沈从文的乡土小说在海内外接受的巨大反差和因其乡土小说的海外传播引发国内对沈从文文学地位进行重评的案例出发，总结了沈从文乡土小说的海外传播对中国乡土文学走向世界的启示。该文对于沈从文乡土小说的海外传播效果的考察依然局限于海外中国文学研究界对于沈从文及其小说创作的研究。Jeffrey C. Kinkley(金介甫)(2014)探讨了影响《边城》四部英译本诞生及接受的个人、语言、社会、政治、历史和跨文化因素，并从不同译本对小说中的地域、民族、军队等内容的处理差异出发，考察了不同译作着力塑造的作家和作品形象，同时对各译作的接受状况(包括主要受众、销售量及销售渠道、译本用途)进行了考察，这无疑是对沈从文小说的海外接受效果的重要补充，极大地推动了沈从文小说的海外接受研究。谢江南、刘洪涛(2015)通过细致考察《边城》四个英译本在历史文化、文体特征和诗意之美三个方面的再现策略的差异，总结了各译本进入世界文学空间时呈现出的不同面貌，并对各译本塑造的文学世界进行了政治文化解读。纵观沈从文小说的译介与接受研究，研究者对于译介的社会历史语境、译介主体和主要目标受众都有了较为充分的探讨，但对于沈从文小说在海外多样化的传播途径、接受效果以及作家海外文学形象塑造方面的研究依然比较薄弱。

在综述研究方面，现有研究多集中在硕、博士论文及专著的文献综述部分，而硕士论文因研究篇目单一，多综述单部小说的英译研究现状。现有的唯一一篇沈从文小说英译研究博士论文(Xu,2011)和唯一一部沈从文小说英译研究专著(Xu,2013)立足于2011年以前的沈从文小说英译研究状况，指出学界对于沈从文小说的英译研究严重不足(Xu,2013:40;2011:45)，博士论文缺失，硕士论文、期刊论文数量稀少，已有研究多探讨戴乃迭的《边城》译本。然而如前文所述，2011—2017年是沈从文小说英译研究的高速发展期，成果数量激增、研究视角发生转变、研究深度不断拓展，Xu(2011;2013)的综述显然已与当前的研究状况严重脱节。对沈从文小说的英译研究现状进行专题研究的综述类文献笔者只搜集到两篇(莫玉梅,2015;邓高峰,2014)。邓高峰(2014)仅以《边城》的英译研究为考察对象，声称只检索到10篇《边城》英译本的研究文献，而笔者搜集的《边城》英译研究论文仅 2013 年度就多达 19 篇,因文献搜集不足导致作者对 2014 年以前《边城》的英译研究状况判断失误,如"还没有学者对三家《边城》英译本一起进行比较研究"(邓高峰,2014:121),而早在 2011 年 Minhui Xu(徐敏慧)的博士论文就探讨了包括《边城》的 4 个英译本在内的 4 部小说共计 15 部英译本的叙事风格的再现问题,在相关文献掌握严重不足的基础上总结研究中存在的问题,可信度存疑,提出的解决对策的针对性也不强,参考价值十分有限。莫玉梅(2015)同样也存在文献搜集不全的问题,只对 10 余篇沈从文小说英译研究论文的研究思路和结论进行了归纳,且未充分考虑文献的代表性,沈从文小说英译研究无法忽视的高质量文献如 Kinkley(2014)、Xu(2011;2012;2013;2015)、徐敏慧(2013)、Eoyang(2014)等并未进入其考察范围,作者亦未能全面把握沈从文作品英译研究的历时发展趋势,分析研究中存在的问题并提出解决对策。综上所述,前人所做的文献综述已无法全面概括沈从文小说的英译研究现状,有必要立足于沈从文小说英译研究的新局面对 30 多年来的研究成果进行全面梳理,揭示有待深入挖掘的研究问题,避免重复研究。

1.1.2.2 译者研究

沈从文小说的英译者因人数众多(公开发表英译本的译者共计 30 位),发表译文的时间跨度大(从 1936 年到 2015 年时间跨度长达近 80 年),职业、学术、文化背景不尽相同,为从译者视角切入沈从文小说英译研究提供了可能。研究者从译者的职业、学术、文化背景等方面入手探讨了译者的身份特征对其翻译活动的影响。徐敏慧对沈从文小说的英译者进行了迄今为止最为详尽的研究。Minhui Xu(2011;2013)将《边城》、《柏子》、《丈夫》、《萧萧》这 4 部小说的共计 15 部英译本的 12 名译者按照学术背景、译本产出时代和母语这三种标准进行分类,通过考察不同类型的译者对小说叙事风格再现策略的选择倾向,发现译者的学术背景对叙事风格再现策略选择倾向的影响比译本产出时代和译者母语因素的影响更为显著。Minhui Xu(2015)以埃德加·斯诺(Edgar Snow)的《柏子》英译本为考察对象,通过分析斯诺的社会轨迹、记者职业惯习及记者型译者的翻译策略,揭示了斯诺的记者职业对于其译者职业惯习所产生的显著影响。Minhui Xu(2012)通过对比分析《边城》金介甫译本与其他三种译本在翻译策略方面的显著差异,发现金介甫作为学人译者,其结构性惯习对于翻译策略的选择产生了重要影响,同时还论证了在选定待译文本的前提下,译者的地位和惯习对翻译策略的影响大于原、译语地位和作者地位的影响,而且译者的学术背景越深厚,译文越以原文为导向。张卓亚、田德蓓(2016)通过考察汉学家金介甫的多重文化身份、间性主体身份以及间性文化身份对沈从文小说英译活动的助益,论证了汉学家担任中国文学外译者和中国文化传播者的优势。

据笔者统计,在译者主题研究视角下,被作为研究对象专文或辟专门章节探讨过的译者仅有6位——戴乃迭、金介甫、埃德加·斯诺、许芥昱、金隄和白英(Robert Payne),其余24位译者未受到充分重视。虽然徐敏慧教授是迄今为止对沈从文小说的英译者探讨得最为全面的学者,然而由于其小说研究篇目有限,限制了译者的考察范围,只探讨了时代、学术背景和母语三因素中哪个因素对译者翻译策略的选择倾向影响最大。若放眼沈从文小说整个英译者群体,则会发现更具有可比性的译者/译者群,对他们翻译策略的选择倾向进行考察势必能够深化徐敏慧教授的研究结论。如威廉·麦克唐纳德(William MacDonald)与金介甫教授,二人的博士论文均以沈从文为研究对象,二人均翻译了多部沈从文小说且译文均发表于相同时代,二人均为学人译者,他们的翻译策略选择倾向一定趋同吗?华人汉学家译者(如夏志清、欧阳桢、许芥昱等)之间、英语世界本土汉学家译者(如David Pollard,Philip F. Williams,William MacDonald等)之间翻译策略的选择有何差异?华人汉学家群体与英语世界本土汉学家译者群体之间翻译策略的选择又有何异同?这些都是值得探讨的话题。

1.1.2.3 文化及语言学研究

沈从文的小说,尤其是乡土小说,是一座民间文化宝库,其中蕴藏着大量民俗风情和民间文化描写,这给英译造成了一定困难,对文化元素的翻译策略的探讨和翻译案例的批评与解释一直以来都是文化研究的重点。研究者普遍赞同文化元素的翻译应遵循兼顾原文文化信息传递的充分性和译文的可接受性的总体原则。李艳荣(2004)通过对比分析《边城》戴乃迭译本和金隄、白英合译本发现带有民族色彩美的话语主要有3种处理方法:直译、直译(或音译)与意译结合或直译(或音译)与注结合。古婷婷、刘洪涛(2014)认为《边城》金介甫译本对专有名词、方言、成语、习语、俗语及文化意象的翻译主要采用异化为主、归化为辅的翻译策略。卢国荣、张朋飞(2016)指出,《边城》金介甫译本通过采用贴近源语、形神兼顾、细译厚译、适当省译的文化翻译策略并充分运用其本人的沈从文研究成果,成功传递了原文的文化信息。刘汝荣(2014)认为《边城》金介甫译本通过运用异化、尾注、文内细译、文化妥协的手段将原文文化成功地移植到译文中,同时也指出金介甫在称谓语、宗教元素、语言文化及文化意象的处理方面存在欠妥之处。Eugene Eoyang(2014)对比了《萧萧》三个英译本中萧萧对小丈夫的称谓语"弟弟"的译法及其表达效果,认为成功的译文应能够再现萧萧与小丈夫之间俄狄浦斯式的母子/夫妻关系。Minhui Xu(2011;2013)考察了《边城》、《萧萧》、《丈夫》《柏子》这 4 部小说的不同类型的译者在以脚注和尾注方式再现原文中的地域专有项、历史事物和文化负载词方面存在的差异。

上述研究大多从沈从文某部小说中挑出几种有限的文化元素,总结译者对这些文化元素的翻译策略的选择倾向,评价翻译效果,揭示影响翻译策略选择的因素,研究视野多局限于单个篇目,未能从宏观上全面总结和归纳沈从文小说中的特色文化元素并构建文化元素的英译研究模型,进而细致考察各类特色文化元素在沈从文不同小说的英译本中存在的翻译策略差异。另外,由于沈从文湘西题材的乡土小说中文化特征最为突出,上述研究者也都不约而同地将目光聚焦于沈从文的乡土小说进行文化翻译研究,却没有明确提出将湘西文化元素的英译作为研究重心。放眼中国乡土小说的英译研究,虽然"中国乡土文学的海外译介一直是译学界研究的热点之一"(周领顺 等,2016:23),但多以莫言、贾平凹、鲁迅为研究对象,对这些作家的小说中地域文化的英译研究如莫言小说中的乡土语言英译研究、鲁迅小说中的绍兴文化与方言英译研究、贾平凹小说中的陕西方言与民俗英译研究等都已经形成了相当规模。相比之下,沈从文作为中国乡土文学巨匠,对其乡土小说中湘西文化元素的系统性英译研究明显滞后。

在语言学研究方面,赵杨(2017)借鉴查尔斯·莫里斯符号学理论中的语言符号意义观,考察了《边城》戴乃迭译本在言内意义、指称意义与语用意义三个层面的传递策略,认为准确传达语言符号三层意义是实现翻译对等的关键,当意义对等无法实现时,可采用音译、直译和加注以及拟声、比喻和替换等变通手段进行补偿。在笔者搜集的 207 篇论文中,从语言学视角切入沈从文小说英译研究的论文仅 20 篇,且无一篇核心期刊论文,与其他研究主题在文献数量和质量上形成了鲜明对比,这在一定程度上体现了翻译研究的文化转向对语言学研究视角造成的冲击,即便如此,从语言学视角切入沈从文小说英译研究依然是值得关注的研究方向。

1.1.2.4 风格研究

沈从文小说的风格在中国现代文坛独树一帜,他本人曾指出:"艺术品之真正价值,都差不多全在乎那个作品的风格和性格的独自上。"(转引自吴立昌,1992:230)然而沈从文对于独特创作风格的刻意追求却为其作品的英译造成了巨大困难。C. T. Hsia(夏志清)(1999:207)曾宣称"沈从文的作品无法翻译";Lydia Liu(刘禾)(1997:250)也认为"沈从文是最难翻译的作家之一",她(同上:250)指出:"一旦剥离了小说的文学性或者苦心孤诣营造的诗意,剩下的也就只是故事了。"独译沈从文小说数量最多的金介甫教授也曾感叹:"你永远也没有办法准确再现沈从文的风格。"(Xu,2018:4)鉴于此,风格研究历来都是沈从文小说英译研究的热点和难点。研究者纷纷从美学、叙事学和文学文体学视角入手考察了译文对原文风格的再现策略、再现效果以及译文中的译者风格印记。

在美学视角下,刘小燕(2005)基于对《边城》原文美学意蕴的分析,结合拉姆斯登的翻译美学观,选取"采风美"和"意境美"这两个维度来考察戴乃迭译本对原文美学意蕴的再现策略和再现效果,通过翔实的译例分析论证了"求大同,存小异"或"功能对等"是文学翻译中原作美学意蕴传达的可行性原则。周毅军、欧阳友珍(2017)从"和谐共生的自然之美"和"自然本真的人性之美"两方面探讨了《边城》戴乃迭和金介甫译本对原文生态美学意蕴的再现策略及其效果。

在叙事学视角下,Minhui Xu(2011;2013)构建了囊括叙事性评论、抒情叙事风格和副文本三大模块的沈从文小说英译本叙事风格的研究模型,对沈从文4部小说《边城》、《丈夫》、《萧萧》、《柏子》共计15部英译文叙事风格的再现情况及译文中译者的叙事风格印记进行了详细探讨,分析了造成译本间叙事风格差异的原因,是迄今为止对沈从文小说英译本的风格所做的最为全面的研究。徐敏慧(2013)从翻译的伦理和诗学标准出发探讨了《柏子》埃德加·斯诺译本改写原作结尾导致的对原作叙事风格的偏离。张卓亚(2017)考察了《边城》金介甫译本对于构成原文田园时空结构的各叙事要素即地点设置、时间刻度、文化单位的再现情况。

在文学文体学视角下,主要存在两种研究思路。一种是通过选取多个语言风格考察参数,对沈从文单部小说单个英译本整体语言风格的再现情况进行分析,或者对单部小说多个英译本进行整体语言风格的对比分析。时波(2006)从语言、句式、修辞三方面探讨了《边城》戴乃迭译本对原作艺术特征的再现效果。彭发胜、万颖婷(2014)自建《边城》汉英平行语料库,从平均词长、词长分布、高频词、类符/形符比、主题性、平均句长这几个方面入手对项美丽、邵洵美译本、戴乃迭译本和金介甫译本的文体特色进行了对比分析。另一种是对一部或多部小说在某一方面的语言风格特征的英译再现情况进行专题探讨,所探讨的语言风格特征主要涉及模糊语言、修辞手法、方言和叠词这四个方面。李映迪(2012)以《边城》戴乃迭译本为例,从词汇、句法、辞格三个层面探讨了模糊语言在英译过程中受到的磨蚀。肖新新(2014)从功能主义视角出发考察了《边城》金介甫译文对原文中具有代表性的五种修辞手法包括明喻、典故、排比、反复、拟声词的再现情况,并认为译者基本再现了原文修辞手法的修辞效果和功能。曹倩(2013)从沈从文小说中选取了较有代表性的湘西方言实例,并对其翻译策略和再现效果进行了评析。朱梅香(2014)总结了《边城》戴乃迭译本对原文中单音节形容词重叠式采取的翻译策略。

以上研究从不同视角出发探索了沈从文小说英译本的风格研究路径,但在风格研究框架设置、译本风格再现效果评价标准及风格考察后续研究方面存在问题。无论从何种视角切入译文再现风格研究,不变的前提似乎都应该是对原文风格进行分析,在此基础上确立一个具体的风格考察维度并在该维度上设置具有可操作性的风格研究参数,确立风格再现效果评价标准,进而考察译文对各参数采取的翻译策略,探讨风格再现效果的得失优劣,总结风格再现的可行性原则或分析造成译本间风格差异的原因。周毅军、欧阳友珍(2017)对于生态美学视角的选取并非建立在对《边城》原文是否具有突出的生态美学特征这一问题的判断基础上,而是先行给定理论视角再"努力挖掘《边城》作品中蕴含的生态智慧以及生态美学意蕴"(2017:251),进而给定可操作性不强、概念内涵极为宽泛的生态美学意蕴的再现考察参数——"和谐共生的自然之美"和"自然本真的人性之美",有理论先行,不以具体文本的实际情况为出发点的嫌疑,使得研究价值大打折扣。时波(2006)将论文标题定为"文学翻译的美学效果",因未限定诸如"修辞美学效果"之类具体的风格考察维度而导致风格研究参数如"语言"、"句式"、"修辞"的设定过于宽泛,作者仅仅从译本中挑选出几个在上述三个方面有一定特色的译例加以赏析,而实际上上述任何一方面都有必要进行专题探讨才有可能将研究加以深化,要做到这一点仅以一篇期刊论文的篇幅显然是不够的。可以说,风格研究框架设置的合理性直接关系到研究的深入程度,而在这方面,以Minhui Xu(2011;2013)为代表的从叙事学视角切入的风格再现研究显然走在了美学和文体学视角研究的前面。在译本风格再现效果的评价标准方面,除上文提到的徐敏慧(2013)外，极少有学者明确提出再现效果评价标准，即便有只言片语的论述如"能否成功再现原作的生态美学意蕴是我们欣赏和评判《边城》英译本的一个重要视角"(周毅军、欧阳友珍，2017：251)，也形同虚设，根本没有解决"如何定义成功"这一关键问题，导致再现效果评价中自说自话的现象屡见不鲜。上述研究虽然大多在学理上认同将译文对原文信息传递的充分性，与原文美学效果、叙事风格、语言风格方面的等同或最大限度地接近作为评价标准，然而在实际评价过程中却倾向于将对原文信息传递的"充分性"、对原文的"忠实性"标准凌驾于诸如与原文美学效果、叙事风格、语言风格对等(或最大限度地接近)之类的"文学性"标准之上。诚然，英译沈从文小说以译文的身份诞生，以原文为导向的评价标准看似无可厚非，然而译文的使命决定其要以相对独立的翻译文学身份进入英语世界的流通领域，在通常情况下被不懂中文原文的英语世界读者作为文学作品阅读。得到国内译界学者普遍认可，被认为既充分传递了原文信息又充分再现了原文风格的"优秀"译文，作为英语文学是否就一定会被英语世界读者认为具有较高的文学性呢？因《边城》金隄、白英合译本存在删减和准确性问题，国内译学研究界对该译本的关注度和评价普遍不高，常用于陪衬国内译学研究界公认的兼具忠实性与文学性的戴乃迭和金介甫译本，然而有着"海外沈从文研究第一人"之美誉、翻译沈从文小说数量最多的英译者金介甫教授在给笔者的电子邮件(2017年12月20日)中却评价道："金隄、白英译本读起来相当优美，让人觉得沈从文的小说是真正一流的文学作品"，"读者完全有理由认为金隄、白英译本比我的译本具有更高的文学性，更能够体现沈从文的文学才华。""戴乃迭译本虽然准确度高，却不足以传递沈从文作为世界伟大作家的印象。"加拿大著名汉学家、翻译家杜迈可(Michael S. Duke)也认为，在中国现代小说家个人短篇小说英译选集中，由金隄、白英编选并翻译的沈从文小说选《中国土地》(*The Chinese Earth*)"属于杰出(outstanding)译文的行列"(Duke，1990：212)。国内外学界对沈从文小说英译本文学性高低的评判存在巨大反差，这一方面反映了母语非英语的国内翻译研究者在评价英译本文学性高低时的先天不足，另一方面则指明了在"以原文为基点的原文——译文对照"(冯全功，2012：214)的翻译批评模式和将译文作为独立的文学文本(同上：230)的翻译批评模式之间寻求平衡的必要性。但这并不意味着国内译界学者在译文的文学性评判方面就只能无所作为。我们不妨暂且搁置对于同一部小说不同译文整体文学性高低的评判,转而关注能够体现小说文学性的微观语言表达形式在不同译文中的再现效果。凭借对汉语母语的语言敏感性和经过长期积淀形成的对英语文学语言的鉴赏能力和审美感知力,国内译界学者一般而言是能够对此类问题作出合理评价的。另外,上述译文风格研究除 Minhui Xu(2011;2013)外多止步于对风格再现效果作出评价或对译文的文体特征进行分析,后续研究缺失,如对造成不同译本之间风格差异的原因分析不足,也未将可取的风格再现策略上升为沈从文小说英译实践的指导性原则,风格研究有待深化。

此外,笔者曾在本章"文献收集及宏观分析"中提到沈从文小说英译研究普遍存在文本对象单一、译例样本有限、研究规模小的问题,文体学视角下的沈从文小说语言风格英译再现研究也不例外。如前文所述,此类研究或对单部小说多个语言风格考察参数的英译再现情况进行考察,或对少数几部小说中共同存在的某种语言风格特征的英译再现情况进行考察,均未能将沈从文所有被英译的小说及其英译本纳入考察范围,对沈从文小说语言风格的整体再现情况进行考察。鉴于此,本书拟打破沈从文小说英译研究的篇目壁垒,将沈从文所有被英译的小说及其英译本全部纳入考察范围,从中挑选出对于沈从文小说整体语言风貌而言具有普遍性与代表性,且在各译本间翻译策略存在一定差异①的各类语言风格特征,以此作为沈从文小说语言风格整体再现情况的考察参数,在逐一考察各类语言风格特征再现情况的基础上,对沈从文小说语言风格的整体再现情况作出评价。此外,本书还将对各类语言风格特征可取的翻译策略进行总结,并尝试对如何更好地再现沈从文小说的语言风格提出建议。

1.2　研究思路与方法

众所周知,小说是语言的艺术。"伟大的小说家也是伟大的语言艺术家"(申丹,2008:F29)。大凡一流的小说家在运用语言时往往会努力寻求"最恰当、最富有表现力的表达方式"(秦秀白,2001:F28)。为此,他们往往会创造性地对语言常规进行偏离,乃至对语言表达规范"进行大量颠覆性的突破"(武光军,2017:

---

① 差异性的存在才能保证对比的价值。

94）。郑远汉（1985:3）认为，为获得特殊的表达效果而有意违背汉语语音、词汇、语法、语体规范的修辞活动是一种变异修辞活动。因此，可以这样说，小说创作是离不开变异修辞活动的。秦秀白（2001:F29）曾指出，"文体分析的一个基本观点便是：Style is deviation of the norm.（风格乃是对常规的变异。）……每一位作家都在其创作过程中努力使自己的语言显示出超乎寻常的风格特点。超乎常规才能引人入胜；超乎寻常才能体现风格。"作家在创作过程中为使自己的语言超乎寻常而作出的努力，从本质上说就是一种变异修辞活动，而这种变异修辞活动又造就了作家独特的语言风格。由此可见，小说创作、变异修辞和语言风格三者之间存在着密不可分的关联。鉴于此，本书拟以变异修辞为切入点对沈从文小说语言风格的再现进行考察。秦秀白（2001:F29）认为，"就一篇文学作品而言，变异表现的总和就构成了这篇作品的独特风格；对一个作家来说，他在不同作品中所反映出的带倾向性的变异之总和，就构成了他本人的个人风格"。本书拟从沈从文所有被英译的小说中找出带有倾向性的各类变异修辞现象，作为沈从文小说语言风格英译再现的考察参数，通过逐一考察它们在英译本中的再现情况来对沈从文小说语言风格的整体再现情况作出评价。

1.2.1　研究思路

由于本书以变异修辞为切入点，考察沈从文小说语言风格的英译再现情况，本书拟首先对包括郑颐寿（1982），叶国泉、罗康宁（1992），冯广艺（2004），许钟宁（2012）在内的国内主要的汉语变异修辞研究进行细致梳理，以考察它们能否直接用于指导沈从文小说语言风格的英译再现研究。经分析，笔者发现这四大研究对核心概念"变异修辞"的界定并不充分，对"变异参照系"的认定众说纷纭，无法为变异修辞方式的判定提供可操作的指导原则和统一的判定依据，此外，这四大研究对变异修辞方式的分类所依据的标准也不甚统一，从而导致了变异修辞方式的归属性混乱。可以说，这些变异修辞研究大都各自为政，尚未形成统一的变异修辞理论体系，因而不能直接用来对本书研究对象进行有效的理论指导和实证分析。然而尽管如此，这四大研究均结合大量实例对众多变异修辞方式的结构和修辞效果进行了细致描述，所有这些研究成果对于沈从文小说中变异修辞现象的结构和修辞效果的分析乃至再现效果的评价都不乏一定的指导意义。鉴于此，笔者拟通过借鉴陈望道提出的汉语修辞理论体系，在解决上述问题和分歧的基础上将这四大汉语变异修辞研究整合为统一的变异修辞研究框架,以此作为沈从文小说英译研究的理论和结构框架。

在该理论框架的指导下,笔者拟对已被英译的 45 部沈从文小说及其英译文进行反复比对细读,同时手工标注小说中的变异修辞现象,并在译文的相应部分也做好手工标注,尤其注意对译本间翻译策略存在一定差异的变异修辞现象进行重点标注,进而将所有的变异修辞现象及其英译文电子化,并按照整合后的变异修辞研究框架的基本架构对所有的变异修辞现象进行分类,形成沈从文小说中变异修辞现象的分类平行语料。通过对语料进行梳理,从中挑出在沈从文不同小说中反复而持续出现,且在译本间翻译策略存在一定差异的变异修辞现象,作为沈从文小说语言风格英译再现的考察参数,分别考察其再现策略和再现效果。在效果评价过程中,将采取"以原文为基点的原文—译文对照"(冯全功,2012:214)和将译文作为独立的文学文本的双重翻译批评模式(同上:230),既关注译文对原文中各类变异修辞现象语义传递和修辞效果再现的充分性,又关注译文本身的文学性;既揭示不当的再现策略对各类变异修辞现象即沈从文小说的语言风格手段的抹杀和对译文文学性的抹除,又注意归纳译者对各类变异修辞现象的创造性再现策略。在逐一评析各类变异修辞现象再现效果的基础上,对沈从文小说语言风格的整体再现情况作出评价,同时尝试对如何更好地再现沈从文小说的语言风格提出建议。

1.2.2　研究方法

本书主要采用三种研究方法:"文本细读法"、"取样法"和"文本对比法"。

"文本细读法"是英美"新批评"学派采用的一种"特殊的分析文本的方法。就是说,批评家把作家创作的文本看作一个独立而封闭的世界,可以像医学上做人体解剖实验一样,对文本进行深度拆解和分析,阐释文本内部隐藏的意义"(陈思和,2016:5)。本书引入"文本细读法",将其作为沈从文小说及其英译文的一种分析和鉴赏方法,一方面剖析沈从文小说的语言风格手段即各类变异修辞现象通过怎样的变异手段获得了怎样的美学价值或主题意义,另一方面考察译文采用了何种策略来翻译这些变异修辞现象,表达效果如何,与原文及其他译文在表达效果上存在何种差异等。

"取样法"是指"研究者在占有材料的多寡和自己关注的范围大小以及掌握

能力的大小之间有矛盾时,他不能通过占据一切材料的归纳法来进行研究,只能是有选择地抽取部分样本来进行研究,然后再把研究的结果加以总结概括,得出普遍性结论"(王宏印,2010:120)。本书引入"取样法",从已被英译的 45 部沈从文小说中抽取在不同小说中反复而持续出现,且在译本间翻译策略存在一定差异,涉及调音、遣词、择句、设格这四个方面的六种变异修辞现象,以此作为沈从文小说语言风格英译再现考察参数,通过分别考察其再现策略和再现效果,对沈从文小说语言风格的整体再现情况作出评价。

"文本对比法"包括原文与译文之间的对比以及同一原文的不同译文之间的对比。"文本对比法"对于翻译研究"是天然的方法"(同上,2010:121),因为一般意义上的翻译必定涉及原文和译文,"从原文本到译文本的产生自然会要求在研究和评价译文质量时,时时参照原文本"(同上:121 - 122),而一部原文可能又拥有多部译文,不同译文之间往往在翻译策略和翻译效果方面存在一定差异,而这种差异只有通过对比才能得以显现,"因此翻译研究本身具有比较的特点"(同上:122),这使得"文本对比法"成为翻译研究的一种基本研究方法。本书引入"文本对比法",通过对比沈从文小说的语言风格手段即在沈从文不同小说中反复而持续出现的各类变异修辞现象与其译文在表达效果方面的差异,能够对译文的表达效果作出合理评判;通过对比这些变异修辞现象在不同译文中再现效果的优劣,能够总结出各类变异修辞现象的可取翻译策略,并在此基础上归纳出译者对沈从文小说中各类变异修辞现象的总体翻译倾向,从而揭示译者对沈从文小说语言风格的宏观把握程度以及沈从文小说语言风格的整体再现情况。

1.3　研究目的与意义

本节中笔者将从学术价值和现实意义两方面对本书的研究目的与意义进行概述。

1.3.1　学术价值

沈从文小说英译研究虽然已经走过了 30 多年历程,但从整体上看,尤其是在文本内研究方面,依然没有摆脱"以篇为界"的研究格局。本书将沈从文所有被英译的小说及其英译本全部纳入考察范围,考察沈从文小说语言风格的整体再现情况,从而在文本内研究领域首次打破了沈从文小说英译研究的篇目壁垒,实现了研究规模的突破。

现有的沈从文小说语言风格的英译再现研究或对单部小说多个语言风格考察参数的英译再现情况进行考察,或对少数几部小说中共同存在的某种语言风格特征的英译再现情况进行专题探讨,尚未发现译学研究者对沈从文小说语言风格的整体再现情况进行过全面探讨。本书将沈从文所有被英译的小说及其英译本全部纳入考察范围,考察沈从文小说语言风格的整体再现情况,这是对沈从文小说语言风格的英译再现情况进行的首次系统性探讨,可望从整体上推动沈从文小说英译研究的发展。

在作家一系列作品中反复而持续出现的各类变异修辞现象是作家个人语言风格的重要表征,但鲜有译学研究者明确提出从"变异修辞"视角对作家个人语言风格的英译再现进行专题探讨。国内的汉语变异修辞研究虽然对众多变异修辞方式的构成及其修辞效果进行了深入分析,但在变异修辞方式的判定和分类标准方面却存在一定争议,不能直接用于指导变异修辞视角下的沈从文小说语言风格的英译再现研究。本书通过借鉴陈望道提出的汉语修辞理论体系,得以将国内汉语变异修辞研究的主要成果整合为一个变异参照系统一、分类标准一致的汉语变异修辞研究框架,用于指导沈从文小说的语言风格手段即在沈从文不同小说中反复而持续出现的各类变异修辞现象的识别、表达效果的分析和再现效果的评价,并在此基础上对沈从文小说语言风格的整体再现情况作出评价。本书可望为其他中国作家个人语言风格的英译再现研究提供可供借鉴的研究思路与研究框架,亦可望引起更多译学研究者对于文学翻译研究的变异修辞研究路径的关注。

通过总结沈从文小说中各类变异修辞现象的创造性再现策略并揭示不当的再现策略对沈从文小说语言风格的抹杀和译文文学性的抹除,本书可望对持续进行的沈从文小说英译实践,文学作品中变异修辞现象的英译乃至中国文学外译均产生一定的借鉴意义。

1.3.2 现实意义

中国文化"走出去"现已成为我国一项重要的国家文化战略。中国文学作为中国文化的重要载体,其海外译介对于中国文化走出去的重要性自不待言。在国家政策的大力扶持下,现如今,"尽管越来越多的中国文学作品不断走向世界文学经典的殿堂,但不可否认的是,大多数走出国门的中国文学作品在英语世界的接受状况并不理想"(厉平,2016:12)。究其原因,除了与译介时的社会历史语境、译入语国家的主流意识形态、诗学观念等因素有关之外,由翻译本身所导致的作品文学性流失的问题也不容忽视。加拿大汉学家、翻译家杜迈可(Michael S. Duke)曾指出,"中国现代小说可读性强的英译本数量稀少"(Duke,1990:210)。在他看来,《骆驼祥子》Jean M. James(让·M.詹姆斯)译本,施晓菁译本和 Evan King(伊文·金)译本均未能再现老舍的语言艺术造诣(同上:211-212)。英国汉学家、翻译家蓝诗玲(Julia Lovell)也指出,钱锺书的小说《围城》毫无疑问是一部优秀的文学作品,但企鹅英译本却"枯燥乏味(uninspired)……几乎未能再现原文中精妙绝伦的机锋妙语(the dazzling, spiked wit),尤其是对话的英译,既呆板(wooden)又生硬(unidiomatic)"(Lovell,2005)。金介甫(2017年12月20日电子邮件)教授曾评价《边城》戴乃迭译本比较"呆板(wooden),缺乏文学性……虽然准确度高,却无法传递出沈从文作为一位伟大的世界文学作家的印象"。由此可见,要提高中国文学的海外接受度,将能够反映原文文学价值和艺术水准的译作呈现给英语世界读者是我们亟须努力的一个方向。杜迈可(Duke,1990:218)在《中国现当代小说英译的问题及本质》一文中就明确指出,"中国当代文学要想和世界文化进行有意义的对话,其本身应该是个性化的、富有想象力的、在艺术上超凡脱俗的作品,我们中国现当代小说的英译本,最终应该为推进这一最有意义的目标而努力"。

沈从文小说英译本数量众多,一部小说拥有多个英译本的情况极为普遍,这为沈从文小说语言风格的再现提供了多样化的解决策略。充分挖掘不同译者对沈从文小说的语言风格手段即各类变异修辞现象的创造性再现策略,无疑对于从文学性层面探索提高中国文学海外接受度的途径具有一定的启示意义。另外,通过分析不当的语言风格再现策略对沈从文小说语言风格的抹除和译文文学性的抹杀,有助于揭示译者在再现策略选择过程中存在的一些认识误区和盲点,为中国文学的外译实践提供鉴戒。

第 2 章

变异修辞与沈从文小说语言
风格的英译再现研究

本书从变异修辞视角出发考察沈从文小说语言风格的英译再现。需要特别指明的是,本书的研究视角并不是对汉语"变异修辞"论的直接挪用,而是对其进行了批判性整合和重构。本章首先概述中、西方修辞研究的发展历程;其次主要在国内汉语修辞研究的框架内对"修辞"这一概念进行界定和分类,从而引出汉语"常规修辞"和"变异修辞"这两大概念;再次聚焦于汉语"变异修辞",对国内主要的汉语变异修辞研究进行述评,同时,通过借鉴陈望道在《修辞学发凡》一书中构建的汉语修辞研究框架,尝试解决国内主要的汉语变异修辞研究中存在的主要争议,并在此基础上对国内主要的汉语变异修辞研究进行整合和对汉语变异修辞研究框架进行重构;最后阐述该研究框架对沈从文小说语言风格的英译再现研究的启示。

2.1 中、西方修辞研究发展历程概述

修辞(rhetoric)研究源远流长。在西方,修辞研究始于公元前 5 世纪的古希腊,最初是对古希腊社会早期演说实践中一些带有规律性的有效说服手段和技巧的总结。据传,生活在公元前 5 世纪中期西西里岛的科拉克斯(Corax)和他的学生蒂西亚斯(Tisias)是西方修辞学的创始人(姚喜明 等,2009:25;刘亚猛,2008:20;徐鲁亚,2010:2-3)。二人传授的关于"怎样在法庭上和议事会议中雄辩地发言"(刘亚猛,2008:20)的修辞技艺被编撰为"'修辞手册'(Art of Rhetoric or Technical Handbooks)"(姚喜明 等,2009:26),"现存文献证明,在公元前 4 世

纪之前,没有比修辞手册中更为完善的论辩技巧出现"(同上)。柏拉图(Plato,公元前 427 年—公元前 347 年)的对话录《高尔吉亚》和《菲德拉斯》则被认定为"现存的最早的关于修辞学的文献"(张振华,1991:6)。"到公元前 4 世纪末,西方古典修辞的理论体系已基本形成"(姚喜明 等,2009:27)。著名思想家、哲学家亚里士多德(公元前 384 年—公元前 322 年)是"古希腊修辞学思想的集大成者"(姚喜明 等,2009:65),其著作《修辞学》(Rhetoric)"在当时各种言说理论的基础上构筑起一个相当完备并且极富特色的修辞体系"(刘亚猛,2008:51),"代表了西方传统修辞学在希腊古典时期的最高理论水平"(张振华,1991:8),对西方修辞思想的发展产生了巨大影响。"19—20 世纪之交,西方修辞学从古典修辞学以演讲为核心的研究,转向对语言文字作品的研究"(谭学纯、朱玲,2008:6),内容涉及"作品言语技巧"(同上:6)和"整个作品的艺术设计"(同上:6)。到了当代,西方修辞研究"已经几乎让人看不到清晰的边界"(姚喜明 等,2009:3),"它不但和传播学直接扭抱在一起,而且已经渗透到政治学、社会学、心理学,甚至生物学、医学等科学领域里"(同上:3),甚至"凡是使用符号进行交际的行为"都已经被纳入修辞研究的范畴(同上:4),这实际上反映出西方修辞研究逐步走上了"泛修辞"研究的发展道路(谭学纯、朱玲,2008:3)。

我国的修辞研究也有着悠久的历史。郑子瑜(1984:7)在《中国修辞学史稿》一书中将中国修辞学史分为八个时期:(1) 先秦——修辞思想的萌芽期;(2) 两汉——修辞思想的成熟期;(3) 魏、晋、南北朝——修辞学的发展期;(4) 隋、唐、五代——修辞学发展的延续期;(5) 宋、金、元——修辞学发展的再延续期;(6) 明代——修辞学的复古期(上);(7) 清代——修辞学的复古期(下);(8) 现代——修辞学的革新期。将"修辞"二字连用,最早见于先秦时期的《易·文言》:"君子进德修业。忠信,所以进德也;修辞立其诚,所以居业也。"(郑子瑜,1984:3)此处的"修辞"是动宾结构的词组,表示"修理文教"之义(杨鸿儒,1997:2;郑子瑜,1984:8),而我们今天所说的"修辞"一般用作名词,陈望道(2017:2)将其定义为"调整语辞使达意传情能够适切的一种努力",虽然也偶见"修辞"用作动宾结构的词组,却表示"修饰文辞/语辞"、"调整或适用文辞/语辞"(同上:1),由此可见,先秦时期所谓"修辞",其概念内涵与今天我们所谓"修辞"有着较大差异。将"修辞"二字连用,且涵义与我们今天所说的"修辞"大体相同的第一部著作要数南朝刘勰的《文心雕龙》(杨鸿儒,1997:2)。该著作用了较大篇幅探讨修辞问题,然而却旨在进行鉴赏和批评,大体上应算作文学批评著作,并非修辞学的研究专著(同上:2)。我国最早的一部较为系统地探讨修辞问题的著作要数南宋陈骙的《文则》(同上:2)。该著作以六经诸子的文章句法为研究重点,内容"包括遣词造句、修辞格和风格等部分,'在中国修辞学史上是有其不可磨灭的价值的'"(同上:2)。我国公认的第一部现代修辞学的系统性研究专著为陈望道于 1932 年出版的《修辞学发凡》,该著作"吸收了大量的古今中外精当的修辞理论,对汉语语言实际进行深入细致的调查研究,用整体的、系统的观点分析汉语的修辞现象和修辞学的结构框架,建立了中国第一个全面而科学的修辞学体系"(温科学,2009:138)。在当代,国内学者不断拓展汉语修辞研究的边界,但从整体上来看,汉语修辞研究的"界线还是相当清晰的"(姚喜明 等,2009:3),"基本上没有突破语言的范畴"(同上:4)。

对比中西方修辞研究的起源、发展和现状,不难看出,二者之间存在较大差异。本书关注中西方修辞研究的共核部分,即对文学作品言语技巧的研究,但鉴于本书所考察的文本对象的出发点是汉语小说,因此主要在汉语修辞研究的框架内进行分析。

2.2　汉语修辞的定义及分类

本节首先对汉语"修辞"这一概念进行界定,其次对其进行分类,从分类中引出"常规修辞"和"变异修辞"这两大概念。

2.2.1　汉语修辞的定义

我国学界以汉语为研究对象,对"修辞"下过多种定义。例如,陈望道(2017:2)指出,"修辞不过是调整语辞使达意传情能够适切的一种努力"。张弓(1993:1)认为,"修辞是为了有效地表达意旨,交流思想而适应现实语境,利用民族语言各因素以美化语言"。黎运汉、盛永生(2006:3)将修辞定义为"努力提高语言表达和接受效果的活动"。王希杰(2004:7)指出修辞是提高交际活动的"语言表达效果的规律规则"。吴礼权(2012:1)将"修辞"定义为"表达者(说写者)为了达到特定的交际目标而应合题旨情境,对语言进行调配以期收到尽可能好的表达效果的一种有意识、积极的语言活动"。

尽管不同学者对汉语"修辞"所下定义的具体措辞不尽相同,但各定义的内涵却是高度一致的,均可大致概括为"提高语言表达效果"的活动或规律规则,即便在陈望道和张弓的定义中没有直接出现"提高语言表达效果"这一表达,二人定义中所说的"适切"和"美化"无疑是对"语言表达效果"的具体阐释。鉴于本书将在后文中以陈望道构建的汉语修辞研究框架为基础重构汉语变异修辞研究框架,因此现将陈望道对"修辞"的定义作为本书中汉语"修辞"的工作定义。

2.2.2 汉语修辞的分类

参照不同的标准,汉语修辞有着多样化的分类方式。如陈望道(2017:35)根据语言中存在的不同的语体风格提出修辞的两大分野——"消极修辞"和"积极修辞";王希杰(2011:68)结合修辞所涉及的基本语言单位及修辞学的核心研究内容提出汉语修辞的三分法——"用词、造句、修辞格";谭学纯、朱玲(2008:前言2)从修辞的功能出发将修辞分为"修辞技巧"、"修辞诗学"和"修辞哲学"三个层面。

本书主要关注国内汉语修辞研究界从语言运用规律的角度对汉语修辞的分类。现已有多位学者在这一方面进行了有益探索。例如,郑颐寿(1982:4)将汉语修辞分为"常格修辞和变格修辞";吴士文、冯凭(1985:说明1)提出"常规"与"超常规"这两种对立统一的汉语修辞现象;郑远汉(1985:3)将汉语修辞分为"规范性修辞和变异性修辞两大类";冯广艺(2004:2)将汉语普通修辞划分为"规范性修辞"和"变异性修辞";许钟宁(2012:16)提出汉语修辞研究的"二元论"——"常规修辞"与"变异修辞"。

2.3 汉语常规修辞与变异修辞①

本节首先梳理不同学者对从语言运用规律的角度划分而来的两类汉语修辞

---

① 由2.3.1中的定义梳理可知,"常格修辞"与"变格修辞"、"常规修辞"与"超常规修辞"、"规范性修辞"与"变异性修辞"、"常规修辞"与"变异修辞"不过是两种相互对立的修辞方式的四种不同命名。为表述方便起见,现提前按照许钟宁的命名即"常规修辞"与"变异修辞"来指称这两种修辞方式。

方式所下的定义,其次重点关注国内学界对其中一类修辞方式即变异修辞方式
的主要研究成果[①],总结研究中的可取部分,分析研究中存在的问题,并尝试将
国内主要的汉语变异修辞研究进行整合,以构建统一的汉语变异修辞研究框架。

2.3.1　汉语常规修辞与变异修辞的界定

2.2.2"汉语修辞的分类"中不同学者从语言运用规律的角度对汉语修辞方
式进行了分类,现将学者们对各类属修辞方式的定义罗列如下:

> 常格修辞,就是一般的、常规的修辞。从词语、句子和辞格的修辞
> 来讲,它合乎语言学、文字学、词汇学、语法学和逻辑学的规律,是可以
> 按字面意思来理解的。(郑颐寿,1982:4)
>
> 变格修辞,就是特殊的、非常规的修辞。从词语、句子和辞格的修
> 辞来讲,它突破了语言学、文字学、词汇学、语法学和逻辑学的规律,是
> 不能按照字面来理解的。(郑颐寿,1982:4)
>
> 常规现象,即符合正常文字、正常语法、正常逻辑的修辞现象;超常
> 规现象,即超脱寻常文字、寻常语法以至寻常逻辑的修辞现象。(吴士
> 文、冯凭,1985:7)
>
> 严格遵守汉语语音规范、词汇(包括语义)规范、语法规范以及语体
> 规范,在这个基础上的修辞活动就是规范性修辞。有意'违背'上述规
> 范,为的是获得特殊的表达效果,这样的修辞活动是变异性修辞。(郑
> 远汉,1985:3)
>
> 变异性修辞指的就是从变异的角度来探讨言语表达的修辞效果。

---

① 尽管国内的汉语变异修辞研究与西方文艺理论如俄国形式主义、西方文学文体学研
究,以及西方语言学研究如西欧布拉格学派对于文学语言的研究等都有着千丝万缕的联系,
而且西方学界也不乏对文学语言中的变异修辞现象进行细致探讨的论著,例如英国著名文体
学家杰弗里・N. 利奇(Geoffrey N. Leech)就在其专著《英诗学习指南:语言学的分析方法》
(*A Linguistic Guide to English Poetry*)(2001)中总结了英诗歌中常见的八种偏离常规的
变异现象即变异修辞现象,包括词汇变异、语音变异、语法变异、书写变异、语义变异、方言变
异、语域变异和历史时代的变异,但由于这些研究并不以汉语文学语言为专门考察对象,而本
书所考察的文本对象的出发点是汉语小说,加之英汉两种语言系统存在较大差异,因此本书
主要在汉语变异修辞研究的框架内进行分析。

而规范性修辞则是从规范的角度来说明言语表达的修辞效果。(冯广艺,2004:2)

我们主要从语言结构入手,用修辞学的观点对语言变异(确切地说是"言语变异")现象进行研究,所以我们把它叫变异修辞学。(冯广艺,2004:1)

变异修辞学则从变异入手,探讨言语表达是怎样通过对规范的"突破"而达到自己的修辞目的的。(冯广艺,2004:11)

遵循语言和言语一般规约追求有效交际的(语言行为,笔者注)是常规修辞,超越语言和言语一般规约追求有效交际的(语言行为,笔者注)是变异修辞。(许钟宁,2012:4)

作家笔下的变异,是他们在运用语言时,出于表达的需要,故意并且在一定限度上突破语音、词汇、语法等种种常规而采取的一种变通用法,它不是一种自然现象而是一种艺术手段。……我们称之为"语言变异艺术"。① (叶国泉、罗康宁,1992:8)

综观上述定义,除了叶国泉、罗康宁之外,以上学者实际上共同关注到了两类修辞方式——遵循语言表达规范的修辞方式和有意偏离语言表达规范的修辞方式。为表述方便,笔者采用许钟宁的命名即"常规修辞"与"变异修辞"来指称这两类修辞方式。

尽管上述学者在定义中对于如何判定"变异修辞"以及如何将其与"常规修辞"进行区分做了较为明确的阐释,但为了准确把握国内修辞学界所谓"变异修辞"的内涵,笔者认为有必要将上述定义与上述学者在各自论著中对"常规修辞"与"变异修辞"这两大概念所做的进一步阐发相结合,对后者的判定方法作进一

---

① 尽管叶国泉、罗康宁(1992:自序1—2)声称要"把语言变异艺术从风格学或修辞学中独立出来,作为一个自成体系的新学科来进行探讨",但学界仍然将该著作看作对修辞学分支学科的系统研究,如袁晖(2000:554)就将叶国泉、罗康宁的《语言变异艺术》看作"有关语言变异修辞的著作",并评价该著作"反映了我国的修辞学界已不单单是关注于选择修辞,而且对常见常用的变异修辞也开始深入进行探讨了"(同上:550)。另外,叶国泉、罗康宁二人虽然并未从语言运用规律的角度对汉语修辞方式进行分类,他们只关注其中一种类属修辞现象——变异修辞,但因二人也对变异修辞方式进行了界定,故也将二人的定义列入其中。

步说明。首先,从上述定义来看,"变异修辞"的变异参照系并不是"常规修辞",而是汉语语言表达规范。换言之,"变异修辞"是在有意偏离汉语语言表达规范而不是在偏离常规修辞的基础上形成的修辞方式;其次,偏离汉语语言表达规范的语言现象不一定就构成变异修辞现象,只有为追求特殊的语言表达效果而自觉地偏离汉语语言表达规范的修辞现象才是变异修辞。不自觉的、不以追求特殊的语言表达效果为目的的偏离,只能被看做不规范的,甚至是错误的语言表达方式,属于语病,不能算作变异修辞现象(叶国泉、罗康宁,1992:17;冯广艺,2004:13);再次,要注意区分社会语言学的研究对象——"语言变异"与"变异修辞"的实现途径——"语言变异"。社会语言学家所研究的语言是"社会语言",即"在社会现实生活中具体运用的语言,是受具体社会环境制约的动态语言"(叶国泉、罗康宁,1992:7),而这种语言"本来就是有变异的"(同上:7),会因各种社会因素而产生种种差异(同上:7),如上海人将"校外兼课"称作"扒分",广东人将其称之为"炒更"(秦秀白,2001:F28),即是因地域差异而产生的语言变异。"社会语言学所研究的'变异',是一种自然现象,并非作家笔下的那种变异。"(叶国泉、罗康宁,1992:8)被称为"现代语言学之父"的瑞典语言学家费尔迪南·德·索绪尔(Ferdinand de Saussure,1857—1913)在其著作《普通语言学教程》(*Cours de linguistique générale*)中将语言行为分为语言(langue)和言语(parole)两部分(同上:2)。"'语言'是不受个人意志支配的,是'一种表达观念的符号系统'。"(同上:2)社会语言学所谓"语言变异"是一种客观存在的语言现象,属于索绪尔所说的"语言"范畴。"'言语'则是受个人意志支配的,也就是因人而异的,文学作品中那些带有作家个人风格的语言,当然也包括在内。"(同上:2)变异修辞的实现途径"语言变异"是个人为达到特殊的语言表达效果而对语言规范的有意突破,是一种个人言语行为,属于索绪尔所说的"言语"(parole)范畴。由此可见,变异修辞研究中所探讨的变异,准确地说,应该是"言语变异"(冯广艺,2004:1)。由于语言变异是修辞学界通行的说法,因此,本书予以沿用。

2.3.2　汉语变异修辞研究述评

　　我国的汉语变异修辞研究大致始于 20 世纪 80 年代,主要成果有郑颐寿的《比较修辞》(1982),吴士文、冯凭的《修辞语法学》(1985),叶国泉、罗康宁的《语言变异艺术》(1992),冯广艺的《变异修辞学》(1992;2004),许钟宁的《二元修辞学》(2012)。郑颐寿(1982)从词语、句子和修辞格这三方面入手分别探讨常格修辞和变格修辞。吴士文、冯凭(1985)从词、词组、句子成分、单句句式、复句句式、标点这几个方面入手将"语法规律和修辞运用放在一起对比讲解"(袁晖,2000:540),实际上是"运用辩证法把常规与超常规两种对立修辞现象统一在题旨、情境中"(吴士文、冯凭,1984:说明1)。叶国泉、罗康宁(1992)从语音、文字、词汇、语法和语用五个方面入手对文学作品中的语言变异问题进行了深入分析。冯广艺(2004)构建了"变异修辞学的学科体系。这个体系包含了语音、形体、词语、句子、句群、篇章和辞格的变异修辞的系统"(袁晖,2000:551)。许钟宁(2012:16)从语音、语词、语句和语格这四个方面将变异修辞与常规修辞并置探讨,认为变异修辞与常规修辞"二元互补地贯穿于语言本体序列的所有领域,构成了修辞实践活动的完整界域和修辞学术体系的完整疆域"。

　　笔者对上述以变异修辞为主要研究对象的著作进行了细致梳理,发现变异修辞研究主要存在以下问题:

　　第一,国内汉语修辞研究界虽然对"变异修辞"这一概念给出了较为明确的定义,而且不同学者之间定义的内涵高度一致,但面对纷繁复杂的语言现象,这些定义的指导力显得十分有限,学界对于具体语言现象修辞方式的判定依然是众说纷纭。例如在语音方面,冯广艺(2004:38-40)将对人或事物声音的直接摹拟看作变异修辞,至于为何作此判断,他未做解释。叶国泉、罗康宁(1992:52-60)与冯广艺的看法一致,也将对自然界声音的摹拟认定为变异修辞,认为对自然界声音的摹拟"本身就带有变异性。因为,人的耳朵并非录音机,对自然界的声音只能摹拟,无法如实记录。这种摹拟本身就无法十足,既像又不像。"(同上:53)然而许钟宁(2012:91)却指出运用象声词摹拟客观世界的各种声响只是一种"常规的语音修辞方式",只有偏离了拟声作为常规的语音修辞方式时主要的修辞功能如"使表达更具形象性、具体性,给人如闻其声、如临其境的真实感"(同上)等,"采用主观联想的、通感转换的、超常的、曲折的用法"(同上)才是拟声变异修辞。为何上述学者对于何为拟声变异修辞的看法会不尽相同,甚至截然相反?不难看出,直接原因在于上述学者选取的变异参照系不同。叶国泉、罗康宁将自然界真实存在的声音作为变异参照系,自然会认为一切拟声都会在一定程度上失真,都是对自然界真实存在的声音的偏离或变异。许钟宁则将对客观世界各种声响的直接摹拟认定为常规拟声修辞,并将其作为变异参照系,从而造成他所说的拟声变异修辞与叶国泉、罗康宁所认定的拟声变异修辞之间的差异。然而 2.3.1"汉语常规修辞与变异修辞的界定"中各定义明确表示变异修辞的变异参照系是汉语语言表达规范,不是客观世界万事万物的实际存在方式,也不是常规修辞。面对具体的语言现象,上述学者不是从变异修辞的定义出发寻求修辞方式的判定依据,而是抛开定义,自行设定自认为合理的变异参照系。究其原因,则会发现,变异修辞的定义具有高度概括性,只提供了一个总体判定原则。对于具体语言现象而言,以语音现象为例,到底什么是语音规范,常规语音修辞方式是否能代表甚至代替语音规范,定义显然未做具体阐释。这就要求国内修辞研究界在变异修辞理论的阐发中,特别是在对具体语言现象修辞方式的判定过程中,从变异修辞的定义出发,对定义中的总体判定原则不断予以细化,并在细化过程中充分整合前人相关研究成果,才能改变变异修辞研究各自为政的研究格局,并避免在修辞方式的判定过程中出现自说自话,甚至相互矛盾的情况。

　　第二,在变异修辞研究中,即便是同一学者,对于如何判定变异修辞也存在前后不一,甚至自相矛盾的情况。冯广艺(2004:11)将"变异修辞学"的研究内容设定为"从变异入手,探讨言语表达是怎样通过对规范的'突破'而达到自己的修辞目的的"。而定义中所说"变异"是指人们"根据交际的需要而采取的一些有效的异于(语言表达,笔者注)规范的表达手段"(同上:6)。变异修辞作为变异修辞学的研究对象,对汉语语言表达规范的突破自然是其构成前提。然而在同一著作后部,为了论证所有的修辞格都具有变异特征,特别是像对偶、排比这一类因并不存在对语法规则、句法结构和逻辑规律的偏离而被许多学者(如郑颐寿,1982:189 - 203)认定为常规修辞方式的修辞格,冯广艺不惜冒着推翻其先前对"变异修辞学"所下定义的风险引用雷蒙德·查普曼(Raymond Chapman)的观点来对变异修辞的判定标准进行重新界定:"变异不一定就是不合语法或者违背任何规则。变异可以仅是语法允许的可能范围内,比正常语言使用更进一步的结果"(冯广艺,2004:235)。有了为修辞格量身打造的变异修辞判定新标准,冯广艺最终勉强"论证"了修辞格作为变异修辞方式其身份的"合法性":"当辞格出现时,就呈现出一种异乎寻常的情形,言语表达就呈现出特别的修辞气氛,简言之,就是变异。"至于怎样在不违背任何规则的前提下实现变异,到底怎样的情形才是异乎寻常的,怎样的修辞气氛才算是特别的,作者语焉不详。许钟宁(2012:4)首先将"变异修辞"界定为"超越语言和言语一般规约追求有效交际的(语言行为,笔者注)",后来又提出"变异修辞方式往往是对常规修辞方式的创造性使用和补足性延伸,是对现有规范的超越和发展。"(同上:27)两种说法不禁让人倍感困惑,变异修辞的变异参照系到底是什么?是常规修辞还是语言表达规范?许钟宁对变异参照系前后不一的表述也延续到了对具体语言现象修辞方式的判定过程中。例如许钟宁(2012:89)将通常采用"AA"、"ABB"、"AABB"等语音复叠形式以"增加语音的音乐美感,强化形象与情感的渲染和刻画"的叠音修辞方式认定为常规修辞方式,并以此作为变异参照系,认为只有超越了常规叠音修辞方式主要的修辞功能,偏离了它通常的使用形式的修辞方式才是变异叠音修辞方式,而在解释"婉曲"为何为变异修辞格时,则指出"婉曲是对常规语义规则的偏离"(许钟宁,2012:298),此时变异参照系又变成了语言表达规范。对变异修辞的核心概念如"变异"、"变异修辞的变异参照系"以及"语言表达规范"与"常规修辞"之间关系的界定与阐释尚且存在表述前后不一、模棱两可的情况,在这不算牢固的地基上构筑的变异修辞理论大厦,其稳固性不得不说是值得怀疑的。

　　第三,在变异修辞研究中,研究者对于变异修辞方式一级分类中各类属变异修辞方式采用的命名方式和划分标准存在一定问题。冯广艺在《变异修辞学》(2004)中构建了包括声响形态变异、简单符号变异、聚合单位变异、词语搭配变异、矛盾表达变异、同素连用变异、句子成分变异、超句单位变异等九类变异修辞方式的变异修辞学学科体系。从字面上看,这些变异修辞方式的名称具有一定的误导性,容易让人误以为变异修辞学研究的就是如何通过声响形态、简单符号、聚合单位、词汇搭配、矛盾表达、同素连用、句子成分、超句单位等自身的变异来实现修辞目的的。然而从冯广艺对这些变异修辞方式的具体阐释来看,只有简单符号变异、词汇搭配变异和句子成分变异可做上述理解,而其他几种变异修辞方式的命名原则则不甚统一,这一点通过分析这几种变异修辞方式的命名中中心词"变异"与其限定词之间的实际关系就可管窥一二。声响形态变异包括谐音变异(冯广艺,2004:22-32)和韵律变异(同上:32-37)等。谐音变异例如"七〇(零)八三(散)的装甲(庄稼)部队"(同上:23),它以读音为媒介,引导读者关注与"〇"、"三"、"装甲"这三个词有着相同或相似读音的词"零"、"散"和"庄稼"的含义,此时"〇"、"三"、"装甲"的读音即声响形态"líng"、"sān"、"zhuāngjia"几乎未发生任何显著变化,冯广艺所说的声响形态变异在这里似乎可理解为以声响形态的相似性为媒介来实现的语义变异;韵律变异是指为了韵律或节奏的需要而对言语表达作出突破语言规范的调整(冯广艺,2004:32),而这种调整或称变异只限于句子成分的位置或词汇的内部结构方面(同上:32-37),与声响形态无涉,正如冯广艺(2004:37)指出的那样,"韵律变异并不是指韵律本身发生了变化,而是指人们为了构成声律美而采取一些言语变异手段"。在这种情况下,声响形态则应理解为变异的目的。矛盾表达变异和同素连用变异凸显的是变异的手段,二者表示通过矛盾表达法或同素连用的手段来实现语言变异。超句单位变异和聚合单位变异共同指向发生变异的语言单位所处的语言范围,前者发生变异的语言单位"超越单句范围"(冯广艺,2004:202),后者的变异发生于聚合群体中的某一个聚合单位。由此可见,冯广艺在其变异修辞研究中并未采用统一的变异视角对同属一级分类的各类变异修辞方式进行命名,这无疑会徒增变异修辞方式的理解难度。另外,冯广艺的变异修辞研究框架中一级变异修辞方式的划分标准不甚统一。声响形态变异、简单符号变异、句子成分变异、超句单位变异大体上是按照语言的基本组成单位对变异修辞方式所做的划分,聚合单位变异和词汇搭配变异则是按语言结构的内部关系所做的划分,但显然需要将词汇搭配变异更名为组合单位变异才能将二者作为同一层面的变异并置探讨。矛盾表达变异是从言语形式对逻辑规律背离的角度提出的变异类型。同素连用变异实际上是词汇搭配变异的一种类属变异形式,却被单独提出来进行探讨。冯广艺将按照四种不同标准划分而来的各类变异修辞方式放在同一层级探讨,这种做法显然是值得商榷的。叶国泉、罗康宁(1992)构建了包括语音的变异、文字的变异、词汇的变异、语法的变异和语用的变异这五个方面内容的语言变异艺术体系。前三个方面是按照语言的基本组成单位划分的变异类型,而语法变异、语用变异显然与前三种变异并不属于同一层面和同一类型,将分属三个不同层面和不同类型的变异现象置于同一层面进行探讨则略显牵强。上述两大变异修辞研究在变异修辞方式一级分类中各类属变异修辞方式的命名方式方面存在歧义且划分标准不甚统一,势必导致汉语变异修辞研究的科学性和有效性大打折扣。

第四,在变异修辞研究中,除一级变异修辞方式以外,其他各级变异修辞方式同样存在归属混乱的问题,本质上相同的变异修辞方式常带着不同的身份标签跨类复现。在冯广艺构建的变异修辞学学科体系中,声响形态变异的下级变异修辞方式韵律变异中存在一种因韵律需要而对句子成分的常规位置进行调整所产生的变异修辞方式,它和与声响形态变异处于同级的句子成分变异有所重合。从冯广艺在"句子成分变异"这一章中的论述来看,句子成分变异可理解为为了追求特殊的语言表达效果而对句子成分的常规位置作出违背句法规则的调整。冯广艺(2004:191)在该章指出,"在韵文中,为了韵律的需要也常常采取定语后置的手段","同定语后置一样,状语的后置在韵文里也是为了韵律的需要"(同上:196)。可见,为了韵律的需要对句子成分的常规位置进行调整正是句子成分变异的类型之一。出于同样的目的,采用同样的变异手段形成的修辞现象却被同时划入两种变异修辞方式中,实在是令人费解。类似问题在其他学者的变异修辞研究中同样存在。叶国泉、罗康宁(1992:69-71)在"文字的变异"一章中提出"作家笔下的'错别字'"这一变异修辞方式,并举出了文学作品中的几个例子加以分析,如农民不理解别人口中所说的"人代"(即人民代表的简称)一词的含义,误以为这是一种用于装庄稼作物的新型袋子"人袋"(同上:71)。作家利用同音异义字如实地记录了农民的认知错误并借此反映了农民对政治的一无所知。在"词汇的变异"一章中,叶国泉、罗康宁提出"词语的同音偷换"这一变异修辞方式,在所举实例中,两位村妇分别将"梁武帝"误解为"梁五弟"(同上:146),将"反动句子"误解为"反动的锯子凿子"(同上)。作家同样也利用同音异义字将这种认知错误记录下来。从本质上说,这三个实例所反映的是同一种语言变异现象,只不过"作家笔下的'错别字'"侧重从字形的角度分析变异,"词语的同音偷换"则偏重从词语的读音方面去分析变异。但无论从哪种视角去分析,终究无法改变三个实例属于同一种语言变异现象的事实。许钟宁在"语词修辞"这一章的"变异语词修辞方式"一节中提出"形容词的重叠变异"(许钟宁,2012:182)、"数词的谐音数变"(同上:185)、"俗语的谐音变异运用"(同上:198),又在"语音修辞"这一章的"变异语音修辞"一节中提出"叠音变异"(同上:89-91)和"谐音变异"(同上:86-89),而实际上"形容词的重叠变异"隶属于"叠音变异","数词的谐音数变"和"俗语的谐音变异运用"又隶属于"谐音变异"。同一变异修辞方式的跨类复现表明变异修辞方式的划分标准有待学界继续探讨。只有划分标准科学、统一,变异修辞方式才能做到归属合理,汉语变异修辞研究才能拥有一个科学合理的内部架构。

第五,国内的变异修辞研究成果多集中问世于 20 世纪八九十年代,其中列出的一些变异修辞现象随着时间的推移和语言的发展,变异性逐渐淡化、消失,最终演变为常规修辞现象,甚至成为常规表达形式。如郑颐寿(1982:83)将"珠峰"、"四化建设"作为节缩①的实例列入词语形式方面的变格修辞方式中,将"吃喜酒"(同上:156)、"白色恐怖"(同上:157)作为移就②的实例纳入句子的变格修辞方式中;吴士文、冯凭(1985:90-91)将"五讲四美三热爱"、"珠峰"、"三反"、"五反"作为节缩的实例纳入超常规修辞方式中。现如今,"珠峰"、"四化建设"、"白色恐怖"、"五讲四美三热爱"、"珠峰"、"三反"、"五反"由于得到了长期广泛使用已经逐渐取代了其全称成为常规表达形式,"吃喜酒"则早已成为参加婚宴的通俗说法,这些词再作为变异修辞现象去探讨恐怕已经不符合语言运用的实际了。变异修辞研究至今已走过三十多年历程,有必要与时俱进,将已经常格化和常规化的语言实例剔除,同时补充当代语料,尤其是在汉语语言规范方面起着示范作用的当代文学经典名作中的语料。许钟宁(2012)出版时间相对较晚,所引用的语料相对较新,但他的语料来源比较庞杂,除了名家名著和范文范本之外,还包括大众语料和现实语料(黎运汉,2012:3)。若以为文学语言的分析提供理论指导为目标,则有必要着重采集现当代名家名作中能反映汉语发展新动向的语言变异语料,不断总结新的变异修辞方式,对变异修辞研究进行持续更新。

综上所述,由于国内的汉语修辞研究界对变异修辞的核心概念如"变异"、"变异参照系"的认定存在争议,对"常规修辞"与"语言表达规范"之间的关系缺乏充分阐释,对"变异修辞"的定义阐发不足,无法为变异修辞方式的判定提供可操作的指导原则和统一的判定依据。此外,由于变异修辞方式的命名存在歧义,划分标准不甚统一,导致变异修辞方式的分类混乱,归属欠妥。可以说,国内的汉语变异修辞研究几乎是各自为政,未能形成统一的汉语变异修辞理论体系。鉴于此,本书拟首先确立一个统一的变异参照系,然后在此基础上对"变异修辞"进行重新界定,同时按照新的变异参照系和变异修辞的新定义对被国内主要的变异修辞研究认定为变异修辞方式的语言现象的"变异性"进行重新判定,并将被本书认定为变异修辞方式的语言现象进行全面整合,进而按照统一的划分标准进行分类,从而构建起一个统一的汉语变异修辞研究框架。

---

① 节缩,就是节短缩合多音的词语。(郑颐寿,1982:82)
② 移就,甲乙两种事物必须有密切的联系,能够使人的观念沟通起来,才能移甲于乙,启发读者联想。(郑颐寿,1982:157)

2.4 汉语变异修辞再定义及汉语变异修辞研究框架的重构

本节将首先概述陈望道在《修辞学发凡》一书中构建的汉语修辞理论体系；其次厘清该体系中的两大概念"消极修辞"和"积极修辞"与变异修辞的两大概念"常规修辞"和"变异修辞"之间的对应关系，进而将"消极修辞"指定为变异参照系，并对"变异修辞"这一概念进行重新界定；最后按照新的变异参照系和变异修辞的新定义对被国内主要的变异修辞研究认定为变异修辞方式的语言现象的"变异性"进行重新判定，进而将被本书认定为变异修辞方式的语言现象进行全面整合，并按照统一的划分标准进行分类，从而构建起统一的变异修辞研究框架。

2.4.1 汉语变异修辞再定义

陈望道（2017:3）认为，语辞（即语言）（同上:16）的使用，无论口头或书面，可分为以下三种境界：

（甲）记述的境界——以记述事物的条理为目的，在书面如一切法令的文字，科学的记载，在口头如一切实务的说明谈商，便是这一境界的典型。

（乙）表现的境界——以表现生活的体验为目的，在书面如诗歌，在口头如歌谣，便是这一境界的典型。

（丙）糅合的境界——这是以上两界糅合所成的一种语辞，在书面如一切的杂文，在口头如一切的闲谈，便是这一境界的常例。

根据不同的题旨情境需要采取不同的手法来调整语辞（陈望道，2017:7），于是就产生了修辞手法的两大分野——消极修辞和积极修辞（同上:35）。前两种境界对于语辞运用的法式截然不同（陈望道，2017:3）。（甲）境界常常只采用消极修辞手法（同上:3），但在（乙）、（丙）两种境界中消极修辞是"底子"（同上:35），（乙）境界以积极修辞手法为主（同上:3,35），（丙）境界则两种手法兼用（同上:36）。消极修辞"广涉语辞的全部，是一种普遍使用的修辞法"（同上:35-36）；它

"是以明白精确为主的,对于语辞常以意义为主,力求所表现的意义不另含其他意义,又不为其他意义所淆乱"(同上:4);它"是抽象的、概念的。必须处处同事理符合。说事实必须合乎事情的实际,说理论又须合乎理论的联系。其活动都有一定的常轨:说事实常以自然的、社会的关系为常轨;说理论常以因明、逻辑的关系为常轨"(同上:37);它"但求适用,不计华质和巧拙"(同上:4),它"对于语辞所有的情趣,和它的形体、声音,几乎全不关心"(同上:40)。概言之,消极修辞应当遵守的总体原则是:"意义明确","伦次通顺","词句平匀"和"安排稳密"(同上:43–56)。积极修辞"不止用心在概念明白地表出"(同上:36),"还想对方会感动、会感染自己所怀抱的感念"(同上:41);它在内容方面是"富有体验性、具体性的"(同上:3),它在形式方面对字义、字音、字形"随时加以注意或利用"(同上:41)。通过将内容和形式两个方面相结合,积极修辞"把语辞运用的可能性发扬张大了,往往可以造成超脱寻常文字、寻常文法以至寻常逻辑的新形式,而使语辞呈现出一种动人的魅力。在修辞上有这魅力的有两种:一种是比较同内容贴切的,其魅力比较地深厚的,叫做辞格,也称辞藻;一种是比较同内容疏远的,其魅力也比较地淡浅的,叫做辞趣。"(同上:3–4)"大体依据构造,间或依据作用",可将辞格分为四类:材料上的辞格、意境上的辞格、词语上的辞格和章句上的辞格,每类辞格又包含众多类属辞格(陈望道 2017:58)。辞趣部分主要探讨的是"如何利用各种语言文字的意义上声音上形体上附着的风致,来增高话语文章的情韵的问题"(陈望道,2017:182)。辞趣"大体可分作三个方面,就是:辞的意味,辞的音调,和辞的形貌"(同上:182)。根据上述论述,笔者将陈望道构建的汉语修辞理论体系以图表形式呈现如下:

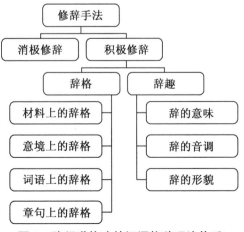

图 2　陈望道构建的汉语修辞理论体系

对于陈望道构建的修辞理论体系中的两大核心概念"积极修辞"与"消极修辞",笔者认为有必要做进一步阐释。陈望道(2017:3)指出积极修辞手法"往往可以造成超脱寻常文字、寻常文法以至寻常逻辑的新形式,而使语辞呈现出一种动人的魅力",此表述与2.3.1"汉语常规修辞与变异修辞的界定"中各位汉语修辞研究者对于"变异修辞"的界定高度一致,可以说,"积极修辞"本质上就是"变异修辞"。陈望道(同上:42)还指出,消极修辞所用的语言是"概念的、抽象的、普通的",常常设法减除"因时代、因地域、因团体而生的差异"和"古怪新奇,及其他一切不寻常的说法"(同上:40),"但求适用,不计华质和巧拙"(同上:4),"力避参上自己个人的色彩"(同上:34),辞面子和辞里子相当密合,可单看辞头照辞直解(同上:7)。此外,消极修辞"必须处处同事理符合。说事实必须合乎事情的实际,说理论又须合乎理论的联系。其活动都有一定的常轨:说事实常以自然的、社会的关系为常轨;说理论常以因明、逻辑的关系为常轨。我们从事消极方面的修辞,都是循这常轨来做伸缩的工夫。"(陈望道,2017:37)由此可见,消极修辞是一种遵循语言表达规范,遵循逻辑规律和客观事实的修辞手法,与2.3.1"汉语常规修辞与变异修辞的界定"中各位修辞研究者对于"常规修辞"的界定高度一致,应视为常规修辞手法。国内汉语修辞研究者对于"积极修辞"与"变异修辞"、"消极修辞"与"常规修辞"关系的相关论述也基本证实了这一点。吴士文(1982:48)认为,"一般性修辞都是些常规说法,特殊性修辞多是些超常规说法",而且"一般性修辞和特殊性修辞构成修辞手段的总体,两者都是不可或缺的"(同上:44)。虽然在吴士文(1982)这篇论文的行文中并未出现"积极修辞"和"消极修辞"字眼,但陆文耀(1994:21)认为吴士文(1982)"提出了'消极修辞和积极修辞之间的关系是对立统一关系'的命题",这说明陆文耀是将吴士文所说的"一般性修辞"和"特殊性修辞"分别与"消极修辞"和"积极修辞"划等号的。在吴士文与冯凭合著的《修辞语法学》(1985)一书中,作者直接以"消极修辞"来注解"一般修辞",以"积极修辞"来注解"特殊修辞"(1985:25),而且把"一般修辞"和"特殊修辞"分别视为与"常规修辞"和"超常规修辞"(即变异修辞)对等的概念(同上:说明1)。据此可知,在吴士文的研究(吴士文,1982;吴士文、冯凭,1985)中,"积极修辞"与"变异修辞"之间,"消极修辞"与"常规修辞"之间均存在对等关系。袁晖

(2000:540)在评价①吴士文、冯凭(1985)时曾用"常规修辞"为"消极修辞"做注解,用"超常规修辞"为"积极修辞"做注解,呼应了笔者的判断。陆丙甫、于赛男(2018:13)用"规范修辞"、"一般修辞"为"消极修辞"做注解②,将"常规修辞"与"消极修辞"作为对等的概念看待。陆文耀(1994:22)将"消极修辞"界定为"为了表达特定的思想内容,适应具体题旨情境而采用的运用常规语言的方法、技巧或规律";将"积极修辞"界定为"为了表达特定的思想内容,适应具体题旨情境而采取的语言超常规运用的方法、技巧或规律"(同上)。这两个定义分别与 2.3.1"汉语常规修辞与变异修辞的界定"中各位修辞研究者对于"常规修辞"和"变异修辞"的界定高度一致,在陆文耀的定义下,"消极修辞"与"常规修辞"之间,"积极修辞"与"变异修辞"之间,无疑也存在对等关系。简言之,国内汉语修辞学界对于"消极修辞"与常规修辞"之间,"积极修辞"与"变异修辞"之间的对等关系基本上达成了共识。

另外,由于国内汉语变异修辞研究界对于变异修辞的变异参照系到底是汉语语言表达规范还是汉语常规修辞这一问题还存在一定争议,本书现将汉语常规修辞(即消极修辞)指定为变异参照系,为追求特定的表达效果而有意违背消极修辞纲领即"意义明确"、"伦次通顺"、"词句平匀"、"安排稳密"(陈望道,2017:43-56),或与积极修辞纲领相符的修辞手法即为本书认定的变异修辞。

2.4.2　汉语变异修辞研究框架的重构

由于陈望道在其构建的汉语修辞理论体系中提出的"积极修辞"从本质上说就是"变异修辞",笔者现将该体系中的"积极修辞"模块改造为"变异修辞"研究框架的基本架构。

为进一步细化图 3 所示的汉语变异修辞研究框架的基本架构,笔者首先将2.3.2"汉语变异修辞研究述评"中提到的变异修辞研究的主要成果包括郑颐寿(1982),叶国泉、罗康宁(1992),冯广艺(2004),许钟宁(2012)以组织结构图的形式呈现,然后以本书所认定的变异参照系和变异修辞(即积极修辞)纲领为依据,

---

① 袁晖(2000:540)评价的原文为:"作者把消极修辞(常规修辞)和积极修辞(超常规修辞)分到词、词组、句子成分、单句、复句中讲解,比较灵活自如,给人印象也深刻。"

② 陆丙甫、于赛男(2018:13)指出"对消极修辞(规范修辞、一般修辞)的研究,很长一段时间内,相对贫乏"。

对这些变异修辞研究框架中归纳出的所谓"变异修辞方式"的"变异性"进行重新判定,最后将本书所认定的具有变异修辞方式按照图 3 的各个模块进行整合和分类。

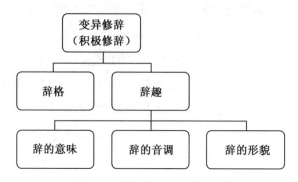

图 3　汉语变异修辞研究框架的基本架构

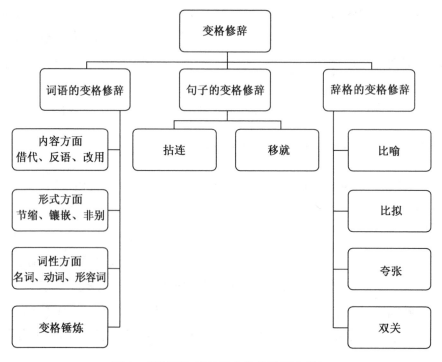

图 4　郑颐寿(1982)的变格修辞研究框架

　　郑颐寿(1982)的变格修辞研究框架虽然分为三大模块:"词语的变格修辞"、"句子的变格修辞"和"辞格的变格修辞",但若将该框架置于陈望道(2017)的修辞理论体系下进行考察，则不难发现，散布于词语、句子、辞格三大变格修辞模块下的各类变格修辞手法，除了"改用"和"变格锤炼"之外，实际上都属于陈望道所认定的"辞格"①范畴。可以说，郑颐寿（1982）的变格修辞研究是以辞格为重心的。如 2.4.1"汉语变异修辞再定义"所述，辞格属于积极修辞范畴，应被视为变异修辞手法。因这些辞格已经包含在陈望道的辞格模块中，它们对于细化笔者初步重构的变异修辞研究框架并无助益。郑颐寿（1982：79）所说的"改用"是指在特殊的言语环境下临时改变词语的原义作另一词义使用。郑颐寿（1982：79）对"改用"所举的实例为"'公私合营'的杂货铺"。"公私合营"原本指公家和私人共同经营的一种社会主义经济组织形式（同上：80），但在此例中这个词的语义发生了变化，用于"指有的人既想做'大公无私'的人，又想做'自私自利'的人"（同上：80）。这种用法是对"公私合营"一词的别解，是对"消极修辞"的"意义明确"纲领②的偏离，因此应视为变异修辞手法，又因该用法主要涉及词语的意义，因此可用于细化"辞趣"的下级单位"辞的意味"③模块。郑颐寿（1982：94）所说的"词语的变格锤炼""就是突破语法的常规，对词语推敲、琢磨，使它艺术化、深刻化来增强表达效果的一种修辞活动"。他（同上：94）指出，词语经过变格锤炼，表面上导致句子成分之间不符合搭配规则，无法"简单地、直接地从字面去理解它的含义，但若细加思考，却妙趣横生，倍加感人"。这种用法同样也有意违背了消极修辞"意义明确"的原则，还造成了超脱"寻常文法"的表达形式（陈望道，2017：3），因此也应视为变异修辞手法，可用于细化"辞的意味"模块。将"改用"和"词语的变格锤炼"这两种变异修辞手法纳入笔者重构的变异修辞研究框架后，细化情况如下：

---

　　①　需要指明的是，在郑颐寿（1982）归纳的变格修辞手法与陈望道（2017）的辞格模块的重合部分，郑颐寿对个别变格修辞手法的命名方式与陈望道略有不同，如郑颐寿所说的"比喻"被陈望道称为"譬喻"，"非别"被称为"飞白"，"反语"被称为"倒反"，"词性用法上的变格修辞"被称为"转品"。

　　②　"要明确就是要写说者把意思分明地显现在语言文字上，毫不含混，绝无歧解。"（陈望道，2017：43）

　　③　"辞的意味"即"语言文字的意义"（陈望道，2017：182）。

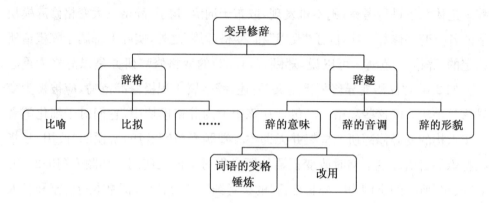

图 5　将郑颐寿(1982)的变格修辞研究成果纳入本书研究的变异修辞研究框架后的效果图

与郑颐寿的变格修辞研究框架相比,其他三个研究框架则显得庞杂许多(见图6—图8)。笔者接下来虽然仍然按照分析郑颐寿的研究框架的思路对其他三个框架继续逐一展开分析并从中吸纳能够用于细化笔者的变异修辞研究框架的变异修辞手法,但为了避免因对类似的分析过程反复演绎而使得整个重构过程显得过于烦琐,现只将所吸纳的各种变异修辞手法经过整合和分类之后的结果直接予以陈述。

对于汉语变异修辞研究框架的重构,笔者认为有两点需要进行特别说明。其一,笔者并非汉语变异修辞研究专家,本书也并非以汉语变异修辞为专门研究对象,笔者无力也无意构建一个比由上述知名变异修辞研究专家建构的四大变异修辞研究框架更为科学、更为全面的汉语变异修辞研究框架。本书旨在以一个统一的变异参照系和变异修辞纲领为依据,对上述变异修辞研究框架中归纳的各类变异修辞手法的变异性进行重新判定,再根据重构后的变异修辞研究框架的基本架构对本书所认定的变异修辞手法进行整合,最终形成一个博采众家之长,以整合后的变异修辞手法为主体但并不局限于这些变异修辞手法的开放式变异修辞研究框架,以此作为沈从文小说语言风格英译再现研究的理论及结构框架。笔者若在后文分析沈从文小说语言风格的过程中发现了符合本书对变异修辞界定的新型变异修辞手法,仍可继续纳入笔者重构的变异修辞研究框架中;其二,在笔者重构的变异修辞研究框架的辞格模块中,陈望道归纳的 38 种辞格已被汉语修辞研究界广泛接受,虽然现当代汉语修辞研究者对于汉语辞格的品种有所补充,但这些新增的辞格品种是否已经像这 38 种辞格一样被学界广泛接受,恐怕尚无定论。鉴于此,本书不以新增的辞格品种对笔者重构的变异修辞研究框架中的辞格模块进行补充,只吸纳在形式上对已有的 38 种辞格有所突破却并未从根本上改变这些辞格的本质属性的辞格变体。由此看来,细化的重点在于辞趣模块。由于辞趣分为辞的意味、辞的音调和辞的形貌这三个方面,因此笔者接下来将对这三个方面细化的结果分别进行陈述。

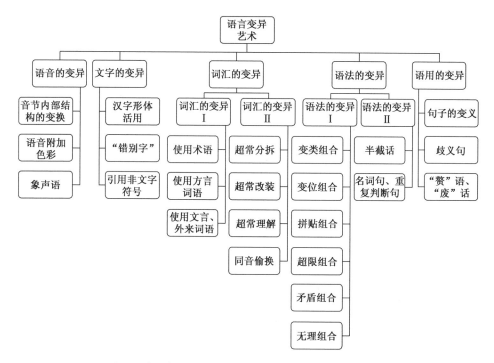

图 6　叶国泉、罗康宁(1992)的语言变异艺术研究框架

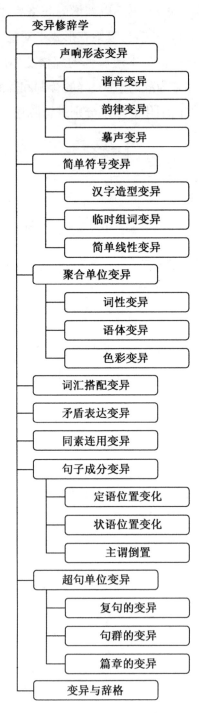

图7 冯广艺(2004)的变异修辞学学科体系

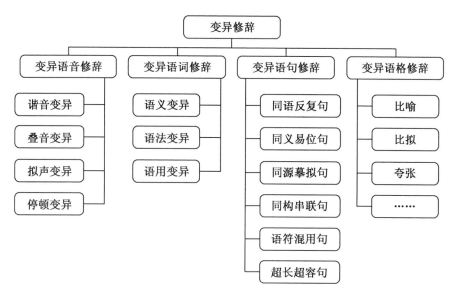

图 8　许钟宁（2012）的变异修辞研究框架

2.4.2.1　辞的音调模块的细化

陈望道（2017:186）将"辞的音调"界定为"利用语言文字的声音以增饰语辞的情趣所形成的现象"。笔者以该定义为出发点，对叶国泉、罗康宁（1992），冯广艺（2004）和许钟宁（2012）构建的三个变异修辞研究框架中利用语辞的声音构成的变异修辞现象[①]进行整合，排除其中属于辞格的修辞现象，剩下的修辞现象全部纳入辞趣部分"辞的音调"模块中。经整理，笔者发现这三个研究框架中利用语辞的声音构成的变异修辞现象主要有三类："谐音变异"、"韵律变异"和"念法变异"。

"谐音变异"[②]是指"利用同音或近音这一特定语境条件，通过谐音联想，从广阔的背景知识库中提取隐含语义，并通过特定方式，导引受众解读隐含的实际信息的一种特殊修辞方式。谐音联想的思维过程是先有本体，由本体的读音联

---

① 由于凡是利用语言文字在形体、声音上附着的风致来增强表达效果的修辞现象均被陈望道认定为积极修辞现象（陈望道，2017:182），即变异修辞现象，故无须再对上述三大变异修辞研究框架中列出的利用语辞的形体或声音构成的修辞现象的变异性进行重新判定。

② 叶国泉、罗康宁（1992:37），冯广艺（2004:22），许钟宁（2012:86）均对此修辞现象进行了界定或说明，因许钟宁的定义最为清晰，故选取他的定义作为笔者重构的变异修辞研究框架中"谐音变异"的工作定义。

想到与之相同或相近读音的谐体,维系本体与谐体相联系的渠道是声音,两者之间的意义可以毫不相干,但与本体声音相谐的谐体的意义,才是所要解读的实际信息,即隐含的语用信息。"(许钟宁,2012:86)"谐音变异"在叶国泉、罗康宁(1992),冯广艺(2004),许钟宁(2012)构建的变异修辞研究框架中均有所涉及,只是具体命名有所不同。因冯广艺(2004)与许钟宁(2012)对此变异修辞现象的命名一致,均为"谐音变异",且比叶国泉、罗康宁(1992)的命名"音节内部结构的艺术变换"更容易理解,因此本书采用冯广艺(2004)和许钟宁(2012)的命名。笔者对上述四位学者归纳的谐音变异的类属变异修辞现象进行进一步考察,将其中属于辞格的修辞现象如"谐音拈连的变异"(冯广艺,2004:29)、"谐音仿拟的变异"(同上:30)、"谐音双关的变异"(同上:31)以及笔者认为提法过于牵强,应划入其他修辞类型的修辞现象如"同音同形的变异"予以剔除,最后得到整合后的谐音变异的类属修辞现象:同音异形的变异(冯广艺,2004:23;许钟宁,2012:88)如"装甲(庄稼)部队"(冯广艺,2004:23)、音近形异的变异(冯广艺,2004:26)如"气管炎(妻管严)"(同上:26)和谐音别解的变异(冯广艺,2004:27;许钟宁,2012:87)如"后起之秀(后来长出来的锈)"(许钟宁,2012:87)。

"韵律变异"是指"为了韵律上的某种需要在言语表达上作一些异乎寻常的调整"(冯广艺,2004:32),如改变句子成分的常规位置或词语内部结构,重复某个语素、词或短语等,最终形成了"别异的言语表达形式"(同上)。除了冯广艺(2004:32-37)开辟一整节探讨"韵律变异"之外,许钟宁(2012:232)提出的"同义易位句"、冯广艺(2004:191;2004:196)提出的"句子成分变异"都对韵律变异当中的某些情况有所涉及。

"念法变异"并不改变词语的读音和声调,仅通过借用标点符号等各种非文字符号或文字符号的提示或说明造成念法上的某些不同,以表现不同的情感,获得不同的艺术效果(叶国泉、罗康宁,1992:45),如"对,牛弹琴"(许钟宁,2012:95);"周冲:妈,(神秘地)您不说我么?"这一句话剧台词中的舞台说明"神秘地"(叶国泉、罗康宁,1992:47)等。许钟宁(2012:93-98)提出的"停顿变异",叶国泉、罗康宁(1992:44-52)提出的"语音附加色彩的艺术作用"都对"念法变异"有所涉及。

2.4.2.2　辞的形貌模块的细化

"辞的形貌"是指利用语言文字在形体上附着的风致来增高话语文章的情韵的手段(陈望道,2017:182)。陈望道(同上:192)认为文辞形貌上的常见雕琢方法有两种:变动字形和插用图符。"在一篇文章里,作者认为有些词或句必须强调,或者引用他人言论需要标示,以引起读者的注意,就把这些词和句的字体样式或字号大小印成同全文的字体或字号不一样,这种方法就是变动字形。"(同上:192)插用图符是指"在文章中插用某种图形或符号,以表示某种意思"(同上:192)。其他学者对陈望道总结的形貌雕琢方法进行了补充,内容包括:"利用单个汉字形体的大小和排法的倒置、倾斜"(冯广艺,2004:45),笔画的增损变化(同上:47),如"倒霉就在工兵这个'工'字上了,一出头就是土,一伸腿就是干!"(同上:47)一例中的"工"、"土"和"干",汉字群体的特殊排列组合方式(冯广艺,2004:49),"语符混用"如"看见×记号会联想到 kiss"(叶国泉、罗康宁,1992:80),以字喻形如"人字形"、"八字须"等(同上:80)。简言之,语辞形貌的雕琢方法可归纳为:排版变异(包括利用单个汉字形体的大小和排法的倒置、倾斜,汉字群体的特殊排列组合方式)、笔画增损变异、语符混用变异和以字喻形变异。

2.4.2.3　辞的意味模块的细化

"辞的意味"是指利用语言文字在意义上附着的风致来增高话语文章的情韵所形成的现象(陈望道,2017:182)。它"大概由两个方面构成:一是由于语言文字的历史或背景的衬托;二是由于语言文字的上下或左右的包晕"(同上:182)。

对于第一个方面,陈望道(同上:182)解释道:"语言文字大抵都有它自己的历史或背景,形成它的品味和风采。"辞的背景情味"有术语的、俚语的、方言的、古语的等多种不同的情趣"(同上:184)。由此可见,所谓"情趣"实际上指的就是词语的语体色彩。鉴于此,本书将利用词语的语体色彩构成的修辞手段纳入"辞的意味"部分。冯广艺(2004:91-95)和叶国泉、罗康宁(1992:94-117)均提出了"语体变异"这一变异修辞现象,它是指为了追求特定的表达效果有意让属于甲语体的语体词进入乙语体言语作品里的一种修辞手段(冯广艺,2004:91)。就文学作品而言,语体变异可分为"术语的超常用法"、"方言词语的超常用法"、"文言词语和外来词语的超常用法"(叶国泉、罗康宁,1992:94-117)。对于方言词语的超常使用所产生的修辞效果,陈望道(2017:184)曾做过特别说明:"用方言时也是如此,也或显出了地方的色彩,或形出了乡下老的神气,可以因它所附的杂多情趣,而将其语的意象加上了一层地方风味的装饰。"在第一个方面中,除了可利用词语的语体色彩之外,陈望道(2017:183)还提出了"造形的表现",它强调若"要使语言不流于空洞玄虚而能再现出鲜新的意象,必得诉之于视觉(明暗、形状、色彩等)、触觉(温、冷、痛、压等觉)和运动感觉等等,把那空间的形象描出来。其方法,是在描绘对象物的性状,表现对象物的活动"。"造形的表现"无疑关注的是描写的生动性问题,它要求充分调动人的一切感官对事物的外形及状态进行生动地描摹,同时还要力求笔法新颖。"超常搭配"就是实现描写的生动性和笔法的新颖性的一种重要的修辞手段。所谓"超常搭配"是指言语表达者为了一定的修辞需要通过故意突破语法规则、逻辑规律、语义特征和语用习惯而创造出来的词语与词语之间的特殊组合(冯广艺,2004:104;1992:66),如"热烘烘的勇气"(冯广艺,2004:107)、"(火柴)惊恐地熄灭了"(同上:113)。郑颐寿(1982:94 - 101)提出的"词语的变格锤炼",冯广艺(2004:104 - 164)和许钟宁(2012:169 - 170)提出的"超常搭配",叶国泉、罗康宁(1992:175 - 184)提出的"超限组合"本质上探讨的都是超常搭配问题。

　　"辞的意味"的第二个方面"语言文字的上下或左右的包晕"是指"往往一个辞,换了它的上下文,就可以换出一种新辞趣。那一种新辞趣,有时简直和原辞不同到正相反对的地步"(陈望道,2017:184)。国内修辞学界主要对于同一部文学作品中某些词语"在上下文中重复出现,却反映不同的意义"(叶国泉、罗康宁,1992:89)的修辞现象进行了探讨。通常这些词语有一次出现"反映原有的词汇意义,其余的却反映由此而产生的变义"(同上:89)。笔者将这种修辞现象称为"同词异义"。例如,"在书桌上躺着从美国寄来的《雪》。窗内是雪,窗外也是雪。"(同上:90)此句中窗外的雪是真正的雪,窗内的雪其实指的是杂志《雪》。冯广艺(2004:24 - 26)提出的"同音同形"也基本上探讨的是此修辞现象。

　　综上所述,笔者现将细化后的汉语变异修辞研究框架以组织结构图的形式呈现如下:

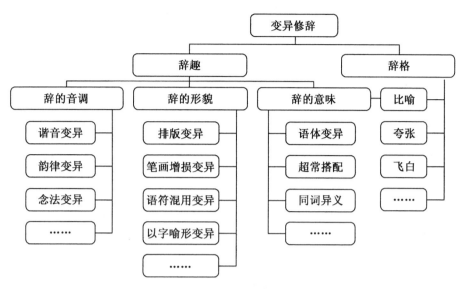

图 9　本书重构的汉语变异修辞研究框架

2.5　重构后的汉语变异修辞研究框架对沈从文小说语言风格英译再现研究的启示

在本节中笔者将首先对本书的关键概念"语言风格"进行界定,其次阐明"语言风格"与"变异修辞"之间的关联,最后指出新构建的汉语变异修辞研究框架对沈从文小说语言风格英译再现研究的启示。

2.5.1　"语言风格"的定义

据黎运汉(1990:1)考证,"风格"一词在国外最早出现于古希腊语中,后来进入古拉丁文,语义从最初的"一把用以刻字或作图的刀子"逐渐演变为"写字的方法",后又引申为"'以辞达意的方法'、'写作的风度'、'作品的特殊格调'、'伟大作家的写作格调'、'艺术作品的气势'",最终"成为一个国际科学术语"(同上:1)。在我国,该词最早大约出现于"魏晋时期,是用来形容士大夫的威仪规范的,指某个人在风度、品格等方面所表现的特点的综合"(同上:1)。到了梁朝,"风格"一词就被用来"论述作家创体个性和作品的艺术特色了"(同上:1)。从齐梁以后,"风格"一词常见于对文艺作品的评论中(同上:1)。现如今,"风格的一般词义指风貌、格调,又指思想作风。作为科学术语在美学、文学、文章学、语言学、修辞学等多学科使用"(张德明,1994:9)。

"语言风格"一词被正式用作语言学术语首见于瑞士语言学家巴里(Charles Bally)在 20 世纪初出版的著作《风格学概论》(*Précis de stylistique*)和《法语风格学》(*Traité de stylistique française*)中(黎运汉,1990:2)。中西方学界对"语言风格"这一概念的界定均存在一定分歧。张德明(1994:10)曾将我国学界对"语言风格"的界定概括为以下四种类型:"(1)格调气氛论,即认为语言风格是语言运用中表现出的一种言语气氛和格调。""(2)总和特征论,即认为语言风格是语言运用中各种特征的总和表现。""(3)表达手段体系论,即认为语言风格是某种语言表达手段的体系。""(4)常规变异论,即认为语言风格是人们在语言运用中有意识地违反语言常规的一种变异或变体。"本书综合借鉴"常规变异论"和"总和特征论",将"语言风格"界定为人们在语言运用中有意识地违反语言常规所产生的各种语言变异现象的总和。需指明的是,由于语言风格可细分为语言的民族风格、时代风格、流派风格和个人风格(黎运汉,1990:66),本书所说的"语言风格"特指语言的个人风格,即"在言语活动和言语作品中表现出来的个人运用语言的特点的综合"(郑远汉,1998:89)。

每一位作家的作品都带有语言的个人风格(黎运汉,1990:109)。"优秀的作家一般都有个人爱用的择语方式和修辞手段,这些方式和手段在一定的时间内在其一系列作品中反复而持续地出现,达到稳定时,就会呈现出一种统一的语言风格"(同上:116)。黎运汉(1990:5)还特别指出,作家语言的个人风格综合体现在其作品"从调音、遣词、择句、设格到谋篇"的语言运用的各个方面,"而不是运用语言的某一个方面的特点的表现"(同上:7)。"零碎的、个别的风格手段不能构成风格特点"(同上:7-8)。这就要求在分析作家语言的个人风格时必须综合考虑作家在其作品中从调音、遣词、择句、设格到谋篇的语言运用的各个方面的特点,同时"分清一般和个别,经常和偶发,抓住持续、反复出现的东西,排除偶然的、不定型因素干扰,以准确地把握风格特点及其综合表现"(同上:12-13)。鉴于此,本书将作家语言的个人风格进一步界定为在作家一系列作品中反复而持续出现的因有意识地违反语言常规而产生的涉及调音、遣词、择句、设格、谋篇各个方面的语言变异现象的总和。

2.5.2　语言风格与变异修辞的关系

张德明(1990:99)认为,"在语言运用中必然出现修辞现象,修辞是综合运用语言要素所产生的语言技巧和表达效果。它不仅有表情达意的交际功能,而且有丰富多彩的风格功能"。他(同上:100)指出,"形成特定的语言风格无疑是修辞活动的重要目的,语言风格就是修辞效果的集中表现",而"所谓'修辞效果'一般是指说者作者运用语言修辞手段适应修辞的内容语境(题旨情境)在听众读者中所产生的效益、结果或影响"(同上:100)。可以说,"修辞手段也是风格手段"(同上:101)。宋振华、王今铮(1979:170)则用一组比喻形象地说明了修辞与语言风格之间的关系:"如果把语言的词汇比作建筑材料,语法比作结构间架,修辞比作各种技艺加工或美术设计,那么,语言风格就是建筑的总的格调。"

变异修辞作为修辞的一种类型,自然也与语言风格存在着千丝万缕的联系。由 2.3.1"汉语常规修辞与变异修辞的界定"对"变异修辞"的界定可知,"常规变异论"所说的人们在语言运用中有意识地违反语言常规所产生的语言变异现象实际上就是变异修辞现象。作家语言的个人风格则可定义为在作家一系列作品中反复而持续出现的涉及调音、遣词、择句、设格、谋篇各个方面的变异修辞现象的总和。秦秀白(2001:F29)就从风格的"常规变异论"出发,指出"就一篇文学作品而言,变异表现的总和就构成了这篇作品的独特风格;就一个作家来说,他在不同作品中所反映出的带倾向性的变异之总和,就构成了他本人的个人风格(idiolect)"。鉴于变异修辞与作家语言的个人风格之间的密切关联,笔者认为可以从变异修辞的视角分析沈从文小说的语言风格及其英译再现情况。

2.5.3　重构后的汉语变异修辞研究框架对沈从文小说语言风格英译再现研究的启示

笔者认为重构后的汉语变异修辞研究框架对于沈从文小说语言风格的英译再现研究的启示主要表现为以下四个方面:

其一,笔者在重构汉语变异修辞研究框架时首先对"变异修辞"这一核心概念进行了重新界定,并指定了统一的"变异参照系"——汉语常规修辞(即消极修辞),同时还辅之以汉语常规修辞(即消极修辞)和汉语变异修辞(即积极修辞)纲领,在一定程度上解决了国内汉语修辞研究界在变异修辞方式的判定方面存在的具体指导原则缺失和判定依据不一致的问题,为识别体现沈从文小说语言风格的各类变异修辞现象提供了操作性较强的具体指导原则和统一的判定依据,极大程度地降低了在变异修辞方式的判定过程中产生分歧的可能性。

其二,重构后的汉语变异修辞研究框架具有一定的开放性,即便在沈从文小说中出现了符合本书对变异修辞的界定,却尚未被吸纳到此研究框架中的新型变异修辞现象,此研究框架也有足够的灵活性和包容性将其吸纳进来并妥善安置到相应模块中。

其三,重构后的汉语变异修辞研究框架结构清晰,层次分明,变异修辞现象的类属划分标准科学,能够为沈从文小说语言风格的英译再现研究提供较为合理的结构框架。

其四,重构后的汉语变异修辞研究框架中包含的众多变异修辞现象主要来源于郑颐寿(1982),叶国泉、罗康宁(1992),冯广艺(2004)和许钟宁(2012)的变异修辞研究,这些学者均结合大量实例对各类变异修辞现象的结构及其修辞效果进行了细致深入的探讨,所有这些研究成果对于沈从文小说中变异修辞现象的结构和修辞效果的分析乃至再现效果的评价都不乏一定的指导意义。

鉴于此,本书将重构后的汉语变异修辞研究框架作为沈从文小说语言风格英译再现研究的理论及结构框架。笔者首先对已被英译的45部沈从文小说及其英译文进行反复比对细读,并在变异修辞研究框架的指导下对这些小说中的变异修辞现象进行手工标注,同时在译文的对应部分也做好手工标注,尤其注意对在不同译文间翻译策略存在较大差异的变异修辞现象进行重点标注;其次将所有被标注过的变异修辞现象及其英译文进行电子化,并按照变异修辞研究框架的基本架构即辞格和辞趣及其类属模块将这些变异修辞现象进行归类,从而形成沈从文小说中的变异修辞现象的分类平行语料。通过对语料进行梳理,笔者发现在沈从文不同小说中反复而持续出现且在译文间翻译策略存在一定差异的变异修辞现象主要包括辞格部分的飞白和比喻,辞趣部分辞的意味模块的超常搭配、同词相应和乡土语言(包括方言詈辞和地方俗语),辞趣部分辞的音调模块的叙事语言(俗语、歌谣除外)中的押韵现象①。其中飞白和比喻关乎设格,超

---

① 由于笔者并未在沈从文被英译的45部小说中发现反复而持续出现的辞的形貌方面的变异修辞现象,故不对此方面再现情况进行探讨。

常搭配和同词相应关乎遣词,乡土语言既关乎遣词又关乎择句,叙事语言中的押韵现象关乎调音①,这六种变异修辞现象综合反映了沈从文作为小说家的语言的个人风格。在接下来的三章中笔者将对沈从文小说中涉及辞趣及辞格两大方面的六种变异修辞现象的英译再现情况逐一进行考察。

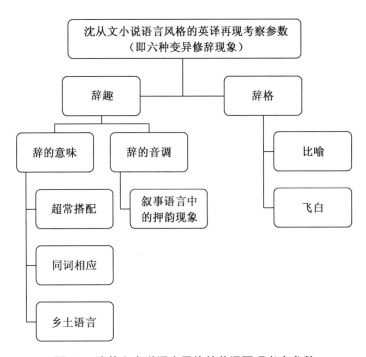

图 10 沈从文小说语言风格的英译再现考察参数

---

① 在笔者整理的沈从文小说中变异修辞现象的平行语料中,笔者并未发现在沈从文不同小说中反复而持续出现且具有显著的谋篇功能的变异修辞现象,因此本书只探讨涉及遣词、调音、设格、择句这四个方面的变异修辞现象的英译再现情况。

第 3 章

沈从文小说中辞的意味的英译再现

辞的意味是变异修辞研究框架中辞趣部分的构成要素之一。在本章中笔者将从词语的超常搭配、同词相应和乡土语言这三种变异修辞现象入手考察沈从文小说中辞的意味的英译再现情况。笔者将首先对上述三种变异修辞现象逐一进行界定,其次通过译例分析归纳出译者对这三种变异修辞现象分别采取的再现策略,同时对比采取不同再现策略的译文在再现效果方面的差异,再次总结上述三种变异修辞现象可取的再现策略,同时揭示采取不当的再现策略的译者在变异修辞现象的翻译过程中存在的认识误区和盲区,最后提出这三种变异修辞现象英译的可行性原则。

3.1 词语的超常搭配的英译再现

对词语的超常搭配这种变异修辞手法的高频运用是沈从文小说在辞的意味方面最为突出的特征之一。在本节中笔者将首先对"词语的超常搭配"这一术语进行界定,其次通过译例分析归纳出译者对于超常搭配所采取的翻译策略,同时对比采取不同的翻译策略的译文在再现效果方面的差异,再次归纳译者对超常搭配的总体翻译倾向,揭示超常搭配的翻译难点并总结超常搭配可取的翻译策略和原则。

3.1.1 词语的超常搭配的定义

"搭配"(collocation)这一概念最早由英国语言学家弗斯(J. R. Firth)在其编辑的《语言学论文集 1934—1951》(*Papers in Linguistics 1934—1951*)(1957)中

提出并被定义为"词项之间的习惯结伴使用"(转引自胡清国、高倩艺,2017:89)。英国语料库语言学专家约翰·辛克莱(John Sinclair)则认为"搭配"是"一个由两个或两个以上连续出现的词(word)构成的词语序列,这些词之间具有某种特定关联,它们共同构成一个语言单位,而且该语言单位的意义不能从其组成成分的意义或者内涵中获取"(转引自 Ebrahimi & Toosi,2013:82)。英国语言学家、翻译研究专家莫娜·贝克(Mona Baker)(1992:47)将"搭配"定义为"一种语言中的某些词语(word)经常性共现(co-occur)的倾向"。上述定义虽然具体措辞不尽相同,但均强调词语之间的习惯性或高频共现或连用。需要注意的是,上述定义中的"word"一词虽然都被译为"词"或"词语",但这并不是说搭配就只限于词和词之间。冯广艺(1997:8)曾指出,词语的搭配除了包括词与词之间的搭配之外,还包括短语与短语之间、短语与词之间、词与短语之间的搭配。本书所说的"词语的搭配"指的是词与词、短语与短语、短语与词、词与短语习惯性地在一起连用或共现的现象(王寅,1993:47)。

　　词语的搭配存在两种情形:正常搭配和非正常搭配(冯广艺,1997:8)。词语的"正常搭配"是指"符合一般语法规则、逻辑规律、语义特征和语用习惯的搭配"(冯广艺,1992:66);词语的"非正常搭配"则是指"超出这些限制的搭配"(同上)。词语的"非正常搭配"同样存在两种情形:词语的"搭配不当"和词语的"超常搭配"(冯广艺,1997:11)。"搭配不当"是由于言语表达者对于言语运用规律认识不足造成的,它主要表现为表达不通顺,是一种"语病"(同上);"超常搭配"则是言语表达者为了获得特别的修辞效果而故意采用的一种超常越格的变异性表达手段,它是语言艺术化的体现(同上:15),因而广泛存在于艺术语体中(同上:23),它"能以新奇别致的表达方式,揭示深刻的非同寻常的语义内容"(冯广艺,1992:66)。需要指明的是,超常搭配"所谓'超常',不过是表层的超常,它之所以能让受话者领悟到它的蕴含,是以并不超常的深层次为基础的。如果说超常搭配是言语表层的显形式,那末,引起受话者联想或想象的思维过程就是未显于言语表层的隐形式。以超常的显形式唤起并不超常的隐形式,二者交互作用,这样信息才畅通,并伴随特定的表达效果。"(郑远汉,1997:3)

3.1.2　词语的超常搭配的译例分析

　　按照词与词、词与短语、短语与词、短语与短语之间"在组合搭配中的内部结构"(周春林,2008:83),可将词语的超常搭配分为主谓结构的超常搭配、偏正结构的超常搭配、动宾结构的超常搭配、述补结构的超常搭配和并列结构的超常搭配(冯广艺,2004:105)。笔者通过细读沈从文所有被英译的小说,发现这些小说中词语的超常搭配主要集中在前四种类型。笔者接下来将对沈从文所有被英译的小说中的这四种类型的超常搭配的代表性译例进行深入分析,并在此基础上对沈从文小说中词语的超常搭配的英译再现效果作出评价。

3.1.2.1　主谓结构的超常搭配的译例分析

词语的超常搭配一般由前后两部分构成,冯广艺(1997:27)将这两部分称为超常搭配的"搭配项",其中在语言线条上先出现的搭配项是"前项",后出现的搭配项是"后项"。在主谓结构的超常搭配中,搭配前项与后项"组合后形成句法结构上的主谓关系"(冯广艺,2004:105)。

　　例(1)原文:老船夫怯怯的望了年青人一眼,一个**微笑**在脸上**漾开**①。(沈从文《边城》)

　　译文(1):The old ferryman stole a fearful glance at the young man and **broke out in a smile.** (Jeffrey C. Kinkley② 译)

---

　　① 沈从文小说因"政治删改"(王润华,1998:22)和作家自身的"修改癖"(具洸范,1995:83)导致版本问题十分复杂。因引用译例前未考证各英译本所依据的中文底本而导致研究者对译者的翻译策略作出错误判断的情况时有发生,如卢国荣、张朋飞(2016:74)所引第10个中文例句就在《边城》不同版本中出现了增删,作者想当然地认为戴乃迭和金介甫译本依据的是同一个底本,从而对该句的金介甫译文作出了令人啼笑皆非的判断:"只读译文,人们甚至不会发觉这句话是译者加上去的,反倒觉得与译文其他部分水乳交融,天衣无缝,体现了译文对原文的准确理解和沈从文研究的深厚功底。"鉴于此,本书在引用译例前广泛参考了北岳文艺出版社出版的《沈从文全集》(2002)、花城出版社和生活·读书·新知三联书店香港分店联合出版的《沈从文文集》(1992)、人民文学出版社出版的《沈从文小说选集》(1957)和《沈从文小说选》(上、下)(2015)以及在"大成故纸堆"数据库中能够查找到的沈从文于民国时期在各大文学期刊上发表的小说和由开明书店、生活书店、光华书局等出版社出版的沈从文小说单行本和小说选集。需要指明的是,在本书中只有当因小说底本不同而导致所引译例之间在内容上出现明显差异时笔者才会将该译例的不同原文一一列出;当所引译例的原文只存在个别字词和标点符号的差异,不足以引起译例在内容上出现明显差异时,笔者则将原文差异忽略不计,一般情况下从《沈从文全集》(2002)或《沈从文文集》(1992)中引用原文。

　　② 即金介甫

译文（2）：The ferryman eyes him covertly and **a smile spreads** over his face. (Gladys Yang ① 译)

译文（3）：The old ferryman glanced up at him timidly，**a smile spreading** over his face. (Ching Ti & Robert Payne② 译)

译文（4）：The ferryman glanced timidly at the young man and **forced a smile** to his face. （Emily Hahn & Shing Mo-lei③ 译)

《现代汉语词典》将"漾"字的语义解释为"水面微微动荡"和"液体太满而向外流"（2002：1460）。由这两种语义可知，"漾"作为谓语常常与表示液体的物质名词主语进行搭配，如"碧波微漾"和"汤（从碗里）漾出来"。例句原文中的"微笑"是一种面部表情，与液体无涉，将其与"漾"搭配不符合后者的语用习惯，同时也违背了逻辑规律和"漾"字的语义特征。搭配方式的"不合常理"激发读者去揣测作者创造这种超常搭配时的用心。如果将"漾"字理解为"水面微微动荡"，那么揭开水面微动时的样子与老船夫微笑时的模样之间的关联则成为破解该超常搭配的玄机的关键。事实上，水面波动时激起的层层涟漪与因微笑而在老船夫干瘦而松弛的脸庞上激起的层层笑纹有着相似的波纹形状，这也就意味着该超常搭配暗藏着一个比喻，即将老船夫脸上的"微笑"比作水面上的"涟漪"。从该超常搭配的表层结构来看，因喻体"涟漪"隐身于搭配场导致主语"微笑"与谓语"漾开"之间的搭配出现了逻辑链、语义链和语用链的断裂，但在深层结构上，对谓语"漾开"的常规搭配习惯的分析则使得与其搭配的常规主语"涟漪"显身，常规主语"涟漪"进而引导读者破解它与超常规主语"微笑"之间的关联——喻体和本体的关系并揭示二者之间的相似点（即笑纹与涟漪在形状上的相似性）。这样，超常规主语与谓语就具备了相容相配的语义特征，二者的搭配也就具备了合理性（周春林，2008：91）。如果将"漾"字理解为"液体太满而向外流"，那么"微笑漾开"则可理解为"笑容满溢"。由本例句前文语境可知，老船夫十分清楚船总顺顺一家将大老的意外溺亡归咎于他。本例句中老船夫为了替孙女翠翠找到自己

---

① 　即戴乃迭

② 　即金隄、白英

③ 　即项美丽、邵洵美

放心,翠翠也满意的婆家,在明知自己不受待见的情况下依然觍着脸,满脸堆笑地讨好二老,向二老打探婚事的可能性。一个"漾"字将老船夫略显谄媚的模样刻画得淋漓尽致,同时也揭示出老船夫对翠翠的深切关怀,易引起读者发出"可怜天下父母心"的感慨。译文(1)中"break out in a smile"表示"突然笑了起来",只传递出原文超常搭配中"笑"这一基本语义信息,而且"笑"这一动作的突发性也与原文中笑纹扩散过程的渐进性不符,与"笑容满溢"这种解读也存在较大差距。在译文的表达效果方面,尤金·奈达(Eugene Nida)曾经提出"动态对等"(dynamic equivalence)原则,要求译文做到让译文读者产生与原文读者"近似的反应"(Nida,2007:164),并追求翻译效果的等同(同上:159),后来奈达将此原则修正为"功能对等"(functional equivalence),指出功能对等的最高层次是"译文读者要能够以与原文读者在本质上相同的方式来理解和欣赏译文"(Nida,2005:116)。然而译文(1)显然未能引发译文读者产生像原文读者一样的将老船夫的笑纹与水面上的涟漪作比的视觉联想,也未能揭示出老船夫的谄媚姿态并进而引发译文读者对于老船夫处境的深切同情和感慨。在表达形式上,"break out in a smile"属于英语常规表达,不具备任何新奇之处,因此无法让译文读者体会到作者在表达形式上的匠心独运。简言之,译文(1)既未能准确、充分地传递出原文中超常搭配的语义信息又抹除了超常搭配这种变异修辞手法及其修辞效果,未能实现与原文超常搭配在修辞效果方面的对等。金介甫教授(2018年10月13日电子邮件)也坦言"他在翻译时并没有注意到超常搭配这种特殊的表达形式及其精妙之处"。基于笔者对本例句中超常搭配的解读,金介甫教授提出了一个新译文:"a smile rippled across his face",他认为"这种表达形式在英语中是可以接受的,而且还有点儿与众不同,会让译文读者觉得非常有创意,但又不至于新奇到让读者觉得突兀的地步。这样翻译还正好再现了原文中'漾'字的用法"(同上)。译文(2)、(3)将原文中的超常搭配译为"a smile spreads/spreading over …",意为"微笑在脸上绽开"。因"spread"一词表示"to cover, or to make sth cover, a larger and larger area"(《牛津高阶英汉双解词典》,2009:1948),有"扩散"之义,可以说,译文准确传递了原文中超常搭配所表达的笑纹在脸上逐渐扩散开来之义。然而同译文(1)一样,这两种译文还是无法引发译文读者产生将老船夫脸上的笑纹与水面上的涟漪作比的视觉联想,原文中超常搭配所蕴含的丰富的附加信息在译文中流失。另外,"a smile spreads over …"属于英语常规表达,在表达形式上不具有新颖性,译者也并未采取任何补偿手段弥补因超常搭配这种变异修辞手法消失而造成的译文在表达效果方面的大幅削弱。译文(4)中的"force a smile"表示"强作笑颜"、"强装欢笑"(《牛津高阶英汉双解词典》,2009:795),在一定程度上还原了老船夫处境的窘迫和其不遗余力为孙女张罗婚事的情景,同时也揭示了老船夫对孙女的深切关爱,然而由于译者未用形容词对"smile"进行任何说明,译文未能传递出原文中(笑容)"满溢"这一语义信息,在一定程度上淡化了原文中老船夫为了孙女的婚事所做的努力。此外,"force a smile"为英文常规表达,与前三种译文一样,该译文未能再现作者表达方式的超常性,也未能采取补偿手段弥补因变异修辞手法消失而造成的译文在表达效果方面的削弱。

　　例(2)原文:日头向西**掷**去,两人对于生命感觉到一点点说不分明的缺处。(沈从文《月下小景》)

　　译文: But when **the sun** began to **sink** at last, they felt something lacking and inexpressible in their lives, ...(金隄、白英 译)

　　本句中"日头向西掷去"的基本语义为"太阳西沉"。这里作者并没有选用表达该语义时常与"日头"搭配的谓语动词"落下",而是出人意料地选用了"掷去"一词,违背了该语义条件下"日头"的语用习惯,产生了陌生化的表达效果。此外,"掷"字在《现代汉语词典》中的释义为"扔;投"(2002:1624),可见"掷"字表示的动作急促、短暂,而且该动作还会导致被投掷物体的位置在短时间内发生明显变化,而太阳西沉时动作缓慢,且具有持续性,从观察者的角度来看,太阳西沉在短时间内并不会引起太阳在天空中的位置发生显著变化。这样一个描写短促动作的动词被用于描写太阳持续缓慢的西沉动作,显然不符合逻辑规律。回到原文语境,砦主独子与其恋人相约古碉堡,一个"掷"字道出了这对沉浸在爱河之中的情侣对于约会时光流逝之快的主观感受。金隄、白英将"投掷"译为"sink"(下沉;下陷),只传递了超常搭配的"太阳西沉"这一基本语义,原文因搭配方式的超常性所揭示的恋人对于时光流逝之快的主观感受以及"掷"字自带的强烈的动画效果均在译文中流失。另外,原文运用的超常搭配这种变异修辞手法在译文中沦为常规表达"the sun sunk",剥夺了译文读者品味作者在表达形式上的匠心独运的权利和机会。

例(3)原文:祖父明白那个意思,是翠翠**玩心与爱心相战争**的结果。(沈从文《边城》)

译文(1): The ferryman understood; she was **at war with** herself, **torn between her own desire for fun and her love of him.**(金介甫 译)

译文(2): She was **torn between her affection for him and her desire to see the boats.**(金隄、白英 译)

译文(3): She is **torn between wanting a bit of fun and concern for him**, as the ferryman well knows. (戴乃迭 译)

译文(4): The ferryman saw through her words; she was **torn between her affection and a natural desire for gaiety.**(项美丽、邵洵美译)

"战争"一词常用来指"民族与民族之间、国家与国家之间、阶级与阶级之间或政治集团与政治集团之间的武装斗争"(《现代汉语词典》,2002:1584)。本例中作者将名词"战争"用作动词,并改变了其军事术语身份,将其挪用到日常生活语境中与名词短语"玩心与爱心"进行搭配,违背了语法规则和"战争"一词的语用习惯。从深层结构上看,这种搭配方式实际上暗藏着对"转类"和"大词小用"这两种修辞手法的运用。本例通过搭配方式的超常性凸显了翠翠在陪伴祖父与观看龙舟赛之间进行抉择时内心的挣扎之激烈。译文(1)中译者用英语常规表达"at war with oneself"(陷入内心冲突)来翻译超常搭配的结构框架"……与……相战争",既准确传递了该结构框架的语用意义,又在一定程度上呼应了超常搭配的表达形式。此外,译者又用英语常规表达"torn between … "(在两者间难以选择,左右为难)对翠翠陷入内心冲突的原因作出了解释,较为充分地传递出了原文中超常搭配的语义信息,然而原文通过运用超常搭配这一变异修辞手段揭示出的翠翠内心挣扎的剧烈程度未能在译文中得以凸显。另外,由于"at war with oneself"与"torn between … "都是英语常规表达,译文未能再现原文表达形式的超常性。译文(2)、(3)、(4)均采用英语常规表达"be torn between … "来翻译原文中的超常搭配,只准确传达出了超常搭配的基本语义信息,即在去看龙舟赛与陪爷爷之间不知作何选择,未能凸显翠翠面对两难选择时内心冲突的激烈程度,也无法像译文(1)一样实现与超常搭配在表达形式上的呼应,此外,因"be torn between …"是英语常规表达,超常搭配这一变异修辞手法在译文中流失,译者也并未采取任何补偿手段来弥补因超常搭配这种变异修辞手法的流失而导致的译文在表达效果方面的削弱。

例(4)原文:毛伙**萎**了下来,向贵生憨笑着:……(沈从文《贵生》)

译文(1):**The assistant leaned over** and flashed Guisheng a silly grin:…(金介甫 译)

译文(2):**Imp leaned forward** to grin at Guisheng.(戴乃迭 译)

《现代汉语词典》将"萎"字解释为"(植物)干枯"(2002:1312)。由该语义特征可知,"萎"常与表示植物的名词或代词主语进行搭配,而本例却将指人的名词主语"毛伙"与常用于描摹植物状态的谓语动词"萎"进行搭配,违背了逻辑规律和"萎"字的语用习惯。但从深层结构上看,这种搭配方式实际上暗藏着将指人主语"毛伙"物化为植物的过程,即通过采用拟物的修辞手法实现了物化指人主语"毛伙"与指物谓语"萎"之间的相容相配(周春林,2008:89)。该超常搭配通过"萎"字的使用能够激发读者由植物发蔫枯萎的状态联想到毛伙遭到金凤的呵斥后蔫了下来,变得异常老实规矩,不敢继续透露金凤婚事的神情,画面感十足。金介甫教授(2018年1月5日电子邮件)也认为"萎"在本例中是一种比喻性用法,但他认为该词是对毛伙身体状态而不是心理状态的描写。在谈及为何选用"lean over"来翻译该词时,他回忆当时大概是遵从了戴乃迭的判断,因为在他看来,戴乃迭的中文理解能力比他强,于是就采用了她的译本中的用词。然而笔者却认为"萎"是对毛伙身体和心理状态的双重描写,正是因为毛伙作为金凤家的帮工在心理上对金凤的畏惧才会使他在遭到金凤呵斥后行为举止变得畏畏缩缩。无论是金介甫译文中所用的"lean over"(俯下身,倾斜)还是戴乃迭译文中所用的"lean forward"(向前倾)都只能表示身体弯曲或倾斜的姿态,与行为举止上的畏缩姿态无涉,也未能揭示出毛伙对金凤的畏惧。而且由于"lean forward"表示身体向前倾,在遭到金凤呵斥之后毛伙还凑到贵生跟前对着他笑更是与原文语境不符。可以说,两位译者的译文都是对"萎"字的误译。笔者认为,如果将

"萎"字译为表示"因恐惧而蜷缩,畏缩"(《牛津高阶英汉双解词典》,2009:462)之义的动词"cower"或许可以同时揭示出毛伙在心理上对金凤的畏惧和在行为举止上的畏缩,能够较为准确地传递"萎"字在超常搭配中的语用意义,然而由于"cower"作为谓语动词无论是与"the assistant"还是与"Imp"搭配都只能构成英语常规表达,依然无法再现原文中的超常搭配在表达方式上的超常性。

3.1.2.2 动宾结构的超常搭配的译例分析

在动宾结构的超常搭配中,搭配前项与后项组合后形成句法结构上的动宾关系(冯广艺,2004:117)。

例(1)原文:他毫不做声,那黄黄的小眼睛里,**酿了**满满的一泡眼泪,他又哭了。(沈从文《灯》)

译文(1): From his small brown eyes two streams of **tears flowed down**, and he seemed to be paralysed. (Yuan Chia-hua[①] & Robert Payne 译)

译文(2): He listened, then **tears welled up** in his small eyes, and he cried again. (许芥昱 译)

例(2)原文:翠翠悄悄把头撂过一些,见祖父眼中业已**酿**了一汪眼泪。(沈从文《边城》)

译文(1): Dipping her head in sadness, Cuicui could see **tears in** her grandpa's eyes. (金介甫 译)

译文(2): Green Jade saw that his eyes were **filled with** glittering **tears**. (金隄、白英 译)

译文(3): Secretly Ts'ui Ts'ui turned her head and saw that her Grandpa's eyes had **filled with tears**. (项美丽、邵洵美 译)

译文(4): Stealing a glance at him, she sees to her dismay that his **eyes** are **red**. (戴乃迭 译)

---

① 即袁家骅

　　《现代汉语词典》(2002:929)将"酿"字解释为"酿造",即"利用发酵作用制造(酒、醋、酱油等)"。在该语义条件下,与"酿"字搭配的名词宾语只能是酒、醋、酱油等需要经过特定工艺的处理才能产生的液体。例(1)将"酿"与不需要经过特定工艺的处理就能自然产生的液体"眼泪"进行搭配,违背了"酿"这个词的语用习惯和逻辑规律。笔者认为,这种看似不合常理的搭配方式实际上暗藏着对比喻这一修辞手法的运用,即借酿酒过程喻指眼泪酝酿过程,"酿"字则形象地描绘出本例中描写的人物在情绪发酵过程中眼泪从无到有,从少到多的积累过程。还原到原文语境,本例中描写的人物是一位老兵,老兵一心将蓝衣女子认定为自己未来的女主人,一直一厢情愿地做着帮助男主人与其组建家庭的美梦。在老兵得知自己心目中认定的女主人即将嫁与他人时,老兵眼中所酿的满满一泡眼泪深刻地揭示出老兵在美梦破碎瞬间既失落又自责又悔恨的复杂的内心活动。译文(1)中"tears flowed down"强调的是眼泪流下来的动作,与原文中超常搭配着力强调的泪水处于酝酿过程中尚未滴落的事实不符,既未能准确地传递出超常搭配的语义信息,又未能揭示出老兵从情绪发酵(即眼泪酝酿)到情绪宣泄(即"哭了")的微妙转变过程。此外,由于"tears flowed down"为英语常规表达,译文未能再现原文通过超常搭配这种变异修辞手法的运用而实现的表达方式上的陌生化效果。译文(2)中的"well up"在《牛津高阶英汉双解词典》中的释义为:"(of a liquid) to rise to the surface of sth and start to flow"(液体上升到某物体表面并开始流出)(2009:2285),据此可知,该短语体现了液体从积聚到最终流出的渐变过程。可以说,"tears welled up"准确再现了原文中超常搭配所表示的眼泪积聚过程,该表达与"he cried again"一起共同揭示了老兵从情绪发酵到情绪宣泄的情绪渐变过程。然而因"tears well up"(泪水充盈了眼眶)为英语常规表达,原文中搭配方式的超常性无法在译文中得以再现。例(2)中同样出现了"酿泪"这一动宾结构的超常搭配。祖父因和孙女翠翠谈起唱歌这种求爱方式而回忆起十多年前自己的女儿因对歌而酿成的悲剧,祖父眼中所酿的一汪眼泪将祖父十多年来虽默默承受却永远无法释怀的丧女之痛展露无遗。金介甫将原文中的超常搭配译为"tears in her grandpa's eyes",这是对祖父眼中有泪这一事实的客观陈述,与原文中超常搭配所强调的眼泪的积聚过程有所出入,语义传递不够准确,此外,原文中将酿酒过程比作眼泪酝酿过程时所运用的比喻这种修辞手法也在译文中流失,而且"tears in her grandpa's eyes"这种英语常规表达无法再现原文表达形式的超常性。金介甫教授(2018 年 10 月 13 日电子邮件)在与笔者谈及本例中的超常搭配时曾经指出,"如果我们将这一搭配译为'tears fermented in his eyes'或者'tears were brewing in his eyes',译文听起来不但没有新意,而且不太自然,比较怪异,就像是从原文直译过来似的。这样译不太好。如果译成'tears were already welling up in his eyes'或许可以传递出原文中超常搭配的部分含义,即眼泪充盈眼眶('tearing up' in the eyes)而实际上眼泪并未滴落。但是这种译法会让译文变得冗长,从而降低译文在英语读者眼中的文学性"。金隄、白英译本和项美丽、邵洵美译本都用"filled with tears"来翻译原文中的超常搭配,传递出了祖父眼泪充盈眼眶的情态特征,在语义的准确性方面优于金介甫译文,但原文中超常搭配暗藏的将眼泪酝酿过程与酿酒过程作比的修辞手法依然未能在这两个译本中得以再现。而且"filled with tears"同样也属于英语常规表达,原文搭配方式的超常性未能在译文中得以体现。戴乃迭选用"eyes are red"(眼睛红红的)来翻译原文中的超常搭配,较大程度地偏离了原文中超常搭配的语义表达重心即眼泪的积聚过程,原文中超常搭配这一艺术化语言表达形式也因被译为英语常规表达而遭到抹除,从而也就排除了译文读者像原文读者一样参与艺术化语言表达形式的审美过程的可能性。

　　例(3)原文:一个长得太标致了的人,是这样常常容易为别人把名字放到口上**咀嚼**!(沈从文《龙朱》)

　　译文(1):省略(金隄、白英 译)

　　译文(2): If a man is too good-looking, his **name** will always be "**chewed**" in the mouths of other people! (Chai Chu & Winberg Chai① 译)

　　例(4)原文:中寨人反复**嚼**着和巧秀白天说的话,……(沈从文《传奇不奇》)

　　译文:... he **thought over what** Qiaoxiu had **said.**(戴乃迭 译)

---

　　①　即翟楚、翟文伯

《现代汉语词典》(2002:682)对"咀嚼"一词的释义为"用牙齿磨碎食物"。该语义特征限定了与"咀嚼"相搭配的宾语一般应为与食物有关的名词。例(3)将"咀嚼"与非食物名词宾语"名字"进行搭配,显然违背了"咀嚼"一词的语用习惯和逻辑规律,构成了动宾结构的超常搭配。周春林(2008:53)曾指出,"词语之间的搭配具有选择限制规则"。在词语的超常搭配中,"常常可以看到词语之间的'语义溢出'(semantic overflow),即体现为一个搭配项的选择限制条件'溢出'到另外一个搭配项上,使得不能共现的搭配项变得可接受了"(同上:53)。据此可知,本例中的超常搭配就可以理解为搭配前项"咀嚼"的选择限制条件"溢出"到搭配后项"名字"上,使得"名字"具备了"咀嚼"所要求的选择限制条件,即"食物"特征,从而实现了搭配的合理化(周春林,2008:96)。也就是说,该超常搭配实际上隐藏着对比拟辞格的运用,即将"名字"比作"食物"。虽然拟体"食物"在超常搭配的表层结构中并没有出现,但可以用明喻的格式"像……一样"将它补充出来:一个长得太标致了的人,是这样常常容易为别人把名字像食物一样放到口上咀嚼!(同上:96)该句的表达效果比"一个长得太标致了的人,是这样常常容易为别人把名字提起的!"生动许多。金隄、白英译文将本例全句省略,既损失了原文中超常搭配的语义信息又未能再现原文表达形式的超常性。翟楚、翟文伯译文采用直译法,将"咀嚼"直译为"chew",《牛津高阶英汉双解词典》(2009:330)将该词解释为"to bite food into small pieces in your mouth with your teeth to make it easier to swallow",这一语义特征要求"chew"与表示食物的宾语搭配,而译文却将其与非食物宾语"name"(名字)进行搭配,偏离了该词的语用习惯,构成了英语超常搭配。值得注意的是,译者给"chew"加上了引号,表明该词不能从字面意思进行理解,而应该对该词在其本义的基础上进行引申式解读。译文读者到底是否能够根据"chew"的基本语义和该例句的上下文破解该词的语用意义不得而知,但笔者认为,为了确保该表达的可理解性以及译文读者理解的正确性,以注释形式将"chew"的语用意义加以明晰化似乎更为稳妥。例(4)中出现的"嚼"字在《现代汉语词典》中的解释为"上下牙齿磨碎食物"(2002:634),由这一语义特征可知,"嚼"字一般与表示食物的名词宾语进行搭配,而在本例中"嚼"却与表示话语的短语"和巧秀白天说的话"进行搭配,违背了"嚼"的语用习惯和逻辑规律,构成了超常搭配。冯广艺(2004:132-133)曾指出,超常搭配的"搭配项的语义一般起了变化,具有了一定的修辞色彩"。本例中超常搭配的搭配前项"嚼"的语义发生了临时改变,转变为"琢磨"、"思考"。戴乃迭选用"think over"这个表示"仔细考虑"、"认真思考"的动词短语来翻译"嚼"字,准确传达了该词在超常搭配中的临时语义即语用意义,但因该短语与宾语从句"what Qiaoxiu had said"构成了常规英语表达而抹除了原文在表达方式上的新颖性。笔者认为若将"think over"换成"chew over"似乎表达效果更佳。一方面,"chew over"表示"反复思考",与"嚼"字在超常搭配中的语用意义十分接近,另一方面,"chew over"与超常搭配中的"嚼"字实现了表达形式上的呼应,然而由于"chew over"与宾语从句"what Qiaoxiu had said"搭配依然是常规英语表达,译文无法再现原文在搭配方式上的超常性。

例(5)原文:有些过去的事情永远**咬**着我的心。(沈从文《三个男人和一个女人》)

译文①:Some things of the past perpetually **gnaw the inside** of me. (许芥昱 译)

例(6)原文:剥到深夜,总好象有东西**咬**他的心。(沈从文《贵生》)

译文(1):He sat up working until the wee hours. Something seemed to be **gnawing away at his heart**,…(金介甫 译)

译文(2):He sat up till late doing this, a vague misgiving **preying on his mind**. (戴乃迭 译)

《现代汉语词典》(2002:1463)将"咬"字解释为"上下牙齿用力对着(大多为了夹物体或使物体的一部分从整体分离)"。在上述两个例句中,"咬某人的心"并不是真的表示用上下牙齿用力对着某人的心咬。事实上,作为搭配前项的"咬"的本义临时转变为"纠缠"、"折磨"、"扰乱",从而与宾语"心"一起构成了违背"咬"字语义特征的超常搭配。例(5)让"事情"这个无生命体发出了只有有生

---

① 沈从文小说《三个男人和一个女人》目前只有金隄、白英合译本和许芥昱译本这两个译本。两译本所依据的中文底本不同。由于所引例句只在许芥昱译本所依据的中文底本中出现,于是此译例只列出许芥昱译文。

命体才能发出的动作"咬",把主语"事情"拟人化了,形象地揭示出过去的事情给"我"后来的人生造成的深刻影响。许芥昱译文中的"gnaw"既可表示"啃"、"咬"又可表示"折磨"(《牛津高阶英汉双解词典》,2009:868),正好与原文超常搭配中的"咬"字实现了本义与转义的双重契合,然而因"gnaw the inside of me"是常规英文搭配,原文表达形式的新颖性未能在译文中得以体现。例(6)金介甫译文中的"gnaw away at"表示"使烦恼"、"折磨",与许芥昱译文一样也实现了与原文超常搭配中的"咬"字在本义与转义方面的双重契合,同时还实现了与原文表达形式的呼应。只因该短语依然是英语常规表达,译文未能再现原文中的超常搭配在搭配方式上的超常性。戴乃迭译文中的"prey on one's mind"表示"(想法,问题等)萦绕心头"(《牛津高阶英汉双解词典》,2009:1569),准确地传递出了原文中超常搭配的语义信息,然而"prey on"(捕食,捕猎)(同上)与原文超常搭配中的"咬"字在本义上的契合度远低于金介甫译文中的"gnaw",因此表达效果比金介甫译文略逊一筹。此外,"prey on one's mind"是英语习语,译文无法再现作者在表达形式方面的匠心独运。

3.1.2.3　述补结构的超常搭配的译例分析

在述补结构的超常搭配中,搭配前项与后项组合后形成句法结构上的述补关系(冯广艺,2004:118)。要考察述补结构的超常搭配,首先必须找出"不在场"的述补结构的常规搭配。没有"常规"就无所谓"超常"。冯广艺(2004:119)指出,述补结构的常规搭配常常具有以下特点:(1) 补语从正面为述语服务,补语与述语不应该出现表义上的不一致甚至相反的情况。(2) 从本质上讲,补语与述语应该具有一种内在的逻辑关联,二者是不能风马牛不相及的语言单位,否则补语应有的作用就无法得以体现。(3) 补语与述语并非处于同一个层次,述语一般处于主要基础层次上,而补语则处于基础层次上的附加层次。此外,二者之间还具有语义上的递进特征。述补结构的超常搭配则往往突破以上一个或几个方面的限制。

例(1)原文:中寨人是个米场经纪人,话**说得极有斤两**,……(沈从文《边城》)

译文(1): This man from Middle Stockade was a rice broker, **good at weighing his words.**(金介甫 译)

译文(2)：This man is a rice-dealer, **a smooth customer**,...（戴乃迭译）

译文(3)：He was a clever man, a rice-broker and **careful in his speech.**（金隄、白英 译）

译文(4)：This fellow was a broker in the rice market, and he **knew how to choose his words.**（项美丽、邵洵美 译）

本例将"斤"、"两"这两个一般表示重量单位的词用作补语，与述语"说"进行搭配，从该搭配的表层结构上看，述语和补语之间的逻辑关联似乎并不明显，偏离了上文提到的述补结构的常规搭配的第二个特点。实际上，将"斤"、"两"合为一词可用来喻指"分量"（《现代汉语词典》，2002：653）。因此，本例中"话说得极有斤两"即可理解为话说得极有分量，强调所说的话具有权威性和影响力。如果说"说得极有分量"是述补结构的常规搭配，那么"说得极有斤两"就是述补结构的超常搭配。译文(1)中"weigh one's words"表示"（因不想说错话而）斟字酌句，推敲字眼"（《朗文当代高级英语辞典》，2004：2255），该短语强调的是话语的分寸感和得体性，与原文中超常搭配的语义有所出入。然而，需注意的是，该短语中"weigh"的本义为"称重量"（《牛津高阶英汉双解词典》，2009：2281），而超常搭配中的"斤"、"两"本义均为重量单位，译文在一定程度上体现了译者为追求与原文在表达形式方面的相似性所做的努力。可惜"weigh one's words"作为英语习语，在表达形式上显然不具有任何新奇之处，无法让英语世界读者感受到原文在表达形式上的新颖性。译文(2)中的"smooth"表示"圆通的，八面玲珑的"（《牛津高阶英汉双解词典》，2009：1900），是从米场经纪人的性格特征的角度来把握该搭配的语义的，而原文中超常搭配强调的是"米场经纪人"说话的影响力和权威性，由此可见译者对原文中超常搭配语义的理解存在一定偏差。此外，原文中超常搭配在表达形式上的超常性也因译文选用了英语常规搭配"a smooth customer"而在译文中彻底消失。译文(3)中"careful in his speech"（说话谨慎）与原文中超常搭配传达的语义信息有所偏差，只表达了说话"小心谨慎"这层意思，塑造了一个谨小慎微的米场经纪人形象，与原作中城府极深、圆滑世故、运筹帷幄的米场经纪人形象差距较大。译文(4)中的"knew how to choose his words"（知道该如何斟字酌句）是从说话的"分寸感"的角度去把握"斤两"的含义的,也与原文中超常搭配传达的语义有一定差异。此外,译文(3)、(4)对于超常搭配采用的是近乎解释性翻译的策略,译文均为英文常规表达,文学性并不明显,未能再现原文超常搭配在表达形式上的超常性。

例(2)原文:妇人在黑暗中象是连长已真离开了她**哭得**更**浓**了。(沈从文《连长》)

译文:… in the darkness it seemed to the woman that the company commander had already really left her, which made her **cry** even more **pathetically**.（David Pollard[1]译）

例(2)将"哭得"与"浓"组合构成了述补结构的搭配。《现代汉语词典》将"浓"的语义解释为"液体或气味中所含的某种成分多;稠密或程度深"(2002:936)。前两种语义均无法解释搭配前项与后项在语义上的关联性。第三种语义"程度深"倒是可以在一定程度上建立起搭配前项与后项在语义上的关联,但在此语义条件下"浓"的组词如"睡意正浓"、"兴趣浓厚"均不是述补结构。为了进一步验证"哭得"与"浓"的低共现率,笔者将前者作为关键词在"北京大学 CCL 现代汉语语料库[2]"中进行检索,发现该述语的高频搭配补语是"厉害"、"伤心"、"死去活来"等,未见"哭得浓"这种说法。"哭得"与"浓"这两个共现率极低的词被"强粘"(冯广艺,2004:120-121)在一起,使得补语"浓"的语义发生了临时转变,有"厉害"、"伤心"的意思。译文将该超常搭配译为"cry pathetically"(哭得凄楚),虽然较为准确地传达了原文中超常搭配的语义,却未能再现作者在表达形式方面的别出心裁。

例(3)原文:菜园篱笆旁的桃花,同庵堂里几株桃花,正**开得**十分**热闹**。(沈从文《静》)

译文(1): The peach trees by the hedges of the plots were **in**

---

① 即大卫·卜立德

② 北京大学 CCL 现代汉语语料库[EB/OL]. [2018-07-25]. http://ccl. pku. edu. cn:8080/ccl_corpus/index. jsp? dir=xiandai

luxuriant bloom, as were those in the Buddhist convent. （Wai-Lim Yip & C. T. Hsia①译）

译文（2）：The peach trees beside the garden fence and inside the convent walls were just **in bloom.** （William L. MacDonald②译）

例（3）中"开得"与"热闹"组合构成了述补结构的搭配。笔者将"花开得"作为关键词在"北京大学 CCL 现代汉语语料库"中进行检索，发现述语"开得"的高频搭配补语是"鲜艳"、"灿烂"、"繁茂"，只有 3 例将"热闹"作为"开得"的补语。由此可见，"开得热闹"属于罕见搭配。将这两个共现率较低的词"强粘"在一起，使得"热闹"的语义临时转变为"灿烂"、"繁茂"。此外，由于"热闹"意为"（场面、气氛）热烈活跃"，该词常带有明显的声响特征，会使人产生一种"喧闹"的听觉感受。译文（1）将这个极具视听效果的超常搭配译为"in luxuriant bloom"（繁盛绽放）这一只带有视觉效果的英文常规表达，虽然较为准确地传达了原文中超常搭配的语义，但无法让译文读者产生听觉联想，也无法让译文读者体会到作者在表达形式上的匠心独运。译文（2）中的"in bloom"只传递出了"花开"这一语义信息，原文超常搭配中"热闹"一词的语义信息在译文中遗失，由"热闹"一词所激发的视听联想也随之消失。与译文（1）相似，译文（2）也因采用了英文常规表达而未能再现原文表达形式的超常性。

3.1.2.4　偏正结构的超常搭配的译例分析

在偏正结构的超常搭配中，搭配前项与后项组合后形成句法结构上的偏正关系（冯广艺，2004：106），它大致可分为两种类型：含"的"的偏正结构（同上：106）和含"地"的偏正结构（同上：112）。前者由定语和中心语构成，后者由状语和中心语构成，定语或状语从各个方面来修饰中心语。

例（1）原文：一个**巍然峨然的身体**，就拘束到这军服中间。（沈从文《灯》）

译文（1）：His **stout, bulky figure** was framed in an army uniform

---

① 即叶威廉、夏志清
② 即威廉·麦克唐纳德

entirely unsuited to him.（袁家骅、白英 译）

　　译文（2）：省略（许芥昱 译）

　　《现代汉语词典》将"巍然"的语义解释为"形容山或建筑物雄伟的样子"（2002：1307），"峨然"表示高貌。笔者将"峨然"作为关键词在"北京大学 CCL 现代汉语语料库——CCL 语料检索系统"中进行搜索，得到的唯一一条结果为"山峰峨然危立"[①]，该句中"峨然"也被用于形容山的高大。本例将常用于形容山或建筑物高大雄伟的词用来形容人的身材高大，一方面产生了夸张的效果，另一方面违背了"巍然"和"峨然"这两个词的语用习惯，构成了偏正结构的超常搭配。译文（1）将"巍然峨然"翻译成"stout"（人"肥胖的；肥壮的"）（《牛津高阶英汉双解词典》，2009：1991）和"bulky"（人"大块头的；高大肥胖的"）（同上：255），准确地传递出了老兵高大、壮实的体形特征，但由于这两个词是形容人的身材的常用词，与"figure"（身材、体形）组合，一则失去了原文中超常搭配暗藏的夸张效果，二则构成了常规搭配，未能再现原文表达形式的超常性。译文（2）因省略了本例全句而导致原文超常搭配的语义信息受损，原文在表达形式上的超常性也无法得以体现。

　　　　例（2）原文：喉头就为一种**沉甸甸的悲哀**所扼住，……（沈从文《传奇不奇》）

　　　　译文：My throat was too choked with **grief** to go on.（戴乃迭 译）

　　当"沉甸甸"用于形容物体分量重时常与看得见、摸得着的具体实物组合构成偏正结构的搭配，如"沉甸甸的果实"。本例将"沉甸甸"与表示抽象情感的词"悲哀"组合，违背了"沉甸甸"的语用习惯，构成了超常搭配。将"沉甸甸"与"悲哀"强粘在一起，赋予了"悲哀"这种"无形"的内心感受以"有形"特征（冯广艺，1997：100），强化了"悲哀"这种内心感受的实在性。戴乃迭将此超常搭配译为

---

　　① 北京大学 CCL 现代汉语语料库[EB/OL].［2018－07－25］. http://ccl.pku.edu.cn:8080/ccl_corpus/search? q＝%E5%B3%A8%E7%84%B6&start＝0&num＝50&index＝FullIndex&outputFormat ＝ HTML&encoding ＝ UTF-8&maxLeftLength ＝ 30&maxRightLength＝30&orderStyle＝score&LastQuery＝&dir＝xiandai&scopestr＝.

"grief"(悲哀),未能传递出"沉甸甸"一词的语义,既损失了原文中超常搭配的语义信息又未能再现原文中"悲哀"这种抽象情感的有形化效果,同时超常搭配在搭配方式上的超常性也在译文中流失。

例(3)原文:子高虽不望别人,可知别人在望他,就有点忙乱,有点不自然,越欲镇定越不成,**莽莽撞撞**也就望过去,……(沈从文《十四夜间》)

译文:Though he did not look at her face, he knew she was looking at him; but the more he tried to calm himself, the more tormented he became, and at last he **managed to look** her in the face. (金隄、白英 译)

在例(3)中"莽莽撞撞"与"望"之间虽然没有用"地"字进行连接,二者却构成了实质上的修饰与被修饰关系,因此笔者仍将两词的组合认定为由状语和中心语构成的偏正结构的搭配。《辞海》(2010:1268)将"莽撞"一词解释为"言语、行动粗率不慎",这种语义特征将该词的修饰范围限定在人的"言语"和"行动"方面。笔者将"莽撞"的叠声形式"莽莽撞撞"作为关键词在"北京大学 CCL 现代汉语语料库"中进行检索,发现"莽莽撞撞"的中心语一般是动作幅度较大的动词,如"闯"。而本例将"莽莽撞撞"与表示眼部细微动作的词"望"进行搭配,违背了"莽莽撞撞"的语用习惯,构成了超常搭配。该搭配生动地描绘出子高在第一次招妓女上门时内心的慌乱、羞怯和行为的冒失。他想看女子却又不敢看,羞于去看,最后在想看与不敢看以及怎么看的纠结心态中有些失态、有些冒失地望到了女子。译文中的"manage to"表示"设法做成困难的事",侧重做的结果,强调最终成功地"望"到了女子,对于子高是在怎样的情形下"望"到的女子以及最终"望"见女子时的狼狈模样则未能反映出来。另外,"manage to look"是常规英文表达,原文中搭配方式的超常性在译文中丧失。

例(4)原文:正似乎为装满了钱钞便极其**骄傲模样的抱兜**,在他眼下再现时,把原有和平已失去了。(沈从文《丈夫》)

译文(1):... that pouch, so **proudly** bulging with money, destroyed his peace of mind.（戴乃迭 译）

译文（2）：That waist pouch that had seemed so stuffed with money，so **arrogant**，reappeared before his eyes，and it robbed him of his peace of mind.（金介甫 译）

译文（3）：省略（金隄、白英 译①）

译文（4）：无此句（Lai Ming 译）

例（4）中的"骄傲模样"是名词短语，这里用作形容词短语来修饰中心语"抱兜"。《现代汉语词典》（2002：632）将"骄傲"解释为"自以为了不起，看不起别人"，这是人才会有的内心情绪，因此在通常情况下用于形容人，而本例却将该词用以形容无生命物体"抱兜"，违背了"骄傲"的语用习惯，构成了超常搭配。该搭配实际上暗藏着对"抱兜"的拟人化处理。表面上是说抱兜的模样骄傲，实则是乡下丈夫觉得拥有抱兜的人模样骄傲，这一表达也体现出乡下丈夫对有钱有势的城里水保盛气凌人的模样的不满和嫉妒。译文（1）中的"proudly"和译文（2）中的"arrogant"均可表示"傲慢的"、"骄傲自大的"，两译文均准确地译出了超常搭配中"骄傲"的含义。另外，两词都用于修饰"pouch"，两译文均实现了对"抱兜"的拟人化处理。译文（3）因将本例整句省略而损失了超常搭配的语义信息，遮蔽了原文在表达形式上的新颖性。

3.1.3　词语的超常搭配的英译再现情况小结

通过对沈从文小说中四种结构类型的超常搭配进行译例分析，笔者发现译者对于超常搭配的英译主要存在四种翻译倾向，即传意、现形、形意兼顾和省略。所谓"传意"是指只关注超常搭配的基本语义传递，不关注其超常越格的搭配形式所蕴含的美学意义的传递及超常越格的表达形式的再现；"现形"是指相较于超常搭配语义信息（包括基本语义和美学意义）的传递，译者更加关注超常搭配表达形式的再现；"形意兼顾"是指既关注超常搭配基本语义的传递又关注其美学意义的传递或表达形式的再现；"省略"是指将原文中的超常搭配整体（包括搭

---

① Lai Ming 为林语堂次女林太乙的丈夫黎明（Richard M. Lai，1920—2011）。黎明译本为节译本，所译部分不涉及此句，故在此不做探讨。

配前项和后项)略去不译。若只是将超常搭配的部分搭配项略去不译,译者的翻译倾向则以译者对未被省略的搭配项的翻译侧重点为准。

为查明上述四种翻译倾向中哪种倾向在超常搭配的英译中占据优势,笔者现将 3.1.2"词语的超常搭配的译例分析"中列出的所有译文对于超常搭配的再现情况以表格形式呈现如下:

表 1　主谓结构的超常搭配的翻译倾向

		译文(1)	译文(2)	译文(3)	译文(4)
主谓结构的超常搭配	例(1)	传意	形意兼顾	形意兼顾	传意
	例(2)	传意	——	——	
	例(3)	形意兼顾	传意	传意	传意
	例(4)	传意	传意		

表 2　动宾结构的超常搭配的翻译倾向

		译文(1)	译文(2)	译文(3)	译文(4)
动宾结构的超常搭配	例(1)	传意	形意兼顾	——	——
	例(2)	传意	传意	传意	传意
	例(3)	省略	现形		
	例(4)	传意			
	例(5)	形意兼顾	——		
	例(6)	形意兼顾	传意		

表 3　述补结构的超常搭配的翻译倾向

		译文(1)	译文(2)	译文(3)	译文(4)
述补结构的超常搭配	例(1)	形意兼顾	传意	传意	传意
	例(2)	传意	——		
	例(3)	传意	传意		

表 4　偏正结构的超常搭配的翻译倾向

		译文(1)	译文(2)	译文(3)
偏正结构的超常搭配	例(1)	传意	省略	——
	例(2)	传意	——	——
	例(3)	传意	——	——
	例(4)	形意兼顾	形意兼顾	省略

在上述 4 种结构类型的超常搭配的共计 37 个译本中,只关注超常搭配基本语义传递的译本共计 24 个,占译本总数的 64.9%,重点关注超常搭配的表达形式再现的译本共计 1 个,占译本总数的 2.7%,对超常搭配的形、意兼顾的译本共计 9 个,占译本总数的 24.3%,将超常搭配整体省去不译的译本共计 3 个,占译本总数的 8.1%。由此可见,在超常搭配的英译过程中,传意倾向占据主导地位。从 3.1.2"词语的超常搭配的译例分析"中所有只关注超常搭配的基本语义信息传递的译文来看,这些译文所传递的基本语义信息常常与超常搭配的超常越格的搭配方式在经过了去超常化处理之后,成为常规搭配之时所包含的语义信息基本相当。冯广艺(1997:68)曾指出,"在超常搭配这种特殊的传递手段中,美学信息是传递者要传递的所有信息中的一种重要的信息"。他(2004:159)认为"接收者捕捉到了传递者编码中的美学信息以后,就会获得极大的美感。这种美感正是艺术语言的实质所在"。据此可知,充分传递超常搭配的美学信息,或者更准确地说,让译文读者获得与原文读者类似的审美体验才是超常搭配英译的关键。传意导向下产生的译文捕捉到的只是超常搭配的表层语义信息,损失的却是超常搭配深层次的,最为核心的美学信息。在笔者就超常搭配的英译问题对金介甫教授的采访中,金介甫(2018 年 10 月 13 日电子邮件)教授道出了超常搭配的英译困境:首先,超常搭配这种表达手法的微妙之处对于包括他在内的母语非汉语译者而言不易察觉;其次,即便译者察觉到了这种偏离语言标准用法的语言现象也很难在译文中将其再现;再次,即便译者尝试将其再现,也可能导致译文显得突兀,缺乏文学性。译者的第一使命就是要让译文读起来不像译文,而像是自然流畅的原创作品。

尽管对超常搭配这一表达手法表达效果的再现困难重重,我们依然看到了译者在其美学信息的传递和表达形式的再现方面所做的努力。例如,即便"a smile spreads over"无法让译文读者产生将水面上的波纹与脸上的笑纹进行类比的联想,还是再现出了"微笑漾开"这一表达形式所蕴含的笑纹逐渐扩散开来的表达效果;即便"tears welled up"无法让译文读者产生将眼泪的酝酿过程与酒的酿造过程进行类比的联想,还是再现出了"酿泪"这一表达形式所蕴含的眼泪积聚的过程;即便《边城》前三部英译本高度一致地采用"torn between …"结构来翻译"玩心与爱心相战争"这一表达,金介甫译本还是找到了提高译文表达效果的方法,即通过加入"at war with"这一短语实现了译文与原文中的超常搭配在表达形式上的高度契合。

由此可见,超常搭配的表达效果难以全面再现并不意味着无法再现。只有在翻译过程中尽可能多地捕捉超常搭配所蕴含的美学信息,甚至实现搭配方式的超常越格才能尽量减少超常搭配的表达效果在翻译过程中的损耗。一味追求超常搭配的基本语义信息传递,或者表达形式再现,甚至将超常搭配完全忽略不译的极端做法都是不可取的。

3.2 同词相应的英译再现

对"同词相应"这种变异修辞手法的运用是沈从文小说在辞的意味方面的又一大特征。"同词相应"指的是特意让同一个词或词素"在一句话中(或相连的语句中)重复出现,前后呼应,紧相配合,以增强表达效果"的一种修辞手法(倪宝元,1981:88-89)。在本节中笔者将首先通过译例分析归纳出译者对"同词相应"所采取的翻译策略,其次对比采取不同翻译策略的译文在再现效果方面的差异,再次归纳译者对"同词相应"的总体翻译倾向,揭示"同词相应"的翻译难点并总结"同词相应"可取的翻译策略和原则。

3.2.1 同词相应的译例分析

例(1)原文:"……洋毛子欢喜充面子,不管国家穷富,军备总不愿落人后。仗让他们打,我们中国可以大发洋财!"

贵生一点不懂五爷说话的用意,只是带着一点敬畏之忱站在堂屋角上。

鸭毛伯伯打圆儿说,"五爷,我们什么时候打桐子?"

五爷笑着,"要发**洋财**得赶快,外国人既等着我们中国桐油油船打仗,还不赶快一点?……"(沈从文《贵生》)

译文(1):"... Those hairy, **fur-ball foreigners** go in for face —even if their country is poor, they can't stand to let their armaments be second to others. I say let'em fight! We Chinese can get **fur-ociously** rich off it."

Guisheng didn't have a clue what Fifth Master was saying; he just stood there in a corner of the great hall, with a mixture of awe and dread.

"Fifth Master, when shall we gather the tung nuts?" Uncle Duck Feathers said, to break the impasse.

"To corner the supply, better make the **fur** fly," chuckled Fifth Master. "If the foreigners are waiting for our Chinese tung oil to coat their ships so they can go to war, dare we slack off? ... "(金介甫 译)

译文(2):"... Those Hairy **Ones** have their pride. No matter whether their country's rich or poor, they can't fall behind in the arms race. If they fight, we can make pots of money **out of them!** "

Guisheng, mystified by this, just stood woodenly in one corner of the hall, listening respectfully.

To ease the tension Uncle Yamao asked, "Fifth Master, when shall we pick the wood-oil fruit?"

Fifth Master laughed. "To fleece the **foreigners** we'll have to look sharp. Why not? Their warships are waiting for Chinese wood-oil ... "
(戴乃迭 译)

本例中"洋毛子"与连续两次出现的"洋财"这两个词中都含有"洋"这一共同词素,该词素在相连的几个语句中反复出现,相互配合,相互照应,产生了前景化效果,构成了"同词相应"的修辞手法。据说"洋毛子"最早是清末东北百姓对俄罗斯人的蔑称,他们结合俄罗斯人毛发浓密的体貌特征和野蛮的性情创造出了这一称呼，后来"洋毛子"逐渐演变为近代我国人民对西洋人的蔑称。"洋财"指"跟外国做买卖得到的财物，泛指意外得到的财物"（《现代汉语词典》，2002：1457）。译文(1)译者显然注意到了"洋"这一词素在原文中反复出现，于是有意识地对这种用词特色进行了再现。译者首先将"洋毛子"译为"fur-ball foreigners"，其中"fur"指动物的皮毛，"fur-ball"意为"毛球"。将洋人比作毛球，既准确地传递出洋人毛发浓密的体貌特征，又在一定程度上再现了原文中国人对洋人的蔑视和嘲弄。其次译者将"大发洋财"译为"get fur-ociously rich off it"（从中狠狠地大捞一笔），其中"洋"字的语义体现在用于指代"洋人之间的战争"的代词"it"上。然而，译者并没有在"洋"字的译文上寻求再现"同词相应"这一修辞手法的突破口，而是别出心裁地将用于传递"大"字语义的副词"ferociously"（猛烈地）故意错拼为"fur-ociously"，同时还用连字符将该单词的第一个音节与后面的音节隔开，起到了凸显"fur"这一音节的作用。这样，译者就通过"fur"的重现实现了"fur-ociously"与"fur-ball"在读音和词形上的双重呼应。最后译者又根据故事情节将"要发洋财得赶快"一句创造性地改写为"to corner the supply, better make the fur fly"（要想垄断桐油供应，洋毛子们斗得越狠越好）。其中"make the fur fly"是英语习语，意为"引发激烈的争论或打斗"[①]。结合该习语的字面意思"使皮毛四处飞散"和洋毛子毛发浓密的体貌特征，容易让人联想起一群洋毛子厮打得毛发四处飞散的动感画面。另外，此习语中的"fur"与"fur-ball"、"fur-ociously"中的"fur"相互呼应，实现了与原文中同词相应这一修辞手法修辞功能的对等。在译文(2)中"Hairy Ones"中的"ones"指代的是"foreigners"（洋人），从而传递出原文中第一个"洋"字的语义；"out of them"中的"them"指代的是"hairy ones"（洋毛子），从而传递出原文第二个"洋"字的语义；"foreigners"（洋人）传递出原文第三个"洋"字的语义。然而，"ones"、"them"和"foreigners"这三个单词在词形上不存在任何相似之处，因而未能再现原文语句之间在用词上的呼应关系，作者在用词方面的特色遭到了一定程度的遮蔽。

例(2)原文:我们五爷**花**姑娘弄不了他的钱，**花**骨头可迷住了他。

---

① *The Free Dictionary By Farlex* ［EB/OL］. ［2018 - 07 - 26］. https://idioms. thefreedictionary. com/make＋the＋fur＋fly.

（沈从文《贵生》）

译文（1）：It's not **painted** ladies that shake money out of our Fifth Master；it's those **painted** dice.（金介甫 译）

译文（2）：It's not **girls，it's gambling** which takes our Fifth Master's money.（戴乃迭 译）

"花姑娘"是对"妓女的雅称"（孙剑艺，2010：178），"花骨头"指是的"骰子、骨牌之类的赌具"[①]，本例中"花骨头"这一赌具被用于指代赌博活动。"花姑娘"与"花骨头"中"花"这一共同词素的存在使得两词相互照应、相互配合，构成了同词相应的修辞手法。在译文（1）中译者将"花姑娘"译为"painted ladies"，其中"painted"意为"excessively made up with cosmetics"[②]（浓妆艳抹的），因此"painted ladies"可理解为"浓妆艳抹的女子"。译者虽未明确指出"painted ladies"的妓女身份，但这种妆容特征和例句全句的语境足以帮助译文读者联想到这些"painted ladies"的职业身份——妓女。译者将"花骨头"译为"painted dice"，其中"painted"表示"covered or decorated with paint；brightly colored"[③]（涂有颜料或油漆的，色彩鲜亮的），"painted dice"则可理解为"彩绘骰子"。译者巧妙地利用"painted"的多义性建立起了两种不同事物在语言形式上的关联性，实现了与原文同词相应这一修辞手法修辞功能的对等。在译文（2）中译者将"花姑娘"这一特指妓女的词译为对女孩的泛指"girls"，语义传递不够准确。译者又将"花骨头"这一赌具译为它实际指代的赌博活动"gambling"。由于"girls"与"gambling"在词形上不具有任何关联性，原文中词语之间的呼应性在译文中流失，原文的文学性也遭到了削弱。

　　例（3）原文：那么**大**牛、小鸟全有口，**大**的口已经有那么**大**，说"**大**

---

① 汉辞网《汉语大辞典》［EB/OL］．［2018 - 07 - 26］．http：//www. hydcd. com/cd/htm6/ci112114h. htm.

② *The Free Dictionary By Farlex*［EB/OL］．［2018 - 07 - 28］．https：//www. thefreedictionary. com/painted.

③ *The Free Dictionary By Farlex*［EB/OL］．［2018 - 07 - 28］．https：//www. thefreedictionary. com/painted.

话"也够了,为什么既不去作官,又不能去演讲呢?并且说"小话",小鸟也永远赶不上人。(沈从文《牛》)

译文:... since **large** oxen and **tiny** birds also have mouths, and the **big** ones have mouths **large** enough to "talk **big**," why don't they go and get jobs as officials or lecturers? And, where "**small** talk" is concerned, **little** birds will never be a match for humans. (Caroline Mason 译)

本例中前三个"大"均使用的是该词的本义,即"在体积、面积、数量、力量、强度等方面超过一般或超过所比较的对象(跟'小'相对)"(《现代汉语词典》,2002:229),而"大话"中的"大"则引申为"虚夸"(同上:232)之义。本例中第一个和最后一个"小"均使用的是该词的本义,即"在体积、面积、数量、力量、强度等方面不及一般的或不及比较的对象(跟'大'相对)"(同上:1383),而说"小话"中的"小"则引申为"讽刺的、不满的"之义。在译文的语义传递方面,译者准确地将牛的体型之"大"译为"large"和"big",将牛的嘴型之"大"译为"large",将"说大话"译为"talk big"(吹牛),将鸟的体型之"小"译为"tiny"和"little",但是译者将"小话"译为"small talk"则无疑是对"小话"这一表达产生了误解。"说小话"表示"从旁说讽刺或不满意的话",而"small talk"则表示"寒暄;闲谈;聊天"(《牛津高阶英汉双解词典》,2009:1896),二者语义显然相差甚远。在译文的表达效果方面,译文只实现了"the big ones"与"talk big"之间的呼应,极大程度地缩小了原文中构成呼应关系的词语规模。

例(4)原文:"月**圆**人亦**圆**,"子高想起这么一句诗,找不到出处。……

月是在天的中央,时间还不到十点,已略偏到西边了。十四的月算不得全**圆**,人可先**圆**了。

"如此的**圆**也算不得**圆**,同十四的月亮一样吧。"(沈从文《十四夜间》)

译文:"The **roundness** of the moon and the **roundness** of the lovers," he murmured, but he could not remember the poem in which the lines occurred ...

The moon hung a little to the west, high in the sky. It was not yet ten o'clock. The fourteenth moon was not the **round**est—the **roundness** of lovers was more **round** than anything in the world. （金隄、白英 译）

在本例的三段话中"圆"字共出现了六次，主要为对该词的本义"圆形"和引申义"团圆"这两种语义的运用，其中"月圆"之"圆"表示(月亮)变成圆形，成为满月，"人圆"之"圆"指的是团圆。金隄、白英译文省略了本例最后一句，只译出了前四处"圆"字，而且统一用"roundness"或"round"来翻译原文中表示两种不同语义的"圆"，而实际上这两个词均只能表示圆形(的)，并不能表示人的团圆。译文虽然在表达形式上再现了原文在用词方面相互照应的特点，却导致译文语义费解，属于因形害义的极端案例。

例(5) 原文:不曾把头抬起，心忡忡的跳着，脸烧得厉害，仍然剥她的豌豆，且随手把空豆荚抛到水中去，望着它们在流水中**从从容容**的流去，自己也俨然**从容**了许多。（沈从文《边城》）

译文(1): Her heart beat fast and her face burned as she went on shelling her peas, from time to time throwing empty pods into creek and watching them drift **slowly** downstream, as if she had **calmed down.** （金介甫 译）

译文(2): She did not raise her head, because her heart was beating wildly and her face was still burning, and she was still shelling the peas and throwing the empty pods into the water, watching them as they drifted **quietly** away. And somehow, as she watched them, her heart felt **quieter.** （金隄、白英 译）

译文(3): Unable to look up, she goes on shelling peas, flicking the empty pods into the water as if watching them float **lazily** away will help her **get a grip on herself.** （戴乃迭 译）

译文(4): She threw the empty pods into the water and watched them drift **quietly** away on the current. She too was very **quiet.** （项美丽、邵洵美 译）

本例通过对翠翠的心理活动和行为的描写揭示出翠翠在得知前来提亲的人是大老而不是二老之后内心的失落以及翠翠对自身情感的坚定。例句中的"从容"用作动词,表示"不慌不忙;镇静;沉着"(《现代汉语词典》,2002:211),"从从容容"是"从容"的叠音词形式,用作副词,表示缓缓地,不紧不慢地。这两个词相互呼应,相互配合,构成了同词相应的修辞手法。金介甫将"从从容容"这一副词译为"slowly"(缓缓地),将"从容"这一动词译为"calm down"(平静),准确地传达了这两个词的语义,但是"slowly"与"calm down"两词在词形上不存在任何相似之处,因此未能再现原文在用词上的呼应关系。金隄、白英译文将"从从容容"译为"quietly"(静静地),将"从容"译为"quieter"(更加平静),"quietly"与"quieter"虽然与原文中构成呼应关系的两词在语义上存在细微差别,但置于原句语境之中依然合情合理,并没有引起全句译文在语义上与原文发生根本性背离。此外,译者通过对同根词"quietly"与"quieter"的使用在译文中构建起了单词之间在词形上的关联以及呼应关系。笔者认为,在保证全句语义基本不变的前提下,为再现原文词语之间的呼应关系而对个别词语的语义作出微调的做法属于在语义传递和表达形式再现无法兼顾的情况下被迫采取的变通策略,是可取的翻译策略。项美丽、邵洵美译文与金隄、白英译文类似,也通过略微偏离原文中构成呼应关系的两词的语义实现了与原文在表达形式和表达效果上的对等。戴乃迭将"从从容容"译为"lazily"(缓慢地),将"从容"译为"get a grip on oneself"(使自己镇定下来,控制住自己的情绪),准确地传达了这两个词的语义,却未能再现原文在用词上的相互照应关系。

例(6)原文:落了雨,铺子里他是唯一客人时,就默默的坐在火旁吸旱烟,听杜老板在美孚灯下打**算盘**滚账,点数余存的货物。贵生心中的**算盘珠**也扒来扒去,且数点自己的家私。(沈从文《贵生》)

译文(1):When it rained and he was the only one in the shop, he sat quietly by the fire, smoking his long pipe and listening to the click of the proprietor's **abacus** as he sat by his Standard Oil lamp, settling his accounts. Guisheng was pushing **the beads of** a mental **abacus** back and forth in his mind, reckoning up his own net worth.(金介甫 译)

译文(2):In wet weather, if he was the only visitor, he would sit quietly smoking by the fire, listening while Old Du clicked his **abacus** under the lamp as he made an inventory of his stock. Guisheng was secretly reckoning up his own assets. （戴乃迭 译）

在本例中"算盘"和"算盘珠"两词相互呼应,共同构成了建立起原文中句际联系的内在衔接手段。金介甫译文通过直译"算盘"和"算盘珠"使得"abacus"一词在前后相连的两句译文中重复出现,从而成为建立起译文中句际联系的内在衔接手段。此外,金介甫译文还再现了原文将数点家私这一心理活动以可视化形式呈现的艺术手法。戴乃迭译文保留了"算盘"意象,却因省略了"心中的算盘珠也扒来扒去"一句而导致"算盘珠"这一意象消失,因而未能再现原文中用词的呼应性,同词相应这种在原文中建立起句际联系的内在衔接手段也未能在译文中再现,同时,原文对贵生数点家私的心理活动的生动描写也在译文中沦为对贵生心理活动的客观记录。

例(7)原文:"……不过我明白他的命运,还是在你老人家的手上**捏**着的。"

"不是那么说!我若**捏**得定这件事,我马上就答应了。"(沈从文《边城》)

译文(1):"... but I still understand pretty well that all his fate **is** in your hands, my old uncle."

"Oh, don't say that. If I could really **settle** this by myself I'd give my promise right now. "(项美丽、邵洵美 译)

译文(2):"... But I still think his destiny **lies** in your hands, old man."

"No, you can't say that. It's not my affair, it's hers. If I was **the only person concerned**, I would decide right away. "(金隄、白英 译)

译文(3):"... but I know that his fate still **lies** tightly **within your grasp**, old fellow."

"That's not true! If it were **within my grasp** to decide this matter, I'd agree right away!"(金介甫 译)

译文(4)："... But I know very well you **hold** this fate in your hands."

"Don't say that, brother. If it was **up to me**, I'd clinch right away!"

(戴乃迭 译)

"捏"是指"用拇指和别的手指夹"(《现代汉语词典》,2002:930),所夹的对象,即"捏"的宾语通常是看得见、摸得着的实物。本例将"捏"与"命运"这一表示抽象概念的名词搭配,违背了"捏"字的语用习惯,构成了动宾结构的超常搭配。本例中含有该超常搭配的句子是媒人对老船夫所说的话,旨在通过强调老船夫对于大老命运的绝对控制权来奉承老船夫,希望他能够帮助力促翠翠和大老的婚事。本例第二句中的"捏(定)"与"这件事"也构成了动宾结构的超常搭配,表示对这件事有决定权。"捏"是一个动作性比较强的词,译文(1)却将第一个"捏"用表示存在状态的系动词"is"来翻译,未能体现出"捏"的动作性,从而在一定程度上弱化了老船夫对于大老命运的控制力,而且"is"与"fate"连用未能再现"捏命运"这种搭配方式的超常性。译文(1)将第二个"捏"译为"settle"(决定),虽然语义传递准确,却无法与"this"(这件事)一起再现"捏定这件事"这一表达在搭配方式上的超常性,也无法与第一个"捏"字的译文"is"在词形上产生任何关联,因而无法再现原文词语之间的呼应关系。译文(2)也采用了一个表示存在状态的词"lie"(处于、保留、保持某种状态)来翻译第一个"捏"字,表达效果与译文(1)中的"is"相似,在此不再赘述。译文(2)将"我若捏得定这件事"意译为"If I was the only person concerned"(如果这件事只涉及我一个人),语义传递较为准确,只是此译文无法再现该句中词语搭配方式的超常性,也无法与第一个"捏"的译文"lie"建立起词形上的关联,原文中同词相应的修辞手段在译文中未能得以再现。译文(3)与译文(2)相似,也采用了"lie"这一表示存在状态的动词来翻译第一个"捏"字,却将"手"意译为"grasp"(紧握,控制),"lie within your grasp"表示"在你的掌控之中",准确地传达了原文中第一个超常搭配的基本语义,但无法再现其搭配方式的超常性。译文(3)将"捏得定"译为"be within my grasp"(是我能力所及),语义传递较为准确,但该译文无法再现原文中第二个超常搭配在词语搭配方式上的超常性。需要注意的是,虽然两个"捏"字的译文"within my grasp"与"lie"未能再现原文用词的呼应性,但第二个"捏"字的译文"within my grasp"与"手"的译文"within your grasp"在表达形式上建立起了关联性,再现了原文用词上的呼应效果。译文(4)将第一个"捏"字译为"hold"(控制),语义传递准确,但"hold"与"this fate"构成了常规搭配,无法再现原文中第一个超常搭配在词语搭配方式上的超常性。译文(4)将第二个"捏"意译为"up to me"(取决于我),较为准确地传达了原文中第二个超常搭配的语义,却未能再现其搭配方式上的超常性,也未能与第一个"捏"字的译文"hold"建立起词形上的关联,因而未能再现原文用词的呼应性。

3.2.2　同词相应的英译再现情况小结

基于 3.2.1 中的译例分析,笔者总结出译者对"同词相应"这一变异修辞手法所采取的七种英译策略:"译义不译形"、"译形不达意"、"调义救形"、"改拼凑形"、"换词构形"、"直译携形"和"省略"。"译义不译形"是大多数译者对"同词相应"这一修辞手法采取的翻译策略,译者仅传递构成呼应关系的词语/词素的语义而不考虑再现它们在表达形式方面的呼应性。例(7)中戴乃迭、项美丽与邵洵美、金隄与白英的译文就采用了此翻译策略。"译形不达意"是指以牺牲原文语义传递的准确性和译文的可读性为代价而一味寻求再现原文用词形式的呼应性的一种极端翻译策略。例(4)中金隄、白英译文不顾"round"和"roundness"只能表示圆形(的)之义而无法表示"团圆"之义的词义局限,执意将二者用来翻译"人圆"之"圆",虽然构建起了译文单词之间的词形关联却导致了因形害义,使得译文丧失了传达原文语义的基本功能。"调义救形"是指在不改变运用同词相应这一修辞手法的句子或句子组合的基本语义的前提下通过适当调整其中个别词语或个别语句的语义来实现再现原文用词形式的呼应性这一目标的翻译策略。例(5)中金隄、白英的译文和例(2)中金介甫的译文就通过调整个别词语的语义实现了用词形式上的呼应关系。例(1)中金介甫就通过对"要发洋财得赶快"这一句语义的创造性改写实现了译文在用词形式上的关联性。"改拼凑形"指的为实现译文用词形式的关联性而创造性地改写某个单词局部拼写方式的翻译策略。例(1)金介甫译文通过将"ferociously"的拼写改为"fur-ociously"从而构建起了该词与"fur-ball"和"fur"在词形上的关联。"换词构形"指的是不完全从或者完全不从原文中具有呼应关系的词语的共同词素的英译入手而是从原文中其他词语的英译入手寻求构建译文中单词间词形关联性的一种翻译策略,如例(1)中金介甫译文不从具有呼应关系的词语"洋毛子"、"洋财"中的共同词素"洋"字入手,而是从"毛"字入手构建起了译文中用词形式的关联性。例(7)中金介甫译文通过将"手"意译为"grasp"建立起了"在你老人家手上捏着的"的译文"lie within your grasp"与"捏"的译文"within my grasp"在表达形式上的关联性。"直译携形"指的是通过对原文中具有呼应关系的词(一般为指代实物的名词)进行直译。既传达了原文中呼应词的语义,又顺势将原文词语之间的呼应关系携带到译文中的一种翻译策略。例(6)金介甫译文就通过直译"算盘"和"算盘珠"而将原文中两词的呼应关系携带到译文中。"省略"是指对原文中构成呼应关系的词进行部分甚至整体省略,却并未从原文中其他词入手再现原文用词的呼应性,从而导致词语之间的呼应效果在译文中完全消失的一种翻译策略,如例(6)中戴乃迭译文通过省略"算盘珠"使得前后相邻的两个句子在表达形式上失去了呼应关系。

　　这七种翻译策略表明译者在"同词相应"的英译中存在三种翻译倾向:"形意兼顾"、"只传意不现形"和"只现形不传意"。"形意兼顾"是指既关注原文中用词的呼应性的再现,又关注构成呼应关系的词的语义传递;"只传意不现形"是指只传递构成呼应关系的词的语义,并不关注用词的呼应性的再现;"只现形不传意"是指只关注用词的呼应性的再现,并不关注构成呼应关系的词的语义传递。笔者现将 3.2.1 中各译文的译者对于"同词相应"的翻译倾向以表格形式呈现如下:

表 5　3.2.1 中各译文译者对同词相应的翻译倾向

例(1)	译文(1)	形意兼顾
	译文(2)	只传意不现形
例(2)	译文(1)	形意兼顾
	译文(2)	只传意不现形
例(3)	译文	局部实现形意兼顾,仍以传意为主
例(4)	译文	只现形不传意
例(5)	译文(1)	只传意不现形
	译文(2)	形意兼顾
	译文(3)	只传意不现形
	译文(4)	形意兼顾

（续表）

	译文（1）	形意兼顾
例（6）	译文（2）	只传意不现形
	译文（1）	只传意不现形
例（7）	译文（2）	只传意不现形
	译文（3）	形意兼顾
	译文（4）	只传意不现形

　　由上图可知，在上述 7 个例句共计 16 种译文中，只有 7 种（即 43.8%的）译文兼顾了原文用词呼应性的再现和构成呼应关系的词的语义传递，"同词相应"这一修辞手法的再现程度不高。笔者认为，可能主要有以下两点原因：首先，部分译者对沈从文小说的语言风格缺乏整体性认识，他们并未意识到"同词相应"这一变异修辞手法是沈从文小说的语言风格手段；其次，由于英汉两种语言的差异，既要再现原文用词的呼应性又要传递构成呼应关系的词/词素的语义，这对于译者而言无疑是一大挑战。尽管如此，笔者认为依然有必要对这两个方面予以兼顾。在这两个方面实难兼顾的情况下，甚至可以允许为再现原文用词的呼应关系而根据原文语境对个别词语或句子的语义进行微调。"调义救形"、"改拼凑形"、"换词构形"、"直译携形"若运用得当，都是值得借鉴的翻译策略。但这并不意味着可以以牺牲译文的可理解性为代价而盲目追求对原文用词呼应性的再现，"译形不达意"是一种不可取的翻译策略。

3.3　乡土语言的英译再现

　　沈从文是"中国乡土文学的集大成者和杰出代表"（杨瑞仁，2006：23）。凌宇（1980：161；2006：302）曾指出，最能体现沈从文小说语言风格的，是其湘西题材小说中用来表现乡土人生的乡土语言。沈从文（2002 卷 16：375）也坦言他的小说"文字中一部分充满泥土气息"。他（转引自董正宇，2006：9）"在谈到自己作品的语言问题时，明确表示'其实我很多是我家乡的语言'"。可以说，乡土语言是沈从文小说语言风格研究中不容忽视的一个关键问题。

周领顺(2016:80)将乡土语言界定为"一切具有地方特征、口口相传、通俗精炼,并流传于民间的语言表达形式",在他(同上:79)总结的乡土语言构成图中,他将乡土语言划分为方言和俗语两大组成部分,其中俗语又被细分为惯用语、成语、谚语、歇后语、俚语和格言。鉴于此,本书拟从方言和俗语两方面入手,对沈从文小说中乡土语言的英译再现情况进行考察。需要指明的是,笔者作为非湘西本土人士,对湘西方言缺乏天生的敏感性,无法对沈从文小说中的湘西方言进行全面考察,只能选取较容易识别的方言元素进行重点考察。通过通读沈从文小说,笔者发现方言詈辞广泛存在于沈从文小说中,而且它们与普通话詈辞在表达方式上存在明显差异,易于识别。因此,在方言方面,本书主要考察方言詈辞的英译再现情况。在俗语方面,本书将在全国范围内广为流行的普通俗语排除在外,只考察流传于湘西一带的地方俗语的英译再现情况。

3.3.1　方言詈辞的英译再现

本节将首先对"方言"和"方言詈辞"这两大概念进行界定;其次对从沈从文湘西题材的乡土小说中挑选出来的方言詈辞实例及其英译文进行分析,考察译者的翻译策略,评价翻译效果,总结方言詈辞的英译难点并探讨方言詈辞可取的英译原则。

3.3.1.1　方言的定义

"方言概念最早大约出现在我国周代,就是所谓殊方异语。"(袁家骅 等,2006:1)我国很早就有了对方言现象的文字记载。《礼记·王制》中就提道:"五方之民,言语不通,嗜欲不同。"东汉王充也注意到古今语言除了有历时变化之外,还有共时的地域差异。他在《论衡·自纪篇》中说:"经传之文,圣贤之语,古今言殊,四方谈异也。"(周振鹤、游汝杰,2007:3)

值得注意的是,古代所说的"方言"与我们今天所说的"方言"在内涵上存在一定差异。"古代的'方言'可直解为'四方之言',与之相对的是历史上的汉民族共同语(不是一般的'共同语'),如秦之'雅言'、汉之'通语'等。"(李宇明,2004:24)而我们今天所说的"方言"在通常情况下指的是"一种语言中跟标准语有区别的、只在一个地区使用的话,如汉语的粤方言、吴方言等"(《现代汉语词典》,

2002:354),也就是社会语言学所说的"语言的地域变体"(周振鹤、游汝杰,2007:4)——地域方言(geographical dialect)。在社会语言学框架内还存在另外一种方言类型——社会方言(social dialect 或 sociolect),它是"语言的社会变体,使用同一种语言的人因职业、阶层、年龄、性别等等不同,口音、措词、言谈也会有差别"(同上:4-5)。本书所说的方言,显然指的不是社会方言,但也不是纯粹的地域方言,而是"小说家从自己熟悉的(地域,笔者注)方言中取材,然后运用艺术手法加以再现的'文学方言'。文学方言可定义为小说叙事语言、间接引语和人物话语中含有的不符合标准语规范的文体特征,一般通过方言语音、语法、词汇手段表现出来"(汪宝荣,2015:2)。

3.3.1.2　沈从文小说对方言詈辞的运用

方言詈辞是文学方言的重要组成部分,是作家试图用书面语再现的限于一地使用的"粗野或恶意地侮辱人的话,包括恶言骂语、粗言脏语、污言秽语等"(汪宝荣,2015:182)。方言詈辞以其包含的方言元素和詈骂方式的地域特色将其与普通话詈辞区别开来。沈从文小说中的方言詈辞主要出现于其湘西题材的乡土小说所描写的湘西下层人物的语言中。沈从文的军旅生涯使得他有机会接触各色人等尤其是下层人民。沈从文(2002 卷 8:57)曾自道自己"对于农人和兵士,怀了不可言说的温爱"。农民、水手、妓女、童养媳、寡妇等下层人民的生命形式成为沈从文小说创作的素材,下层人民粗野的话语方式则成为沈从文小说中下层人物语言的蓝本。沈从文(2002 卷 13:283)曾提及下层人民的粗野话语为其小说人物注入的生机与活力,"我从那方面(指与乞丐赌博,笔者注)学会了些下等野话,在亲戚中身份似乎也就低了些。只是当十五年后,我能够用我各方面的经验写点故事时,这些粗话野话,却给了我许多帮助,增加了故事中人物的生命"。来源于湘西下层人民的粗野话语写活了沈从文笔下的湘西下层人物,也写活了他笔下的湘西世界。

3.3.1.3　沈从文小说中方言詈辞的译例分析

例(1)原文(1):醉鬼用脚不住踢船,蓬蓬蓬发出钝而沉闷的声音,且想推篷,搜索不到篷盖接榫处,于是又叫嚷,"不要赏么,**婊子狗造的**?装聋,装哑?什么人敢在这里作乐?我怕谁?皇帝我也不怕。大爷,我怕皇帝我不是人!我们军长师长,都是混账王八蛋!是**皮蛋鸡蛋,寡了**

的**臭蛋**！我才不怕。"

……

"臭货，喊**龟子**出来，跟老子拉琴，赏一千！……"

……

"不！不！不！老婊子，你不中吃。你老了，**皱皮柑**！快叫拉琴的来！杂种！我要拉琴，我要自己唱！"（沈从文《丈夫》）

译文（1）：The drunkards kicked the boat repeatedly. Bung, bung, bung, dull and heavy it resounded. Then they tried to roll back the awning but couldn't find the seam. "So our money isn't good enough for you, eh, **you whoring bitch litter!**" one of them bellowed. "Playing deaf and dumb, huh? Who's fooling around with you down there? You think I'm worried about him? I'm not afraid of the emperor himself. Sir, you in there! Devil take me if I fear the emperor. Hell, not even our army commander or our division commander—sons of bitches both of them—bastards, turtle eggs. Yeah, **chicken eggs, bad eggs, putrid rotten eggs** and all. They don't scare me!"

...

... "Stinking bitches, get that **cuckold bastard** out here to play for us, and there's a thousand in it for you ... "

...

"Oh no? Oh no? You're no good any more, you old whore! You old woman, you're **shriveled up like a wrinkled orange.** Get that fiddle player out here on the double, the bastard. I'll play the fiddle myself, and I'll do the singing!"（金介甫 译）

译文（2）：The drunkards kicked at the sides of the boat, making dull thumping noises. They tried to push back the mat cover, but could not find the fastenings, and gave up. 'Don't you want reward, you **bitch born prostitute?** ... Playing deaf and dumb? Who dares to make merry here? I am afraid of no one! Not even the Emperor! No, sir, I'm a louse if I'm afraid of him! Our Commander and Division

Commander are bastards. I'm not afraid of them!'

...

... 'You stinking slut! Get the **pimp** to play for me! I'll give him one thousand! ... '

...

'No，no，no! Old whore，you are no good. Too old，like a **shriveled-up orange**! Go and get the hu chin player! Bastard! I want to sing!'（黎明 译）

译文（3）：Thud, thud! The drunks kicked the boat, then tried to take off the awning, but couldn't find where it was fastened. "Don't you want money，**you bitches**?" one of them yelled. "Playing deaf and dumb，are you? Who dares whoop it up here? I'm not afraid. Not even of the Emperor. If I'm afraid，strike me dead! Our top brass, **rotten stinking turtle-eggs** the whole lot—I'm not afraid of them!"

...

"Stinking bitches，fetch that **cuckold** to play for us. We'll give him a thousand ... "

...

"Come off it，old hag! Stinking, **wizened old cow**! Get that fiddler here. The bastard! I want to sing."（戴乃迭 译）

原文（2）："醉鬼用脚踢船，蓬蓬蓬发钝而沉闷的声音，且想推篷，搜索不到篷盖接榫处，"不要赏么，**婊子狗造的**？装聋，装哑？什么人敢在这里作乐？我怕谁？王帝我也不怕。大爷，我怕王帝么？我不是人！……"

……

"臭货，喊**龟子**出来，跟老子拉琴，赏一千，……"

……

"不？不？不？老婊子，你不中吃。你老了。快叫拉琴的来！杂种！我要拉琴，我要自己唱！"（沈从文《丈夫》）

译文（4）：The drunken soldiers began to kick the boat with their feet, making a dull noise. Then they tried to remove the awning, but they could not find the seams.

"Pretending to be deaf, eh? Pretending to be dumb? Who the hell is enjoying himself here? I'm not afraid of anyone—I'm not afraid of the Emperor. Am I afraid of the Emperor?"

...

"Get him, you whore! Go and get that **tortoise** to play for us! I'll give you a thousand ... "

...

"God strike you dumb, old whore. You're too old—we don't want to touch you. Go and tell that violin player that we want him to come out. Damn it, I want to sing myself. "（金隄、白英 译）

表 6　本译例中方言詈辞的中英文对照表

	金介甫译文	黎明译文	戴乃迭译文	金隄、白英译文
婊子狗造的	you whoring bitch litter	bitch born prostitute	you bitches	省略
皮蛋鸡蛋，寡了的臭蛋	chicken eggs, bad eggs, rotten eggs	省略	rotten stinking turtle-eggs	原文无此句
龟子	cuckold bastard	pimp	cuckold	that tortoise
皱皮柑	shriveled up like a wrinkled orange	a shriveled-up orange	wizened old cow	原文无此句

例(1)节选原文描写的是两名醉酒士兵在岸边听到妓船上拉琴、唱歌的声音之后上船闹事的情景。"婊子狗造的"是醉酒士兵对妓船上的人尤其是妓女的辱骂性称呼，辱骂他们身份下贱，表明醉酒士兵对妓船上的人极不尊重，态度极为恶劣。该方言詈辞虽然在语义上与普通话詈辞"婊子养的"大体相当，但在粗俗程度上却远远超过普通话詈辞。该詈辞将"婊子"与"狗"相提并论，虽属于地域性詈骂方式，却反映了国人将"狗"看做贬义的文化意象的共同文化心理。胡明

扬(1997:14)曾指出,"汉语的'狗'往往和'下贱'这一类意义联系在一起",而且,"中国人也习惯用'狗'作为詈词"(沈锡伦,1995:31)。"婊子"用作詈骂语本身就含有"下贱"的意味,与同样具有"下贱"意味的"狗"并置,比仅用"婊子"一词进行辱骂侮辱性更强。"造"在这里是"生"的意思,是湘西方言说法。前三种译文中出现了三个常用于翻译"婊子"一词的英语单词"prostitute"、"whore"、"bitch",这里有必要对这三个词进行区分。"prostitute"是用于指代娼妓这一职业身份的正式用语,通常情况下不可用作詈辞;"whore"既是对娼妓这一职业身份的口语化说法又可用作对"乱搞男女关系的女人"(《牛津高阶英汉双解词典》,2009:2299)的侮辱性称呼,可用作詈辞;"bitch"是对令人讨厌的女性的一种侮辱性称呼(《牛津高阶英汉双解词典》,2009:187),可用作詈辞。用作詈辞时"whore"的侮辱性远高于"bitch"。黎明译文将"婊子狗造的"译为"bitch born prostitute"(婊子生的妓女),只是大体上传递了该方言詈辞的字面意思。"狗"这个文化意象在译文中消失,导致原文詈辞中将"婊子"与"狗"相提并论的方言表达形式和地域性詈骂方式在译文中流失。译者之所以选择省略"狗"这一文化意象大概是因为在中国文化中具有下贱意味的"狗"在英语文化中"往往和'忠诚'这一类意义联系在一起"(胡明扬,1997:14),是作为一种正面的文化意象而存在的,因而不适合在英语詈辞中出现。然而,译者也并没有采取其他手段对因"狗"这一文化意象的省略而导致的詈辞侮辱性的减弱进行补偿。另外,英语中一般不将"prostitute"作为詈辞使用,而且该词属于正式语体,与方言詈辞所属的非正式语体不符,若换作既可指称妓女这一职业身份又具有辱骂意味的口语词"whore"似乎更为准确。戴乃迭译文将"婊子狗造的"译为"you bitches",因该译文为英语地道詈辞而在译入语文化中具有较高的可接受度,但译文辱骂意味较弱,加之译者未采用任何手段对因"狗"这一具有"下贱"意味的文化意象的流失而导致的詈辞侮辱性降低进行补偿,译文的侮辱性远远弱于原文中将"婊子"与"狗"并置后所产生的侮辱效果,而且因译者采取了地道的英文詈辞,原文詈辞鲜明的地域色彩在译文中完全流失。金介甫译文用"whoring"(从事卖淫活动的)一词将"bitch"的语用功能限定为对从事妓女职业的女性的蔑称。大概是出于避免产生文化冲突的考虑,译者用"litter"这一表示"垃圾"之义的词替代了原文方言詈辞中的"狗"这一文化意象,在一定程度上弥补了因文化意象的丧失而导致的詈辞侮辱性的弱化。因金介甫译文并非译入语地道詈辞,在表达方式上就具有了一定的陌生化效果，能在一定程度上让译入语读者体会到该詈辞的异域特色。金隄、白英译本对原文中含有该詈辞的句子进行了省略，导致原文詈辞的语义信息受损，人物粗俗的话语方式遭到遮蔽。

"龟子"是湘西方言，是对妓院老鸨的丈夫或者男杂役的讥称，在文中用于辱骂妓船上的拉琴人即妓女的乡下丈夫。金介甫译文将该詈辞译为"cuckold bastard"，其中"cuckold"是指"妻子有外遇的人；戴绿帽子的人"（《牛津高阶英汉双解词典》，2009：485），"bastard"常用于侮辱男性，表示"杂种；混蛋；恶棍"（同上：149）。此译文将辱骂对象锁定为被戴了绿帽子的窝囊废，而原文中醉酒士兵在骂出"龟子"时并不知道拉琴人就是妓女的丈夫，也就不可能骂他是被戴了绿帽子的窝囊废，鉴于此，笔者认为金介甫译文是误译。与金介甫译文相似，戴乃迭译文将"龟子"译为"cuckold"，也与原文语境不符。此外，"cuckold"一词并没有詈骂用法，不能用作詈辞。黎明译文将"龟子"译为"pimp"，由于"pimp"意为"拉皮条的男人"（同上：1499），而船上的拉琴人是地地道道的农民，该译文与被辱骂者的身份并不相符。另外，"pimp"一词没有辱骂用法，因此黎明译文也属误译。金隄、白英译文将"龟子"译为"tortoise"，该词在英语中只能指称"龟"（同上：2135）这一动物，没有辱骂意味，因此也属误译。

从严格意义上说，"混蛋王八蛋，皮蛋鸡蛋，寡了的臭蛋"中只有"混蛋王八蛋"是广为人知的流行詈辞，"皮蛋鸡蛋"则是国人日常生活中的常见食物，"寡了的臭蛋"是湘西方言，字面意思为变质发臭的蛋。"皮蛋鸡蛋，寡了的臭蛋"是醉酒士兵在头脑不清醒的情况下通过对詈辞"混蛋王八蛋"中"蛋"字的同音关联临时胡乱编造的方言詈辞，一连串连珠炮似的"蛋类"詈骂生动地展现了醉酒士兵的胡言乱语，勾勒出醉酒士兵的丑陋醉态，同时还增加了些许幽默效果。金介甫译文将"皮蛋"这一中国特有食物替换为用于指称坏人的"bad eggs"（坏蛋），并将"鸡蛋"、"寡了的臭蛋"都直译出来，再现了原文詈辞中将各种"蛋"类意象并置的连珠炮似詈骂方式。黎明译本可能认为"混账王八蛋"之后一连串的"蛋"类名词罗列是醉酒士兵的胡言乱语，没有实在意义，也通常不用作詈辞，故没有将其译出，一连串"蛋"类詈骂所包含的附加信息如醉酒士兵的丑陋醉态和胡言乱语以及临时编造的詈辞的幽默效果均在译文中流失。戴乃迭译本只译出了"寡了的臭蛋"，其他的蛋类詈辞全部省略，由蛋类詈辞罗列所带来的附加文学效果也在译文中全部丧失。

　　"皱皮柑"是带有湘西方言色彩的比喻性蔑称。柑橘是湘西盛产的水果,沈从文在《长河》中就用较大篇幅描写过湘西柑橘。作者就地取譬,用湘西当地盛产的水果来喻指和称呼老鸨,同时借柑橘表皮干枯皱缩的丑态来羞辱老鸨的年老色衰和皱纹丛生,该詈辞形象生动,能够激发读者产生强烈的视觉联想。金介甫译文用表示"干枯;枯萎;皱缩"(《牛津高阶英汉双解词典》,2009:1856)之义的短语"shrivel up"再现了老鸨皱纹丛生的面容特征,然后用一个比喻"like a wrinkled orange"建立起了老鸨的面容特征与柑橘的外观之间的联系,再现了原文中"皱皮柑"这一称呼所隐含的比喻,但"皱皮柑"在原文中的称谓语功能却无法得以再现。黎明译文将"皱皮柑"直译为"a shriveled-up orange",同样也再现了原文中"皱皮柑"这一称谓语所隐含的比喻,而且译文比金介甫译文更加简洁,然而译文依然未能再现原文中"皱皮柑"的称谓语功能。戴乃迭译文将"皱皮柑"译为"wizened old cow",其中"wizened"表示"(由于年老)干瘪的,多皱的,干枯的"(同上:2313),准确再现了老鸨皱纹丛生的容貌特征;"cow"意为"婆娘;娘儿们"(同上:462),由于该词是英语俚语且可用于称谓语,因此译文在英语文化中的可接受性较高而且还能够再现原文詈辞的称谓语功能。然而,由于译文省略了原文詈辞中"柑"这一比喻意象并代之以"柑"的实际所指,原文詈辞中隐藏的生动比喻及其视觉效果均在译文中流失,原文的文学性遭到遮蔽。

　　例(2) 原文:**"悖时的!** 我以为你到常德被婊子尿冲你到洞庭湖底了!"(沈从文《柏子》)

　　译文(1):"You wretch!" she gasped. "I was afraid those Changteh women down the river had eaten you—"(Edgar Snow① 译)

　　译文(2):"You wretch! " she exclaimed, as he bit it, and at the same time she tried to release herself from his grasp. (金隄、白英 译)

　　译文(3): She wiggled, and scolded him:

"Damn you! I thought you had been washed into the lake by the urine of those cheap women in Ch'ang-teh!"(许芥昱 译)

---

① 即埃德加·斯诺

"悖时"是湘西方言,意为"倒霉,晦气"(糜华菱,1992:216),在此例中与"的"连用,从表面上看用作詈辞,实际上是妓女对情人柏子略带嗔怪意味的昵称,正如俗话所说:打是亲,骂是爱。妓女已等候柏子多日,早已相思成灾,在柏子终于回来与她相会时,她以此詈辞称呼柏子,嗔怪中带着亲昵。斯诺与金隄、白英译文中均用英语地道詈辞"you wretch"(你这个坏蛋)来翻译此方言詈辞,其中"wretch"常带有幽默意味,意为"恶棍;坏蛋;无赖;无耻之徒"(《牛津高阶英汉双解词典》,2009:2331)。许芥昱译文则采用了另一英语詈辞"damn you"(你这个混蛋)来翻译此方言詈辞,其中"damn"一词常"在表示愤怒时使用,意为该死,混账"(同上:501)。"Damn you"(该死的)无论是从语气上还是从感情色彩上来说都比"you wretch"强烈许多。此例中妓女还谈不上愤怒,只不过因柏子久等不归略有些心急,看到柏子后发发牢骚而已。相比之下,笔者认为"you wretch"与例句语境更为相符,但由于"damn you"和"you wretch"都是英语地道詈辞,无论采用哪种译文都会导致原文詈辞的方言色彩遭到彻底抹除。

例(3)原文:"你个**悖时砍脑壳的**!"(沈从文《边城》)

译文(1):"**Damned low-life**! You're **headed for the executioner**!"(金介甫 译)

译文(2):"**Go soak your head**!"(项美丽、邵洵美 译)

译文(3):"**To hell with this hooligan**!"(戴乃迭 译)

译文(4):"**You swine**! **You ought to be beheaded**!"(金隄、白英 译)

在此例句的上文中,二老见天色已晚,好心邀请翠翠到他位于吊脚楼上的家中去等爷爷来接她回家,此时翠翠并不认识二老并且以为吊脚楼上就是妓院,于是误解了二老的好意,认为二老想对她图谋不轨,又羞又恼,就对他骂出了"悖时砍脑壳的"。笔者曾在例(2)的译例分析中提到"悖时"表示"倒霉,晦气"(糜华菱,1992:216),"脑壳"为湘西方言,意为"脑袋,头"。"悖时砍脑壳的"大意为"你这个倒霉鬼,要被砍脑袋的家伙",该詈辞"在湘西、川渝一带,一般用来诅咒人会倒霉,会有报应,不会有好结果"(刘汝荣,2014:156)。该句詈辞既揭示出翠翠在感觉自己受辱之后的恼怒情绪又是对二老"图谋不轨"的一种反击,不过该詈辞的攻击性并不强。在本例詈辞的四种译文中只有金介甫与金隄、白英译文传递出了"砍脑壳"这一诅咒的语义。金介甫译文将"砍脑壳"译为"be headed for the executioner"（可能会被杀头）；金隄、白英译文则将其译为"ought to be beheaded!"（应该被砍头）。相比之下,前者的诅咒语气较为缓和,攻击性不强,与翠翠温柔的少女形象更相符。此外,金介甫与金隄、白英译文都对"悖时"进行了意译,金介甫译文将其译为"damned low-life"（臭流氓）,其中"low-life"表示"社会地位低下或道德品质败坏的人"①（笔者译）,"damned"表示"可恶的,讨厌的"（《牛津高阶英汉双解词典》,2009:501）,用于加强咒骂语气;金隄、白英则将"悖时"意译为"you swine"（你这个讨厌鬼）,其咒骂语气弱于金介甫译文。此外,"you swine"是比"damned low-life"使用频率更高的英语地道詈辞,相比之下,后者更有利于再现原文詈辞在表达方式上的陌生化效果。简言之,尽管两译文均再现了翠翠的恼怒情绪和原文詈辞的诅咒和咒骂功能,但笔者认为金介甫译文的整体表达效果优于金隄、白英译文。项美丽、邵洵美译文将"你个悖时砍脑壳的!"意译为英语习语"go soak your head",该习语通常是对惹恼自己的人所说的话,意为"走开,别烦我",虽然再现了翠翠的恼怒情绪,但在语义上却与原文詈辞有一定差异,而且还失去了原文詈辞的诅咒功能。马会娟（2014:54）曾指出,"骂詈语翻译的原则要兼顾两个方面:一是尽量让目的语读者能够理解原文骂詈语的意义;二是在意义传译的基础上,尽量让目的语读者了解原文骂詈语的语言和文化背后的内涵"。项美丽、邵洵美译文既未能准确传递原文詈辞的语义,又未能保留原文詈辞的地域性詈骂方式,未能实现"文化传真"（马会娟,2014:53）。戴乃迭译文采用了英语地道诅咒语"to hell with sb."来翻译原文中的方言詈辞,该诅咒语在"表示愤怒或厌恶时使用,意为不再在乎,见鬼去吧,随便"（《牛津高阶英汉双解词典》,2009:953）,在语气上比项美丽、邵洵美译文强烈许多,但只凸显了翠翠的恼怒情绪,与原文中翠翠又羞又恼的情绪有一定差异。另外,因"to hell with sb."为英语地道诅咒语,戴乃迭译文未能再现原文詈辞的地域性詈骂方式。

　　例(4)原文:"来你妈! 别人早就等你,我掐手指算到日子,我还算

---

① *The Free Dictionary By Farlex* [EB/OL]. [2018 - 07 - 30]. https://www. thefreedictionary. com/low-life.

到**你这尸**……"（沈从文《柏子》）

译文（1）："Why be such a wretch? I have been waiting for you for a long time. I counted the days, and calculated exactly that **you, the wandering corpse**, would certainly be here to-day."（埃德加·斯诺译）

译文（2）："Mother's! I've been waiting a long time for you. I counted the days, I knew **that corpse of yours** would be coming ..."（金隄、白英 译）

译文（3）："Who your mother's! I've been waiting for you, counting the days. I figured **that stinking corpse of yours** would—"（许芥昱 译）

"你这尸"在湘西方言中常被女性用于称呼或咒骂自己男人，大意相当于"你这死鬼"。在本例句的上文中，柏子问妇人前一天有没有接客，妇人感到自己对柏子的一片痴心受到了质疑和侮辱，于是对柏子骂出了此句詈辞。该詈辞所表达的情绪既有不满，也有埋怨，还带着些许爱意。从该詈辞的语法结构上分析，"尸"与"你"是同位关系，而不是所属关系。金隄、白英译文将"你这尸"这一同位语结构的汉语詈辞译为英语所有格形式的表达"that corpse of yours"（你的尸体），然而从语义上讲，"你的尸体"和"你这尸"显然是存在很大差别的。另外，在英语中"corpse"一般不用作詈辞，如此翻译恐怕会让英语世界读者感到费解，人既未死，何来尸体之说？许芥昱译文与金隄、白英译文的唯一区别在于许芥昱译文在"corpse"前多加了一个形容词"stinking"（发臭的），完整詈辞意为"你那发臭的尸体"，而原文詈辞中并不含有"发臭的"这一语义信息，而且在语义上也与"你的尸体"相差甚远，因此，许芥昱译文未能准确传递原文詈辞的语义信息。除此之外，原文詈辞的咒骂和昵称功能也未能在译文中得以再现。埃德加·斯诺译文将原文詈辞译为"you, the wandering corpse"（你这游魂），其中"wandering"表示"游荡的，漂泊的"，虽然原文詈辞中并不包含"游荡的"这一语义信息，但该词并不是译者对于原文詈辞语义的任意发挥，而是译者为再现"你"与"尸"之间的同位关系，在结合柏子的水手职业与上文故事情节的基础上对原文詈辞的语义作出的适当调整。通过用"wandering"修饰"corpse"，译文在一定程度上淡化了后者的"尸体"指涉,再将名词短语"wandering corpse"与人称代词"you"构成同位关系,从而在实际上构成了"you"与"wandering corpse"之间的比喻关系,排除了译文中的"you"被英语世界读者理解为真正意义上的"尸体"的可能性。简言之,埃德加•斯诺译文既完整再现了原文詈辞的表达形式又充分传递了原文詈辞的语义信息。

3.3.1.4　沈从文小说中方言詈辞的英译再现情况小结

基于 3.3.1.3 中的译例分析,笔者发现译者对沈从文小说中方言詈辞的英译主要采取了以下 4 种翻译策略:"译入语地道詈辞对译法"、"局部译意与译入语地道詈辞结合法"、"译意法"和"省略法",按照使用频率高低排列依次为"译意法"、"译入语地道詈辞对译法"、"局部译意与译入语地道詈辞结合法"和"省略法",其中前两种翻译策略占据绝对主导地位。

"译入语地道詈辞对译法"是指完全依靠译入语文化中业已存在的地道詈辞来传递原文中方言詈辞的语义信息并实现其语用功能的翻译策略,如将"悖时砍脑壳的"译为"go soak your head"、"to hell with this hooligan",将"悖时的"译为"you wretch"、"damn you"都采用的是此翻译策略。采用此翻译策略的译文对于译入语读者而言可接受性较高,但在表达形式上毫无陌生化效果可言,原文方言詈辞突出的地域性詈骂方式和鲜明的地域文化内涵均在译文中完全流失。"局部译意与译入语地道詈辞结合法"是指译出原文方言詈辞的局部语义信息(字面意思或语用意义),对于剩余部分的语义信息和原文方言詈辞的语用功能则通过采用译入语地道詈辞来传递和实现的翻译策略,如将"婊子狗造的"译为"whoring bitch litter",将"龟子"译为"cuckold bastard"采用的就是此种翻译策略。采用此翻译策略能够兼顾原文方言詈辞语义信息的传递和语用功能的实现,有时甚至还能够在语言表达形式上产生一定的陌生化效果。"译意法"是指只译出原文方言詈辞的字面意思或语用意义,并不关注其语用功能(包括詈骂功能及其他附加语用功能)再现的翻译策略,如将"婊子狗造的"译为"bitch born prostitute",将"龟子"译为"pimp"、"that tortoise",将"皱皮柑"译为"shrivel up like a wrinkled orange"都采用了此翻译策略。"省略法"是指将原文中的方言詈辞完全忽略不译的翻译策略。对方言詈辞采取此翻译策略不仅会损失方言詈辞的语义信息,而且通过对方言詈辞的运用而刻画出的鲜活的人物形象也会在译文中受损,由方言詈辞所揭示的人物的文化认知和思维方式等也都无从得以体现。

此外,笔者还发现,由于方言詈辞除詈骂功能之外还具有鲜明的地域特色,包括方言元素,詈骂方式的地域特色和地域文化意象等,方言詈辞往往比普通话詈辞的英译难度更大。对于与作者籍贯不同的汉语母语译者而言,许多方言詈辞的英译都需要经历双重翻译过程——"语内翻译"和"语际翻译"(Munday, 2016:9)。译者首先需要根据方言詈辞的字面意思、表达形式和语境线索将其理解为与其具有相似的语用意义和语用功能的普通话詈辞,这实际上是一个语内翻译过程;然后再以该普通话詈辞的语义和语用功能为起点,并结合方言詈辞鲜明的地域特色,将方言詈辞转换为英语,这是一个语际翻译过程。而普通话詈辞则只需要经历语际翻译过程。对于英语母语译者而言,方言詈辞的英译是否也需要经历这种双重翻译过程呢? 有学者指出,葛浩文在翻译莫言小说中的方言词汇时要经历两个认知过程:"土话——官话——英语,即将土话转换为官话,理解其含义,然后再进行翻译。"(贾燕芹,2016:139)笔者曾以电子邮件的形式向金介甫教授求证他在沈从文小说中方言詈辞的英译过程中是否也经历了这两个认知过程。金介甫教授(2018 年 7 月 27 日电子邮件)表示没有必要以普通话为中介翻译方言詈辞,除非是为了将普通话詈辞和方言詈辞做比较。他(同上)还向笔者描述了他翻译方言詈辞的三大步骤:"首先弄清楚方言詈辞的字面意思;其次尽量去理解方言詈辞对湘西本地人而言的所有丰富内涵,包括分析方言詈辞的粗俗性如何产生,在字面意思之外,方言詈辞是否还被赋予了隐含义等;最后是了解中国文化,即中国詈骂文化与英语世界詈骂文化之间有何差异。"他(同上)特别指出在翻译沈从文小说中的方言詈辞时除了有因特网相助之外,沈从文研究者糜华菱先生也曾向他提供了帮助。糜华菱先生也曾提到金介甫教授在组织翻译 *Imperfect Paradise*(《不完美的天堂》)时曾多次向他请教湘西方言词的解释(糜华菱,2015:89)。由此可见,无论是对于与作者籍贯不同的汉语母语译者而言还是对于英语母语译者而言,理解方言詈辞对于湘西本土人士而言的丰富内涵都是方言詈辞英译的关键和难点。以前文曾经提到的方言詈辞"婊子狗造的"为例,译者即便根据其字面意思、表达形式以及上下文能够大致推测出该方言詈辞的基本语用意义大体相当于普通话詈辞"婊子养的",但若非湘西本地人,恐怕不容易把握"婊子狗"与"婊子","造"与"养"在语义、感情色彩、侮辱性强弱等方面的细微差别,而这些细微差别正是全面、准确把握方言詈辞内涵的关键。鉴于此,笔者认为,尽力获取作者出生地的本土人士对方言詈辞的解读对于其英译而言是十分必要的,即便对于汉语母语译者而言也是如此,否则译文的准确性将存疑,其文学效果则更是不敢奢求。

由于方言詈辞英译难度较大,沈从文小说中方言詈辞的英译也存在一些问题。首先,当译入语中存在与源语方言詈辞在指称/语用意义上接近或大致相当的多个词/表达时,译者(尤其是汉语母语译者)对于这些词/表达的语用习惯(包括这些词/表达是否具有詈辞用法,如果有,这些词/表达之间在感情色彩和侮辱性强弱方面有何差异)把握不足,常导致译文只能传递方言詈辞的语义信息而无法再现其詈骂功能及其他附加语用功能(如将"婊子狗造的"译为"bitch born prostitute"导致原文方言詈辞的詈骂功能消失),或者译文与原文语境以及詈骂者的身份、形象不符。其次,当原文方言詈辞中存在文化意象时,特别是当该文化意象在源语与译入语中会产生不同的文化联想时,译者大多选择对该文化意象进行省略,如"婊子狗造的"中"狗"这一文化意象在四种译文中均被抹去。然而值得注意的是,方言詈辞中的文化意象往往是增强詈辞侮辱性的重要手段,也是詈骂方式地域特色的重要体现。对文化意象进行简单省略不仅会导致原文詈辞的文化内涵在译文中消失,而且原文詈辞的侮辱性和詈骂方式的地域特色都会在译文中遭到削弱。笔者认为,在保证语用意义充分传递和语用功能完整再现的前提下应该对原文方言詈辞中的文化意象予以适当保留,即便该文化意象在源语和译入语中会引发不同的文化联想也应该用其他不易引起文化冲突的意象进行替代或者采取其他手段予以补偿,从而减少因文化意象的消失对原文方言詈辞的文化内涵、詈骂方式的地域性和侮辱性造成的破坏。最后,部分译者未能分清方言詈辞的语义信息传递,语用功能再现和表达形式再现之间的主次关系。当三者难以兼顾时,部分译者选择将方言詈辞的语义传递和表达形式再现放在首位,忽视其语用功能(即詈骂功能及其他附加语用功能)的再现。如金介甫、黎明译文将对老鸨的侮辱性称呼"皱皮柑"以比喻句形式译出,虽然准确传递了原文方言詈辞的语义信息及生动的表达形式,但未能再现其称谓语功能和詈骂功能。

笔者认为,方言詈辞的英译应该首先确保译文读者能够理解译文的语用意义并实现译文与原文方言詈辞在语用功能(包括詈骂及其他附加语用功能)方面的对等,在此基础上再追求詈骂方式的陌生化效果和原文方言詈辞文化内涵的再现,从而真正起到语言沟通和文化交流的作用。

3.3.2 地方俗语的英译再现

俗语是广大劳动人民在社会生产生活中创造出来的反映人民的生活经验和愿望的一种通俗并广泛流行的定型语句(《现代汉语词典》,2002:1203),它内容丰富、题材广泛、口语特色鲜明、生活气息浓郁,常运用比喻、夸张、对仗等修辞手法,具有形象生动、富有韵律、朗朗上口的特性。从广义上讲,俗语主要包括"谚语、歇后语、惯用语、成语、方言俚语、格言、警句、典故等"(徐宗才,1999:14)。地方俗语作为俗语的一种特殊类型,特指由特定地域的劳动人民在社会生产生活中创造出来的反映当地人民的生活经验和愿望的一种通俗并在当地广为流传的定型语句,它常常采用鲜明的地域性表达方式并蕴含着独特的地域文化意象。

沈从文小说对于地方俗语的运用集中体现在其湘西题材的乡土小说中。通过对地方俗语的大量运用展现了湘西人民独特的话语方式和湘西的"风土人情、生活习惯和历史文化"(徐宗才,1999:78)。由于独特的地域文化意象和鲜明的地域性表达方式是构成地方俗语浓郁的地域特色的关键要素,笔者接下来将重点考察沈从文小说中地方俗语所包含的地域文化意象和地域性表达方式的英译再现情况,首先归纳其翻译策略,其次探讨其翻译效果,最后分析翻译中存在的问题。

3.3.2.1 地方俗语的译例分析

例(1)原文:"我猜想她总在几个水码头边落脚,不会飞到海外天边去。要找她一定找得回来。"

"**打破了的坛子**,谁也不要!"(沈从文《巧秀和冬生》)

译文(1):"I'll bet she's at some river port downstream right now. She can't have flown off to the ends of the earth. You can catch her if you try. "

"She's **a cracked pitcher,** so who wants her now?"

(a cracked pitcher: **no longer a virgin**)(金介甫 译)

译文(2):"My guess is she's settled down on some wharf; she can't have flown off to the end of the earth. I'm sure you could fetch her back if you wanted to. "

"Nobody wants **a cracked pot**!"（戴乃迭 译）

　　本例中"打破了的坛子"是一句湘西俗语,同时也是一个湘西文化意象。"文化意象是产生于特定文化环境的文化符号,是意象与文化结合的产物,具有言简意赅的语言特点和独特的文化内涵。"(顾建敏,2011:110)"坛子"本义为一种"口小腹大的陶器,多用来盛酒、醋、酱油等"(《现代汉语词典》,2002:1223)。从字面意思上看,"打破了的坛子"指的是有破损的容器,但在湘西文化中却用于喻指失去童贞的女子。两位译者对于该俗语的英译主要存在两方面差异。首先,两位译者对于"坛子"的译法不同。金介甫将其译为"pitcher",意为"口小,带有单耳或双耳,用于盛装液体,体积较大的一种陶土容器"(*Oxford Advanced Learner's Dictionary*,2000:959),戴乃迭则将其译为"pot",意为"用玻璃、陶土或塑料制成的一种用于储存食物的容器"(同上:986),两位译者均较为准确地传递了"坛子"在材质和用途方面的语义特征。在译入语中没有与"坛子"在外形、材质、功能完全一致的容器的情况下,两种译文均为可接受的译文,均较为准确地再现了原文俗语中的文化意象。其次,在直译文化意象之外,金介甫译文还采用脚注"no longer a virgin"(不再是处女)对该文化意象的文化内涵进行了明晰化处理,而戴乃迭译文则并未做任何解释。由于该文化意象在译入语文化中缺乏相同的文化联想,若不对原文中独具地域特色的文化意象的文化内涵进行解释,势必会为译入语读者造成理解障碍,不利于实现"文化传真"的目的。

　　例(2)原文:**热米打粑粑,一切得趁早**,再耽误不得。(沈从文《贵生》)

　　译文(1):**Shape your baba biscuits while the rice is still hot! He must act quickly**—no more delays.(金介甫 译)

　　译文(2):**Strike while the iron's hot.** No more delay.(戴乃迭 译)

　　"热米打粑粑,一切得趁早"是湘西歇后语。"歇后语有两个显著特征:第一,歇后语的语言结构是由前后两部分组成的,前一部分是比喻,也叫'引子'或'话题',后一部分是对前一部分的注释和说明,它们的关系是'引注关系'。"(徐宗才,1999:37)"歇后语在文学作品中的运用极为频繁,它以其生动的比喻、丰富的联想、诙谐风趣的风格大大增强了作品的艺术感染力。"(韩庆果,2002:42)本例歇后语的引子部分包含两个文化意象"米"和"粑粑",其中"米"指的是糯米,"粑粑"是湘西方言,指的是湘西一种特色美食——糯米糍粑。湘西凤凰苗族人家逢年过节、婚丧喜事历来都有打糍粑的习俗,将糯米洗净蒸熟后放入石臼中,用大木槌用力捶捣成泥后,趁热揪出拳头大小的糯米团,压扁成饼,再用重物压住,待糯米晾凉后粑粑即可成型。金介甫将文化意象"米"译为"rice",未能准确传递出"糯米"的含义。金介甫通过采用音译与意译相结合的方式将文化意象"粑粑"译为"baba biscuits",其中"baba"为通过音译方式保留的地域美食的中文名称,凸显出了该美食的异域特色,"也能在一定程度上起到帮助译文读者学习在英语中没有对等语的汉语词汇'baba'的作用"(金介甫 2018 年 10 月 13 日电子邮件);"bisucits"意为"一种常带甜味,烤至酥脆的小饼干"(*Oxford Advanced Learner's Dictionary*,2000:112),用于揭示"baba"的食物本质,虽然"粑粑"与"biscuits"为完全不同的两种食物,但这种译法实属在译入语文化中没有对等语的情况下的无奈之举。金介甫对歇后语注释说明部分的翻译并不局限于其字面意思,而是将其语义信息融入故事情节的发展进程中。他根据原文故事情节为"趁早"这一行为补充了逻辑主语"he"(指代主人公贵生),使得歇后语的注释说明部分与故事情节更加紧密地结合在一起,为没有湘西地域文化背景知识的译入语读者理解具有浓郁的异域特色的表达方式提供了语境线索,降低了译入语读者的理解难度。戴乃迭译文用译入语中的习语"Strike while the iron's hot"(趁热打铁)对原文中的地方俗语进行了归化处理,虽然实现了与原文地方俗语语用意义的对等,而且译文的可接受性也比较高,但抹除了原文俗语中独具地域特色的文化意象,导致原文文化内涵受损,同时,湘西人民结合当地习俗总结生活经验的独特表达方式也无法得以再现,"文化传真"这一目标未能实现。

例(3)原文:"兄弟,兄弟,多不得三心二意,天上野鸭各处飞,谁捉到手是谁的气运。今天小小冒犯,万望海涵。若一定要**牛身上捉虱,针尖儿挑眼**,不高抬个膀子,那不要见怪,灯笼子认人枪子儿可不认人!"(沈从文《一个大王》)

译文(1):"Brothers, make up your minds. Birds fly everywhere and whoever catches them is the lucky one. If I've offended you today,

I hope you'll excuse me. If you want to **make a big thing of it** and not raise your arms for me to slip under，then don't blame me for my guns can't tell one man from the other. ”（威廉·L·麦克唐纳德 译）

译文（2）："Brothers，I beg you not to be foolish. The pheasants are flying everywhere in the sky，and it is only luck which brings them down. I am sorry if I have offended you but I beg you to pardon me. Let me pass，for bullets cannot distinguish people like a lamp. ”（金隄、白英 译）

　　本例中的湘西俗语"牛身上捉虱，针尖儿挑眼"体现了湘西人独特的话语表达方式。众所周知，牛生虱子是非常常见的一种现象，如果情况不严重，一般无须采取干预措施。不分清情况而盲目要求在牛身上捉虱几近于无事生非，小题大做。此外，由于牛虱体型小，数量多，即便能够被顺利找到也难以穷尽，要求在牛身上捉虱无异于故意找碴。针的一个突出特点是细，而针尖是针最细的一个部位，要求在这个部位挑眼，可谓故意刁难人。鉴于此，该俗语的语用意义可理解为无事生非，小题大做，故意刁难，故意找碴。译文（1）采用英语习语将此俗语译为"make a big thing of it"（"小题大做；大惊小怪；故弄玄虚"）（《牛津高阶英汉双解词典》，2009：2100），虽然充分传递出原文俗语的语用意义，但原文俗语中的文化意象"牛"、"虱"、"针"、"眼"全部消失。谢天振（1998：152）曾经指出，"文化意象也是原作内容的一个组成部分"，"如果在翻译中回避了令译者感到棘手的意象径直译出某种意象所包含的信息，就有可能丧失原文中具有民族特色的文化意象，从而造成信息传递上的偏差"（同上：151）。译文（1）因抹除了原文俗语中的文化意象而导致俗语的文化内涵受损，湘西人民以具体意象表达抽象意义的独特话语方式也无法得以再现，译文未能完成"文化传真"的使命。译文（2）省略了整句俗语，导致原文语义的完整性受损，湘西人民表达方式的生动性、形象性和地域性均无法得以再现。

　　例（4）原文："得不到什么结果。老的口上**含李子**，说不明白。"（沈从文《边城》）

　　译文（1）："Nothing's come of it yet. The old fellow **hasn't given a** definite answer. ”（戴乃迭 译）

译文（2）①：“There's none yet. The old man **talked out of both sides of his mouth**. ”（金介甫 译）

例（5）原文：夭夭说：“满满，你说的当真是什么？**闭着个口嚼蛤蜊**，弄得个人糊糊涂涂，好像闷在鼓里，耳朵又老是嗡嗡的响了半天，可还是咚咚咚。”（沈从文《长河》）

译文：Sis was annoyed. “Uncle, listening to you is like listening to someone **chewing on a clam**. I feel I've been shut inside a drum and my ears are buzzing from listening to the rat-ta-tat and tum-te-tum-tum. ”（Nancy Gibbs 译）

例（4）为二老询问大老到老船夫家提亲的结果如何时大老的回答——老船夫说话模棱两可，并没有给出确切答复。本例中"口上含李子，说不明白"为湘西歇后语。从字面意思来看，嘴里含着李子说话，自然无法把话说清楚。根据原文故事情节，可将该歇后语的语用意义理解为说话含糊其辞，没有明确说出到底是同意还是回绝这门亲事。歇后语的引子部分是对老船夫说话方式的生动描写，注释说明部分则是对引子部分的语用意义以及老船夫这种说话方式所造成的结果的说明。戴乃迭只译出了该歇后语的注释说明部分"The old fellow hasn't given a definite answer"（老家伙没有给出明确答复），省略了该歇后语的引子部分，即对老船夫说话方式的生动描写，使得原文中带有鲜明的地域特色的表达形式在译文中沦为对事实的客观陈述，表达效果遭到大幅削弱。金介甫将该歇后语译为英语习语"talked out of both sides of his mouth"（说话左右逢源），侧重对老船夫圆滑的说话方式和暧昧的态度进行再现，这种说话方式所造成的结果不言而喻。相比之下，笔者认为金介甫译文将原文地方俗语的语用意义传递得更加充分、准确。然而，由于金介甫译文采用的是归化式译法，以英语习语来翻译原文中具有鲜明的地域特色的地方俗语，导致该俗语中的文化意象遭到抹除，地

---

① 金隄、白英译文与项美丽、邵洵美译文因采用的中文底本（生活书店版《边城》）中没有"老的口上含李子，说不明白"一句，故在此不做讨论。

方俗语这种地域性的表达形式也无法在译文中得以再现，文化传真的目标未能实现。笔者曾就地方俗语的英译过程中文化意象的取舍问题咨询过金介甫教授，他（2018 年 10 月 13 日电子邮件）的回复是："如果我有能力通过翻译保存一点儿地域文化信息，我就会将它们保存下来。如果我想不到一个好的办法既能够保留地域文化信息又不至于让译文读起来显得突兀、滑稽、文学性不强，我就只好让这些信息遗失在翻译中（lost in translation）。"

同例（4）一样，例（5）中的湘西俗语"闭着个口嚼蛤蜊"也是对人物说话方式的生动描写。该句上文中夭夭向老水手追问到底是一股什么势力又要影响萝卜溪，老水手神秘兮兮地就是不肯解释清楚，他也解释不清楚，于是此句中才有了夭夭对老水手说话方式的埋怨——"闭着个口嚼蛤蜊"，埋怨他说话含糊其辞。译文只保留并直译了该俗语中的"嚼蛤蜊"部分，但同时又加入了"listening to you is like listening to someone"，表明"chew on a clam"是对老水手说话方式的生动描写。译文既保留了文化意象"蛤蜊"，又部分再现了湘西人独特的表达方式。然而遗憾的是，因译者省略了原文俗语之后能够为揭示该俗语的语用意义提供直接语境线索的句子"弄得个人糊糊涂涂"，势必会为译入语读者造成一定的理解障碍，影响"文化传真"的效果。

　　例（6）原文："……后来想冲一冲晦气，要在潇湘馆给那南花湘妃**挂衣**，六百块钱包办一切，还是四爷帮他同那老婊子说妥的。不知为什么，五爷自己临时又变卦，去美孚洋行打那**三抬一**的字牌，一夜又输八百。六百给那花王**开苞**他不干，倒花八百去熬一夜，坐一夜**三顶拐轿子**，……"（沈从文《贵生》）

　　译文（1）："... Then, to turn his luck, he decided to **spend a night with** the 'Flower Queen'. That would cost six hundred. Fourth Master fixed it up for him with the old procuress. Then, for some reason, Fifth Master changed his mind and went instead to a foreign firm to **play cards**. Lost another eight hundred. Paid six hundred for the 'Flower Queen' but called it off. Then squandered eight hundred, **cheated by the other three**, wasting a whole night for nothing ... "（戴乃迭 译）

译文（2）："... Then，to wash away his bad luck，he decided to **'hang up his clothes' with a virgin** at the Chez Lin Daiyu bordello who called herself the Southern Flower Consort of Chu. Six hundred bucks to do anything he wanted—Fourth Master helped him negotiate it with the madam. But for some reason Fifth Master changed his mind at the last moment and went off to play cards in the back room of that foreign outfit，the American Standard Oil firm. They **'took him for a ride on a sedan chair,'** three **'chair bearers' hoisting the one of him**，and that night he lost another eight hundred. Six hundred here to a 'Flower Queen' he didn't even **deflower**，eight hundred there that didn't get him anywhere，a whole night **carried around on a palanquin lifted by three shills ...** "（金介甫 译）

俚语是俗语的一种，它指的是"粗俗的或通行面极窄的方言词"（《现代汉语词典》，2002：773）。本例中出现了多个俚语如"挂衣"、"三抬一"、"开苞"、"三顶拐轿子"。

"挂衣"意为"给妓女破身"（糜华菱，1992：215）。戴乃迭译文将该俚语的语用意义模糊化处理为"spend a night with"（与……共度良宵），导致该俚语语用意义的传递既不充分也不准确，而且似乎还存在有意淡化原文俚语的性指涉之嫌。此外，原文因运用俚语这种地域性表达形式而烘托出的地域色彩也在译文中消失。金介甫译文首先将该俚语直译为"hang up his clothes"（挂起他的衣服），再现了原文俚语的表达形式，其次在该译文后补充介词短语"with a virgin"（与一个处女），为译文读者破译这一具有异域特色的表达的语用意义提供了充足的语境线索。

"开苞"是指"在旧社会年轻妓女第一次接待嫖客，也叫破身"（刘壮翀、刘壮韬，1999：317）。沈从文（1992 卷 7：182）曾在其小说《小砦》中提到"女孩子一到十三四岁，就常常被当地的红人，花二十三十，叫去开苞，用意不在满足一种兽性，得到一点残忍的乐趣，多数却是借它来冲一冲晦气，或以为如此一来就可以把身体上某种肮脏病治愈"。戴乃迭在译文中将"开苞"这一俚语略去不译，又一次淡化了原文俗语的性指涉。金介甫译文用"deflower"（使失去童贞）一词既准确地传达了原文俚语的语用意义,又因该词中含有"flower"这一词根而与原文俗语中的"苞"建立起了语言表达形式上的关联。然而,由于"deflower"为译入语中的常规词汇,译文无法再现作者对辞的背景情味的利用。

"三抬一"即三个轿夫用轿子抬一个人,喻指"四人赌博,三人暗地勾结起来对付一人"(糜华菱,1992:211)。"三顶拐轿子"即"前边两个轿夫,后边一个轿夫所抬的轿子"(同上:211),喻指由四个参赌人组成,其中三人暗地勾结共同对付另外一人的赌局。在赌场上"坐三顶拐轿子"指的是一个参赌人参与一个四人赌局,因其他三人暗中勾结共同对付他一人而导致他输掉钱财。戴乃迭将"打三抬一的字牌"译为"play cards"(打纸牌),直到译出"一夜又输八百"之后才将牌局的欺骗性作为输钱的原因译出,原文中第二个涉赌俚语"三顶拐轿子"则遭到省略。戴乃迭译文虽然传递出了原文中第一个涉赌俚语的语用意义,但原文中以抬/坐轿子喻指牌局的欺骗性的形象化表达在译文中沦为对牌局欺骗性的客观陈述,原文表达方式的生动性遭到了削弱,原文俚语表达形式的地域性也遭到了抹除。金介甫译文首先将"打三抬一的字牌"中的"打牌"作为一个事件单独译出,然后巧借英语习语"take sb. for a ride"的双关意味同时实现了该俚语语用意义的传递和表达形式的再现。具体说来,一方面,由于该习语的字面意思为"带某人兜风",译者将其与表示交通方式的介词短语"on a sedan chair"(乘坐轿子)连用,再补充抬轿方式"three 'chair bearers' hoisting the one of him"(三个轿夫抬一个人),准确传达了"三抬一"的字面意思,也再现了该俚语的表达形式。另一方面,由于"take sb. for a ride"的引申义为"欺骗某人",这一习语的使用本身也暗示着牌局的欺骗性,加之又与抬轿形式连用,充分再现了原文中牌局的欺诈方式,可谓一举两得。译者进而将第二个涉赌俚语"坐三顶拐轿子"译为"carried around on a palanquin lifted by three shills"(被三个托儿用轿子抬着),再现了原文俚语的表达形式,同时该译文因指明了轿夫"shill"(托儿)的真实身份,加之有了前文中"三抬一"的译文将抬轿子与参与欺诈性赌局作比的背景信息作铺垫,译文读者破译该异域表达的语用意义是不难的。

3.3.2.2　地方俗语的英译再现情况小结

通过 3.3.2.1 中的译例分析,笔者发现译者对沈从文小说中地方俗语的英译主要采取了以下几种翻译策略:"直译法"、"直译与补充结合法"、"习语对译法"、"习语创译法"、"意译法"和"省略法"。

所谓"直译法"是指完全按照原文中地方俗语的字面意思进行翻译的一种翻译策略。戴乃迭将"破了的坛子"译为"a cracked pot"就采用了此翻译策略。"直译法"能够很好地再现原文中地方俗语的地域性表达形式,然而采用此翻译策略的译者需要充分考虑译文读者能否像原文读者理解原文中的地方俗语一样来理解译文的语义信息。"直译与补充结合法"是对"直译法"的修正,它是指在采用直译法再现原文中地方俗语的字面意思和表达形式的基础上,还对该俗语的文化内涵加以补充说明,或者根据故事情节补充一定的语境线索以帮助译文读者理解该俗语的语用意义的翻译策略。金介甫译文就以脚注形式补充说明了"a cracked pitcher"的文化内涵。Nancy Gibbs 将"闭着个口嚼蛤蜊"译为"listening to you is like listening to someone chewing on a clam",其中"chew on a clam"是对该俗语部分内容的直译,该短语之前的部分为译者根据上下文增补的语境线索,以指引译文读者将该异域表达理解为一种说话方式。金介甫译文将"挂衣"直译为"'hang up his clothes'",并加上引号提示译入语读者不能将此表达单纯理解为挂衣服的动作,此外还用介词短语"with a virgin"补充说明参与完成此动作的还有另外一人,同时点明了这个人的身份特征——处女,为译文读者破译该表达的文化内涵和语用意义提供了充足的语境线索。即便例(2)译文(1)从整体上看采用的是直译法,但译者对于"粑粑"这一独特的地域文化意象的翻译还是增补了"biscuits"一词以对其食物本质加以说明。"习语对译法"是指用具有相同或相近的语用意义的译入语习语来翻译原文中的地方俗语的翻译策略。例(2)译文(2)、例(3)译文(1)都采用了此翻译策略。采取此译法的译文虽然基本实现了与原文地方俗语在语用意义上的对等,而且译文的可接受性较高,但由于遮蔽了原文俗语表达形式的地域特色和地域文化意象而不利于文化传真这一目标的实现。"习语创译法"是指通过巧借英语习语并在其基础上进行加工从而同时实现对地方俗语语用意义的传递和表达形式的再现这双重目的的一种翻译策略。金介甫译文对"三抬一"的翻译就采用了此译法。"意译法"是指只传递地方俗语的语用意义而不再现其表达形式和文化内涵的一种翻译策略。例(4)译文(1)、例(6)译文(1)对"挂衣"的翻译均采取了此译法。值得注意的是,金介甫译文将"开苞"意译为"deflower",虽然在语言形式上与原文俗语建立了一定关联,但因"deflower"为英语中的常规词汇,依然未能体现原文俗语表达形式的地域性。"省略法"是指将地方俗语省去不译的翻译策略,如例(3)译文(2)、例

(6)译文(1)对"开苞"的翻译都采用了此译法。采用此翻译策略不仅破坏了原文语义的完整性,还在一定程度上遮蔽了湘西人民表达方式的生动性、形象性和地域性。

在 3.3.2.1 中分析的 6 个例句共计 11 种译文中,只有例(1)译文(1)、例(2)译文(1)、例(5)译文和例(6)译文(2)这 4 种译文兼顾了地方俗语语言表达形式的再现和语用意义的传递,只占全部译文的 36%,其他译文都出现了"顾此失彼"的问题,这一方面与译者的翻译观有关,另一方面也反映了在地方俗语的英译过程中追求形意兼顾的困难程度。笔者认为,地方俗语的英译应该以语用意义的传递为前提,在此基础上尽量兼顾对其表达形式的再现和文化内涵的传递,"直译与补充结合法"和"习语创译法"都是值得借鉴的翻译策略。

第 4 章

沈从文小说中辞的音调的英译再现

辞的音调是变异修辞研究框架中辞趣部分的另一大构成要素。在本章中笔者将首先对辞的音调即音调修辞进行界定和分类;其次对沈从文小说中音调修辞的运用情况进行简要说明,并提出将叙事语言(俗语、歌谣除外)中的押韵现象作为沈从文小说中辞的音调的英译再现情况的考察参数;再次通过译例分析归纳出译者对押韵句采取的翻译策略,同时对比采取不同翻译策略的译文在再现效果方面的差异;最后总结押韵句可取的翻译策略,同时揭示采取不当的翻译策略的译者在押韵句的翻译过程中存在的认识误区和盲区,最后提出叙事语言中的押韵句英译的可取原则。

4.1　沈从文小说中辞的音调的英译再现

4.1.1　辞的音调的定义及分类

陈望道(2017:186)认为"辞的音调是利用语言文字的声音以增饰语辞的情趣所形成的现象",它大体可以分为"象征的音调"和"装饰的音调"两种类型(同上:186)。"象征的音调,都同语言文字的内里相顺应,可以辅助语言文字所有的意味和情趣;装饰的音调则同语辞的内里并没有什么必然的联系,只为使得语辞能够适口悦耳,听起来有音乐的风味"(同上:186)。他(同上:188)进一步解释说,"装饰的音调,并不像上述象征的音调能够直接辅益语辞的意义,语辞上用它不过为了装饰作用"。

4.1.2　沈从文小说对辞的音调的运用

音调修辞最常见于诗歌体裁中。小说体裁虽然不像诗歌体裁那样讲究声律和谐,却也不完全排除为增加文字的音乐性而运用音调修辞的可能,沈从文的小说即是如此。凌宇(2006:绪论23)就曾指出,沈从文"特别追求文字的……音乐性"。沈从文小说对于音调修辞的运用主要集中在装饰的音调修辞方面。

由于篇幅所限,本书只考察沈从文小说通过运用装饰的音调修辞所形成的押韵现象。这种押韵现象主要可分为两种情况:一种是俗语、歌谣中的押韵现象,另一种是除去俗语、歌谣之外的"叙事语言"(李亚林,1995:40)①中的押韵现象②,包括叙述性语言、描写性语言和人物语言(同上)中的押韵现象。值得注意的是,许多中国俗语本身就具有押韵的特征,而歌谣又是常见的韵文体,并且沈从文小说中有相当一部分歌谣是沈从文对湘西流传的歌谣的记录(Xu,2018:3; Kinkley,1995:486),而这些歌谣大多本身就是押韵的(Kinkley,1995:487),因此,笔者认为沈从文小说中俗语和歌谣的押韵不一定就是沈从文有意运用音调修辞的结果,将俗语和歌谣中的押韵现象作为沈从文小说语言风格的考察参数不具有典型意义,应予以排除。

对于沈从文小说的叙事语言中为何会出现押韵现象这一问题,金介甫教授(2018年10月13日电子邮件)的看法是:"这大概不是他(沈从文,笔者注)有意模仿文言韵文写作的结果,因为他希望中国文学能够摆脱旧文学的藩篱。此外,沈从文阅读过大量古文,除了古代韵文之外还包括文言散文和古代通俗小说,这些都可能对他的创作产生潜移默化的影响。他还有可能从比他拥有更高的古典文学素养的作家创作的'新文学'作品中所出现的古典文学元素中吸收了养分。"凌宇(2006:307)也证实,沈从文的小说语言是"明显地承受中国古典文学语言的

---

①　李亚林在《论沈从文小说的叙事语言及其功能》(1995:40)一文中指出,"叙事语言是叙事者借以完成叙述行为的工具,也是读者与叙事文之间的媒介,叙事语言是构成小说叙事形态的至关重要的方面"。他(同上:40)将沈从文小说的叙事语言分为叙述性语言、描写性语言和人物语言三个方面。"叙述性语言多用于对故事发生的缘由、时间、地点、人物、事件和环境进行概括性的说明。"(同上:40)"描写性语言主要是对环境、景物、人物肖像、心理动作等的具体描绘。"(同上:42)

②　本章后文中所说的押韵句和押韵现象,若不特别指明,则均不包含俗语和歌谣中的押韵句及押韵现象。

影响却又未能完全融化为现代白话的结果"。鉴于沈从文小说的叙事语言中押韵现象的形成原因以及此类押韵现象在小说语言中的罕见性，笔者认为该押韵现象是沈从文有意运用音调修辞的结果，是沈从文个人语言风格的体现，也是沈从文小说语言风格的体现。接下来，笔者将对沈从文小说的叙事语言中的押韵现象进行译例分析。

4.2 叙事语言中押韵句的译例分析

　　例(1)原文：我们常常在那二门天井大鱼缸边，望见白衣一**角**，心就大**跳**，血就在全身管子里乱窜乱**跑**。(沈从文《三个男人和一个女人》)

　　译文(1)：Often we caught sight of a corner of her white dress next to the goldfish tank in the courtyard by the inner door of the house across the street. Our hearts would skip a beat and our **p**ulses would quicken a **p**ace.(许芥昱 译)

　　译文(2)：Our hearts would beat wildly and our blood would rush to our foreheads the moment we saw her white skirt appearing near the goldfish bowl.(金隄、白英 译)

　　所谓押韵"就是语音上相同或相近的音节，在话语中有规律地出现的模式。在汉语中，语音上相同或相近，主要是指韵母的相同或相近。它们出现的部位主要在句子的末尾，而很少是句子的开头或中间。换句话说，在汉语中，主要是运用脚韵，较少运用头韵和腰韵。所以人们下定义的时候，常常说：'押韵，就是在诗(或文)句的最后一个字(音节)里有规律地使用相同或相近的韵母。'"(王希杰，2011:475)本例就是运用脚韵的典型例证。原文中第二、三、四个分句的最后一个字"角"(jiao)、"跳"(tiao)、"跑"(pao)共同押"ao"这一脚韵。许芥昱译文只在最后一个分句的译文中才实现了"pulses"与"pace"的押韵，以同一个句子中两个单词所押的头韵再现原文中三个分句最后一个词所押的脚韵，押韵规模明显小于原文。在语义传递方面，许芥昱译文充分且较为准确地传递了原文中押韵句的语义信息，但就其表达效果而言则明显逊色于原文。首先，原文描写的是两位士兵因过于迷恋白衣女子而导致二人只要看到其衣角,甚至都不用等到其完整身影进入视线范围就会产生条件反射般的激动情绪,而许芥昱译文将原文刺激源的出现(即白衣女子的衣角出现)当作为一个独立事件处理,再把刺激反应的产生(即士兵情绪的巨大波动)作为另一个事件另起一句,强行将在时间上几乎重合且具有明显的因果联系的由刺激源到产生刺激反应的这一完整的"条件反射"链割裂开,削弱了白衣女子对于士兵的吸引力。其次,本例最后一个分句将"血"这一无生命体与只有生命体才能发出的动作"窜"、"跑"搭配,从语言表层形式上看,偏离了这三个词的常规搭配习惯和逻辑规律,属于超常搭配。从深层结构上分析,该超常搭配实际上隐藏着对拟人手法的运用,使得血液这一无生命体具备了生命特征,从而实现了"血"与"窜"、"跑"的相容相配。因超常搭配的出现使得原文对士兵生理反应的描写成为极其生动的文学性表达,其表达效果远超过诸如"血流加速"之类的常规表达。许芥昱将该分句译为"our pulses would quicken a pace"(我们的脉搏会加速跳动),这只是对因白衣女子的出现而引起的士兵的生理反应的客观陈述,其文学性并不明显,原文中士兵看到白衣女子的衣角后所产生的生理反应的剧烈程度也遭到了削弱。金隄、白英译文将原文中白衣女子的衣角、鱼缸放置的位置这些细节予以删除,未能完成充分传递原文语义信息的基本使命,也未对用韵现象进行再现,在一定程度上遮蔽了原文的语言风格。值得注意的是,译文因省略了"(衣服)一角"这一信息,其表达效果与原文中士兵哪怕只看到白衣一角就会产生强烈的生理反应相比,译文显然削弱了白衣女子对士兵的吸引力和士兵对白衣女子的痴迷程度。此外,金隄、白英译文通过使用"the moment ..."这一句型将刺激源与刺激反应紧密连接在同一个句子里,再现了原文中士兵条件反射式的激动情绪。此外,该译文还采用了夸张的修辞手法将原文中的超常搭配译为"our blood would rush to our foreheads"(我们的血液会一下子冲向脑门),比许芥昱译文更为传神地再现了士兵的激动情绪。

例(2)原文:落着雨,刮着**风**,各船上了**篷**,人在**篷**下听雨**声风声**,……(沈从文《柏子》)

译文(1):On rainy and windy nights the junks would be canopied over with oil-cloths, under which the sailors huddled, listening to the wind and the rain.（金隄、白英 译）

译文(2)：The rain came, and the wind stirred. Shelters went up and men sat underneath listening to the sound of wind and rain.（许芥昱 译）

译文(3)：On windy and rainy nights the junks were canopied over with great sheets of yellow oiled cloth, and this was such a night. Beneath the covering sailors huddled and played cards, or chattered loudly, or simply sat quietly, listening to the tapping rain and the long wind riding down the River of Golden Sand.（埃德加·斯诺 译）

本例句由四个简短的分句构成,其中第二、三个分句的最后一个字"风"和"篷"与第四个分句中的"篷"、"声"、"风"、"声"押韵,从而产生了舒缓从容的节奏感和和谐悦耳的韵律感,然而三个译文均未能再现原文的押韵现象。金隄、白英译文将原文中结构松散的四个短句译为结构紧凑的英语复合句,改变了原文舒缓从容的节奏感。此外,金隄、白英译文虽然准确地传递了原文的语义信息,但增加了一些原文中没有的细节描写,如对船篷材质的说明和对水手听风声雨声时身体姿态的描写,在一定程度上偏离了原文用简笔对雨夜河中情景作粗线条勾画的白描手法。许芥昱译文将原文中的四个分句译为两个并列句,每个并列句中的各个分句与原文各分句在信息量、单词数和句长方面几乎一一对应,较好地再现了原文舒缓从容的节奏感。此外,译文也充分、准确地传递了原文的语义信息。埃德加·斯诺译文在传递原文语义的基础上进行了再创作,增添了大量细节描写,包括对船篷的材质、颜色、大小,水手的身体姿态、娱乐活动以及船只所处位置等的描写,使得原文对雨夜河中情景的粗线条勾勒变为了对雨夜船上环境和水手活动的细致描写,译文篇幅大幅增加,叙事风格发生改变,原文面貌难以辨认。

例(3)原文：吵了隔壁的人,不免骂着:"疯子,你想什么! 白天玩得**疯**,晚上就做**梦**!"(沈从文《萧萧》)

译文(1)：This would wake the people in the next room who scolded, "Are you crazy! What are you thinking about! You play your silly games during the day and then you dream at night!" (Lewis S. Robinson 译)

译文(2): The people next door would scold her: "You silly thing! What were you thinking of?

Those who do nothing at all but pl**ay**

Wind up with bad dreams at end of d**ay**. (欧阳桢 译)

译文(3): The people whom she disturbed would scold, "What's come over you, crazy creature? Just fooling about all day and dreaming at night." (戴乃迭 译)

译文(4): The irritated neighbours would scold: "What on earth are you thinking about? Are you mad?" (李宜燮 译)

译文(5): 省略 (李汝勉 译)

在本例中押韵现象出现在了人物语言中,"疯"(feng) 和 "梦"(meng) 押"eng"韵。虽然押韵现象在中国现代小说的人物语言中并不常见,但本例中的押韵句竟与非押韵句浑然一体,自然到几乎让人难以察觉的地步。译文(1)、(3)只是充分、准确地传递了押韵句的语义信息,并未再现押韵现象,押韵句的这两种译文在用词和句式方面均较为简单,符合非正式场合口语体的语体特征,被用作乡下人在睡梦中被吵醒后脱口而出的责骂语真实可信。译文(4)、(5)均省略了原文中的押韵句,导致原文语义信息受损,原文对音调修辞这一风格手段的运用也遭到了遮蔽。5 个译本中只有译文(2)"精心"设计了"play"与"day"的押韵,以英语尾韵再现了原文尾韵。之所以说此韵律再现是译者的"精心"设计,是因为译者以诗行的排列方式将该押韵句进行了前景化处理,以示该句与其他句子之间的区别。然而,这一前景化处理却让押韵句赫然独立,完全偏离了原文中押韵句与非押韵句浑然一体的用韵效果,译者明显的雕琢痕迹也导致译文偏离了原文朴实、自然的语言风格。此外,若将该句译文还原到原文中的责骂情境,则不禁让人怀疑乡下人从睡梦中惊醒是否真的能说出押韵的复合句。

例(4)原文: 五爷笑着,"要发洋**财**得赶**快**,外国人既等着我们中国桐油油船打仗,还不赶快一点? ……"(沈从文《贵生》)

译文（1）："To corner the supp**ly**, better make the fur f**ly**," chuckled Fifth Master. "If the foreigners are waiting for our Chinese tung oil to coat their ships so they can go to war, dare we slack off? …"（金介甫 译）

译文（2）：Fifth Master laughed. "To fleece the foreigners we'll have to look sharp. Why not? Their warships are waiting for Chinese wood-oil …"（戴乃迭 译）

不同于例（1）、（3）中的分句间押韵，本例出现了句内押韵。在同一个句子中位于句中的"财"（cai）字与位于句末的"快"（kuai）字押"ai"韵。虽然用韵现象出现在了通常情况下并不用韵的人物语言中，但毫无突兀、做作之感。金介甫译文并未拘泥于原文用韵句的字面意思，而是根据故事情节对该押韵句的语义作出了适当调整，从而重造了一个新的押韵句"to corner the supply, better make the fur fly"（要想垄断供应，最好让外国人先斗起来）。该押韵句用韵自然，句子简短，用词简单，符合非正式场合口语体的语体特征。加之"make the fur fly"（引起吵闹，骚乱，争斗）为英语习语，译文可接受性强。谈起沈从文小说的叙事语言中押韵现象的英译再现问题，金介甫教授（2018 年 10 月 13 日电子邮件）曾指出，"如果中文原文的押韵现象明显，且读起来自然无做作之感，不妨在英译中尝试将其再现，但前提是译文读起来也应该同样自然"。这无疑指明了在再现用韵现象之余，译者还应注意保持译文与原文用韵风格的一致。戴乃迭译文将"发洋财"意译为"fleece the foreigners"（敲外国人竹杠），将"赶快"译为英语习语"look sharp"，充分、准确地传递了押韵句的语义信息。戴乃迭对于用韵句的翻译采用简单用词和简单句句式，符合非正式场合口语体的语体特征，然而由于译文未能再现原文的押韵现象，原文的语言风格遭到了一定程度的遮蔽。

例（5）原文：内战不**兴**，天下太**平**，……（沈从文《菜园》）

译文（1）：The civil war was over now, and the world was at peace. （Peter Li① 译）

---

①　即李培德

译文(2)：Before the outbreak of civil war, when the country was at peace,...（戴乃迭 译）

此例句为叙述性语言，由两个四字格组成。该句语言"平实简洁、含蓄凝练，……语气……冷静自如，不露声色"(李亚林，1995:40)。两位译者均只选择传递原文的语义信息，未能再现押韵现象。然而吊诡的是，两位译者对于第一个分句"内战不兴"的理解出现了重大分歧。李培德将该句理解为内战现已结束，而戴乃迭则将其理解为内战尚未爆发。海外沈从文研究专家金介甫教授(2018 年 10 月 15 日电子邮件)对此句的理解是："在当时，'内战'可用来指代 20 世纪 20、30 年代爆发的任何一场军阀混战以及 30 年代'反蒋联盟'发动的反蒋之战等，并不局限于国共两党之间爆发的战争冲突。此句中'内战'特指 1927 年—1928 年间蒋介石针对共产党员发动的'清党'运动。《菜园》这篇小说就是以此运动为背景创作的。尽管在'清党'运动之后还爆发了多次内战，但在 1929 年《菜园》发表之时，大规模流血事件已经结束，蒋介石暂时取得胜利。与先前的战乱相比，国家一度恢复了和平局面。此外，该句还带有些许讽刺意味。暂时没有内战爆发不代表将来会永享和平。沈从文认为国民党在'清党'运动中大肆杀害年轻共产党员的行为纯属一意孤行，毫无必要，所以说，《菜园》是一篇反映在国民党残酷统治下共产党员或疑似共产党员惨遭杀害的悲惨故事。"这样看来，两位译者似乎只是历史着眼点不同，李培德回首和平时期之前的历史阶段，他看到的是'清党'运动大规模流血事件结束，国内暂获和平。戴乃迭则立足于和平时期之后的历史阶段，她看到的是短暂的和平之后即将爆发新的内战。在《不完美的天堂》(*Imperfect Paradise*)中编者金介甫教授在李培德译文之前附上了这部小说的详细导读，为译文读者理解小说提供了一定的背景信息，但如果译者还能够在译文中以注释形式指明"civil war"的具体内涵，则不仅有助于译文读者对小说主题和创作背景的理解，还有助于加深译文读者对中国近现代史的了解，当然这就对译者的文学及历史素养提出了更高要求。戴乃迭译文也未对能够揭示小说主题和创作背景的关键词"civil war"的具体所指做出任何解释，这不得不说是译者的疏忽之处。

例(6)原文：那人过一会又说："茶峒人年青男子眼睛**光**，选媳妇也

极在行……"(沈从文《边城》)

译文(1)：The other man paused and then said："Young men here in Chadong have good eyes and they're very good at picking their wives …"(金介甫 译)

译文(2)：The other goes on presently："Our Chatong youngsters have sharp eyes when it comes to choosing wives …"(戴乃迭 译)

译文(3)："Have you noticed what sharp eyes the youngsters have nowadays，" the man continued. "They're very expert at choosing their wives …"(金隄、白英 译)

译文(4)：After a pause，"The young men of Chatung really do have awfully sharp eyes，" said the man. "They're very good at picking wives …"(项美丽、邵洵美 译)

本例的人物语言中"光"与"行"押"ang"韵，但四个译本均未再现此押韵现象。仅从语义上看，所有译本的语义传递都既准确又充分，然而，从用词上看，戴乃迭译文和金隄、白英译文中均出现了较为正式的用词"youngsters"，其正式程度高于译文(1)、(4)中的"men"。由于说话人为受教育程度不高的杨马兵，他在与老船夫的对话中运用简单、非正式的用词似乎更符合交际场景和人物身份。另外，译文(1)、(3)、(4)均采用了简单句或并列句这些适合在日常交流中使用的句型，译文(2)则采用了复合句及较为正式的表达"when it comes to …"(当涉及某事或做某事时)，与人物身份和交际场景不符。

4.3 叙事语言中押韵句的英译再现情况小结

在上一节引用的 6 个例句的共计 18 种译文中只有 3 种译文再现(或部分再现)了原文中的押韵现象，押韵现象的再现率不足 17%，这大概与译者对于沈从文小说的整体语言风格把握不足，押韵现象再现难度大以及文学翻译领域中长期存在的重内容传递轻形式再现的翻译倾向等因素有关。

通过 4.2 中的译例分析，笔者发现沈从文小说的英译者对于叙事语言中的押韵现象的英译主要存在以下几种翻译倾向："局部再现"、"完整再现"、"韵律再造"、"省略"和"不再现"。"局部再现"是指译者以少于原文押韵词数的押韵规模部分再现原文押韵现象的翻译倾向。如例（1）原文中三字押韵，而译文（1）只实现了两词押韵，押韵规模缩小。"完整再现"是指以与原文相同的押韵词数再现原文押韵规模的翻译倾向。例（3）译文（2）与原文均为两词押韵，该译文完整再现了原文的押韵规模。如果说"局部再现"和"完整再现"都是在忠实传递原文押韵句语义的基础上实现的押韵再现，那么"韵律再造"则并不拘泥于原文押韵句的语义信息，而是立足于该押韵句的语境重新造出了一个在语义上与原文押韵句略有出入但与原文押韵句语境相符且押韵规模和押韵效果与原文押韵句相当的新押韵句，如例（4）译文（1）。在这些选择再现/再造押韵现象的译文中，再现/再造形式有以头韵再现脚韵和以脚韵再现脚韵两种，押韵位置或从原文的句间用韵变为译文的句内用韵，或从原文的句内用韵变为译文的句间用韵。"省略"是指将原文中的押韵句省去不译的翻译倾向，如例（3）译文（4）、（5）。"不再现"是指只关注原文押韵句语义信息的传递，并不关注其押韵现象再现的翻译倾向。除去上述提及的译文，剩下的译文均对原文中的押韵现象采取了不再现策略。

即便对于在不同程度上再现了原文押韵现象的 3 种译文而言，依然存在诸多问题。首先，译文因重点关注押韵现象的再现而遮蔽了原文中的押韵句在其他方面的表达效果。如例（1）译文（1）虽然通过"our pulses would quicken a pace"（我们的脉搏会加速跳动）中"pulse"与"pace"所押的头韵局部再现了原文中的押韵现象，却未能注意到该句译文只是对由激动情绪所引发的生理反应的事实陈述，无法再现原文通过超常搭配的使用而实现的对士兵血流加速这一生理反应的生动描写。其次，译者虽然再现了原文的押韵现象，却因造韵痕迹过于明显而极大程度地偏离了作者的用韵风格。例（3）译文（2）译者在完整再现押韵现象之余还将译文按照诗行的排列形式进行排版，有意引起译文读者对于此押韵句的关注，然而恰恰是该句的赫然独立却导致了译文在极大程度上偏离了原文中押韵句与非押韵句浑然一体的押韵效果，因此也背离了作者在音调修辞方面对自然、不露痕迹的修辞效果的追求。再次，在再现人物语言中的押韵现象的过程中，译者对说话人身份及其受教育水平以及交际情境的关注不够。如例（3）译文（2）译者让半夜突然从睡梦中被吵醒的乡下人说出了押韵的复合句，其中还包括"wind up with"这样的正式表达，使得人物语言与人物身份、说话情境严重不符,导致译文中的用韵句显得十分突兀。最后,严守原文中押韵句的语义信息在一定程度上限制了译者发挥创造性的空间,加大了用韵现象的再现难度,也不利于作者用韵风格的再现。例(3)和例(4)的押韵句均出现在人物语言中,但例(4)译文(1)的用韵效果却比例(3)译文(2)更加自然,没有明显的雕琢痕迹。究其原因,不难发现例(4)译文(1)采取了更为灵活的翻译策略。译者没有严格拘泥于原文中押韵句的语义,而是结合该押韵句的语境再造了一个全新的押韵句。需要指明的是,笔者并不赞同为了押韵现象的再现和押韵效果的自然而随意改变原文押韵句语义的做法,但认为有必要在押韵句语义的忠实传递和押韵效果的再现难以兼顾的前提下从语义方面为译者适当松绑,允许译者不必完全拘泥于原文押韵句的语义,而可以以该押韵句的语境为依据再现或者再造押韵现象并实现与原文押韵句接近的押韵效果。

综上所述,笔者认为在押韵句的英译过程中,译者应该在充分传递押韵句基本语义的基础上尽量再现其押韵现象,同时注意兼顾押韵句整体表达效果的再现,不能一味为了再现押韵现象而忽视原文押韵句在其他方面的表达效果,从而导致原文押韵句的整体表达效果遭到严重削弱,更不能因韵害义。但在押韵句语义的忠实传递和押韵效果的充分再现难以兼顾的情况下,允许译者根据押韵句的语境对其语义进行微调,从而为押韵现象的再现创造条件。此外,译者还应注意保持押韵句译文与原文在用韵风格上的一致。

第 5 章

沈从文小说中辞格的英译再现

第 3 章和第 4 章是对沈从文小说中辞趣的英译再现情况的探讨。从本章开始,笔者将从比喻(包括"A 像 B,C 型"比喻和联喻)和飞白这两种变异修辞现象入手对沈从文小说中辞格的英译再现情况进行考察。笔者将首先对这两种变异修辞现象进行界定;其次通过译例分析归纳出译者对这两种变异修辞现象采取的再现策略,同时对比采取不同再现策略的译文在表达效果方面的差异;再次总结这两种变异修辞现象可取的再现策略,同时揭示采取不当的再现策略的译者在这两种变异修辞现象的翻译过程中存在的认识误区和盲区;最后提出这两大变异修辞现象英译的可行性原则。

5.1 比喻的英译再现

"现代语言学家认为,比喻是'人类语言最重要的特征之一'。"(王希杰,2011:262)无论是在日常交际活动中还是在各类文学作品、政论文体中比喻都是最常见,也是使用最广泛的修辞方法之一。王希杰(同上:292)曾指出,"比喻的艺术贵在创新"。比喻的创新主要是通过比喻的构成和比喻的运用(同上:292)这两个渠道来实现的。要在比喻的构成方面寻求创新,可以"寻找新的喻体;发现本体和喻体之间新的相似点;创造比喻表层多种多样的表现形式等"(同上:292)。沈从文小说中的比喻独具特色,凌宇(2006:304)曾指出,沈从文"继承了湘西人说话就地取譬的传统。这种比喻,不是对书本上已有的比喻的袭用,而是具有造语新奇,出人意表,朴实而又神气飞动的特点"。这主要是对沈从文小说中比喻喻体的新奇性作出的评价。事实上,沈从文小说中的比喻在表层表现形式方面也是多种多样的,如"A 像 B,C 型"比喻和联喻。在本节中笔者将对这两种类型的比喻及其英译再现情况进行考察,重点探讨这两类比喻中喻体的再现情况和再现策略,对于第一类比喻,笔者还将探讨本体"A"与延伸主词构成的超常搭配的再现情况。

5.1.1 "A 像 B,C 型"比喻的英译再现

本节中笔者将首先介绍比喻辞格的定义及构成,然后从比喻的基本构成模式中引出"A 像 B,C 型"比喻,进而对沈从文小说中该构成模式的比喻进行译例分析,重点关注该类型的比喻中喻体的再现情况以及本体与延伸主词构成的超常搭配的再现情况。

5.1.1.1 比喻的定义及构成

比喻"是最重要、最常见的一种修辞格"(王希杰,2011:262),是为了描写事物或说明道理而"借助于两种不同事物之间的相似之点作为中介物,暂时地、有条件地相提并论,互助互补,交相辉映,混为一谈,合而为一"(同上:264)。王希杰(同上:265)认为,比喻的结构有深层和表层之分。比喻的深层结构由四个要素构成:本体、喻体、相似点和差异点(同上:265)。"被比的事物叫'本体',用来作比的事物叫'喻体'。"(陈汝东,2014:189)本体和喻体首先必须是不同类的事物,应当具有某种差别,这种差别就被称作"差异点"(王希杰,2011:265)。其次,本体和喻体还必须具有相似之处,即"相似点"。只有借助"相似点"的中介作用才能构成比喻,"没有相似点就没有比喻"(同上:265)。在比喻的表层结构中,比喻还需要具备形式标志,即"比喻词"或称"喻词",如"似"、"如"、"像"、"是"、"为"、"变成"等(同上:266-267)。

5.1.1.2 比喻的基本构成模式

当"用来构成比喻的两类事物,在其典型特征上具有较强的联想度"(寿永明、郭文国,2002:28)时,通常可将这两类事物直接作比,无须通过补充额外信息来帮助建立起二者之间的联系,此类比喻的基本构成模式可写作"A 像 B",其中"A"代表本体,"B"代表喻体,"像"是喻词,也可换作其他喻词。"A 像 B"型比喻如"溪流如弓背,山路如弓弦,故远近有了小小差异"(沈从文《边城》)。"弓背"和"弓弦"的形状特征十分突出,"弓背"是弧形的,"弓弦"是笔直的,将"溪流"与"弓

背"直接作比,将"山路"与"弓弦"直接作比,无须通过赘言"溪流如弓背一样弯曲,山路如弓弦一样笔直"来点明这两组事物之间的相似点,就能让读者展开这两组事物在形状方面的联想。当构成比喻的两类事物之间在典型特征上联想度不高时,通常需要对这两类事物之间的关联性加以补充,使得"它们在性质、形态上具有更近的联想度,缩短二者之间的联想距离"(寿永明、郭文国,2002:29),否则即便构成了形式上的比喻,也往往因难以理解而导致比喻在实质上难以成立。此类比喻的基本构成模式可写作"A 像 B,C",其中"C"为延体,即本体"A"和喻体"B"相比之后,从喻体"B"中延展出来(滕吉海、文斌,1984:149),"受喻体制约、支配,能对喻体进行描述、说明"(刘正国,1991:11),同时也能对本体情况进行描写的部分(李胜梅,1993:21)。在延体中,承接喻体的主要词语是"延伸主词"(刘正国,1991:11),它是延体的重要组成部分,多为动词,少数情况下也有形容词(滕吉海、文斌,1984:149)。由于延伸主词是从喻体中延展出来的,延伸主词若为动词,则一般与喻体构成常规搭配,与本体构成超常搭配,"使人觉得乖异,给人以新奇之感,激发着读者审美探索的兴趣"(刘正国,1991:11),如"妇人的笑,妇人的动,也死死的像蚂蝗一样钉在心上"(沈从文《柏子》)①。此句中,"妇人的笑,妇人的动"是本体"A","像"是喻词,"蚂蝗"是喻体"B","钉在心上"是延体"C","钉"是延伸主词,喻体"蚂蝗"与延伸主词"钉"构成常规搭配,本体"妇人的笑,妇人的动"与"钉"构成超常搭配。若略去"钉在心上",则难以让读者理解将妇人的动作与蚂蝗作比的意图,比喻难以成立。接下来,笔者将对沈从文小说中的"A 像 B,C"型比喻及其译例进行分析,重点考察喻体以及延伸主词与本体"A"构成的超常搭配的再现情况。

5.1.1.3　"A 像 B,C 型"比喻的译例分析

例(1) 原文:茶峒地方凭水依山筑城,近山的一面,**城墙**如一条**长蛇**,缘山**爬**去。(沈从文《边城》)

译文(1): Ch'a-t'ung is surrounded by hills and water. On one side **the walls of the city crawl up** along the hills like **a serpent**, ...(金隄、白英 译)

译文(2): Chadong was built between the river and the mountains.

---

① "蚂蝗"为原书措辞,本书不作修改。

On the land side, **the city wall crept** along the mountain contours like **a snake.**（金介甫 译）

译文(3)：Chatong stands wedged between the river and mountains, its wall in the rear coiling like a snake on the hillside.（戴乃迭 译）

译文(4)：Chatung city was built along the river and hills rose up on one side; on that side **the walls climbed** the mountain like **a long snake.**（项美丽、邵洵美 译）

本例将"城墙"比作"长蛇",并用延体"缘山爬去"对喻体"长蛇"的存在状态加以说明,其中"爬"为延伸主词,意为昆虫、爬行动物等身体向前移动(《现代汉语词典》,2002:943)。喻体"蛇"是爬行动物,与延伸主词"爬"组合构成常规搭配,而本体"城墙"为无生命物体,不具备爬行能力,与"爬"组合,导致逻辑链的断裂,亦不符合两词的语用习惯,因此构成了主谓结构的超常搭配。从深层结构上看,将"城墙"与"爬"搭配实际上发生了"语义溢出"现象(周春林,2008:53),即"一个搭配项的选择限制条件'溢出'到另外一个搭配项上,使得不能共现的搭配项变得可接受了"(同上:53)。也就是说,搭配后项"爬"的选择限制条件"溢出"到搭配前项"城墙"上,使得"城墙"具备了生命特征和只有有生命体才具备的发出动作的能力,从而实现了搭配的合理化。将"城墙"与"长蛇"作比,并将"长蛇"发出的"爬行"这一动作性较强的动作作为静物主语"城墙"的谓语动词,产生了将静物写动,将城墙缘山蜿蜒逶迤的静态画面转化为缘山爬行的动感画面的修辞效果,增强了表达的形象性和生动性。

在译文(1)中,译者将原文比喻中的本体"城墙"准确地译为"the walls of the city",又将喻体"长蛇"译为"a serpent",其中"serpent"一词"常在文学作品中使用,尤指大蛇"(《牛津高阶英汉双解词典》,2009:1820),既然是大蛇,一般情况下也就具备了体长这一特征,因此语义传递较为准确。译者将原文比喻中的延伸主词"爬"译为"crawl",该词可表示"昆虫爬行"(《牛津高阶英汉双解词典》,2009:468),准确地传递了原文语境中"爬"的语义。译者又将"crawl"这一个只有有生命体才能发出的动作用作"the walls of the city"这一无生命体主语的谓语,再现了原文将"城墙"这一静物动态化的表达效果,加之将"the walls of the city"与"a serpent"作比,再现了原文中将城墙缘山蜿蜒的静态画面比作巨蛇缘山爬行的动态画面的修辞效果。

译文(2)译者将原文比喻中的本体"城墙"准确地直译为"city wall",将喻体"长蛇"译为了蛇亚目动物的统称"snake",损失了"长"这一修饰语的语义。原文将"城墙"这种大型建筑物比作"长蛇",从逻辑上判断,这种"蛇"理应是巨型蛇,具有泛指意义的"snake"显然无法准确传递具有一定的特指意味的"大蛇"的语义。译者将原文比喻句中的延伸主词"爬"译为"creep",该词与译文(1)中的"crawl"为近义词,表示"身体贴近或接触地面爬行"①,与"蛇"爬行时的动作姿态完全相符,语义传递准确。将"creep"这一有生命体才能发出的动作用作无生命体主语"city wall"的谓语,再现了原文比喻句将静物"city wall"动态化的表达效果,同时将"city wall"比作"snake",再现了原文中将城墙缘山蜿蜒的静态画面动态化为巨蛇缘山爬行的动感画面的表达效果。

译文(3)译者将原文比喻句中的本体"城墙"译为"its wall",其中"its"指代茶峒,无法准确传达"城墙"的语义;将喻体"长蛇"译为"snake",未能准确传递出修饰语"长"的语义;将延伸主词"爬"译为"coil",该词意为"缠绕,盘绕"(《牛津高阶英汉双解词典》,2009:375),与延伸主词所表示的"爬行"之义相去甚远。从比喻的构成来看,原文是将"城墙"与"长蛇"作比,而译文是将"its wall in the rear"(城墙尾部)与"snake"作比,译文比喻句中的本体发生了变化。加之延伸主词的语义在译文中发生了大幅偏离,导致译文中的比喻成为将城墙的尾部形态与蛇盘绕在山腰的姿态作比,明显偏离了作者将城墙缘山蜿蜒逶迤之态与巨蛇缘山爬行之貌作比的初衷。

译文(4)译者将原文比喻句中的本体"城墙"译为"the walls",语义传递不够准确;将喻体"长蛇"译为"a long snake",语义传递充分准确;将延伸主词"爬"直译为"climb",该词在译文中与"the mountains"连用,为及物动词,"climb"用作及物动词时意为"(手脚并用或只用脚)向上攀爬"②,与延伸主词所指代的爬行动作(即身体向前移动的动作)在运动方向上不符。根据常识判断,"snake"只能

---

① *The Free Dictionary by Farlex*［EB/OL］.［2018 - 08 - 10］. https://www.thefreedictionary. com/creep.

② *The Free Dictionary by Farlex*［EB/OL］.［2018 - 08 - 10］. https://www.thefreedictionary. com/climb.

"creep"或"crawl"(爬行),无法"climb"(攀爬)。既然喻体"a long snake"根本无法"climbed the mountain"(爬山),译文中的"本体"就失去了作比的基础。译文(4)虽然具备了比喻的表达形式却因译者对延伸主词翻译失当而导致译文比喻失效。

笔者认为,对于"A 像 B,C 型"比喻,除了借用英语"like"型比喻进行翻译之外,还可以采用其他多样化的英语比喻表达形式,如利用英语动词本身的特点来表示比喻(刘尚贤,1993:124)。"英语中有些名词可以转化为动词,这样的动词称之为名动词。"(同上:124)。"通过这个动词对动作或状态的描述,来发现这个名词所具有的喻体的特征。实际上这个动词的名词形式就是喻体。"(吕煦,2011:139)例如"snake"一词既有名词用法又有动词用法,用作动词可表示"曲折前行;蛇行;蜿蜒伸展"(《牛津高阶英汉双解词典》,2009:1901),恰好可用于再现本例中将城墙缘山蜿蜒伸展之貌比作巨蛇缘山爬行之状的修辞效果,笔者现借用该名动词将本例中的比喻句试译为"the city wall snaked its way up the mountain"。

> **例(2)原文:**面前的火炬照着我,不用担心会滑滚到雪中,老太太白发上那朵**大红山茶花**,恰如另外一个**火炬,照**着我回想起三十年前老一派贤惠能勤一家之主的种种,……(沈从文《雪晴》)

> **译文:**With the torch in front lighting my way, I did not have to worry about slipping on the snow; and **the scarlet camellia** in the old lady's white hair was just like another **torch, reminding** me of my grandmother's generation who, thirty years before, had been such excellent housewives. (戴乃迭 译)

本例中"大红山茶花"为本体,"火炬"为喻体,"照……种种"为延体,对喻体"火炬"的情况进行补充说明,其中"照"为延伸主词,与喻体"火炬"构成常规搭配,与本体"大红山茶花"构成超常搭配。在该超常搭配中,搭配后项"照"的选择限制条件"溢出"(周春林,2008:53)到搭配前项"大红山茶花"上,使得"大红山茶花"具备了发光、发亮的特征,甚至还具备了照明的功能,从而实现了与"照"搭配的合理化。从修辞的角度分析,此超常搭配实际上暗藏着对夸张这一修辞手法的运用,将本体"大红山茶花"色彩的鲜亮度夸大到发光、发亮甚至足以照明的程度,从而实现了与延伸主词"照"在深层结构上的相容相配。译者将喻体"火炬"准确地直译为"torch",将本体"大红山茶花"译为"scarlet camellia",其中"scarlet"表示猩红的,鲜红的,语义传递准确。对于延伸主词"照",译者则予以省略,从而导致比喻句译文的语义变为:老太太白发上那朵大红山茶花,恰如另外一个火炬,使我回想起三十年前老一派贤惠能勤一家之主的种种,其中"使我回想起……种种"部分根本不足以解释译文将"大红山茶花"与"火炬"作比的用意以及两个事物之间的相似点,译文虽然具备了比喻的构成形式,却无法构成有效的比喻。针对此译文中存在的问题,笔者认为可从以下两个方面进行改进。首先,为着力凸显本体"大红山茶花"与喻体"火炬"之间的相似点,不妨把"大红"译为"flaming"(鲜红色的,如火焰般红的)或者"firey"(火红的,火一般的),这样既能再现"山茶花"的鲜红色彩又能与喻体"火炬"上的火焰建立起外形上的呼应;其次,由于"torch"具有照明功能,可以以这一功能为突破口,寻找延伸主词"照"的译文。"shine"表示发光,照耀,可以且常与"torch"搭配。将"shine"与"the flaming/fiery camellia"搭配,恰好能够凸显山茶花的鲜亮程度,并再现原文比喻中将大红山茶花色彩的鲜亮程度夸大到足以照明的程度的表达效果。鉴于此,笔者尝试将本例中的比喻句改译为:"… and the flaming/fiery (red) camellia in the old lady's white hair was just like another torch, shining into my memory of my grandmother's generation who, thirty years before, had been such excellent housewives."

例(3)原文:这一群水车,就同一群游手好闲的人一样,成日成夜不知疲倦的咿咿呀呀唱着意义含糊的歌。(沈从文《三三》)

译文(1): **This gang of waterwheels**, like **a gang of street-side loafers**, kept **chanting** their intelligible **songs** all the day and all the night long, never tiring:Eeeee, eeeee, yaaaa, yaaaa.(金介甫 译)

译文(2):And all day and all night you heard **the soft moaning of the wheels**.(金隄、白英 译)

此句将"一群水车"咿呀作响比作"一群游手好闲的人""唱歌",其中"这一群水车"是本体,"一群游手好闲的人"是喻体,"成日成夜不知疲倦的咿咿呀呀唱着意义含糊的歌"是延体,用于补充说明喻体的情况,其中"唱"是延伸主词,它与喻体"一群游手好闲的人"构成常规搭配,与本体"这一群水车"构成超常搭配。在该超常搭配中,搭配后项"唱"的选择限制条件"溢出"到搭配前项"这一群水车"上,使得"水车"具备了人的生命特征和唱歌的能力,从而实现了二者搭配的合理化。从修辞角度分析,该超常搭配实际上隐藏着对"水车"的拟人化处理,从而实现了"水车"与"唱"的相容相配。金介甫译文通过直译充分、准确地再现了原文比喻中本体和喻体的语义。译者将延伸主词"唱"译为"chant",该词意为"单调重复地唱"(《牛津高阶英汉双解词典》,2009:317),准确地传递出原文通过"成日成夜"、"咿咿呀呀"、"意义含糊"等词传递出来的水车唱歌这一动作的重复性和单调性,同时"chant"与"a gang of street-side loafers"能够构成常规搭配,作为主语"this gang of waterwheels"的谓语,能够再现原文比喻中超常搭配所隐含的拟人化修辞手法。可以说金介甫译文再现了与原文比喻等同的表达效果。金隄、白英译文用泛指轮子的词"wheels"来翻译原文比喻中的本体"这一群水车",语义传递不够准确。因译者将喻体"一群游手好闲的人"删去,导致原文采用的比喻这一修辞手法遭到抹除。此外,译者还对原文进行了大幅改写,如将"唱歌"改写为"moaning"(呻吟),将副词"不知疲倦的"和拟声词"咿咿呀呀"删去,将"意义含糊的"改写为"soft"(温柔的),导致译文语义变为"整日整夜你都能听到水车的轻声呻吟",译文凸显的是对拟人这一修辞手法的运用,而且将原文中水车悠闲、懒散的意象改为受苦受难的意象,原文几乎面目全非。

例(4)原文:这消息同**有力巴掌**一样重重的**掴**了他那么一下,他不相信这是当真的消息。他故作从容的说:……(沈从文《边城》)

译文(1): The **news** was like **a heavy slap in the face** to the old man. He couldn't believe it was true. Trying to be calm:…(项美丽、邵洵美 译)

译文(2): The **news struck** Grandfather like **a terrible slap across the face.** He could not believe it. Scratching his cheeks, he said shamefacedly:…(金隄、白英 译)

译文(3): This bad **news stung** the old ferryman like **a heavy slap in**

the face. He couldn't believe it. Feigning calm, he said,...（金介甫 译）

　　译文（4）：The ferryman, **stunned**, can hardly believe his ears.（戴乃迭 译）

　　在例（4）上文中，二老为翠翠唱过一次情歌之后就中止了求爱行动，老船夫按捺不住焦急等待的心情，来到河街打算向二老问明缘由，没想到杨马兵却为他带来了大老意外溺亡的消息，作者将这个突如其来的消息对老船夫造成的情感和心理打击与重重的一记耳光给他带来的强烈痛感和冲击作比，从而将老船夫这种读者只能想见却难以有切身体会的情感和心理伤痛外化为读者可以切身感知的皮肉之痛，易于引起读者的情感共鸣。从本例中比喻句的结构形式来看，"这消息"是本体，"有力巴掌"是喻体，"重重的掴了他那么一下"是延体，对喻体的情况进行补充说明，其中，"掴"为延伸主词，与喻体"有力巴掌"构成常规搭配，与本体"这消息"构成主谓结构的超常搭配。在该搭配中，搭配后项"掴"的选择限制条件"溢出"（周春林，2008：53）到搭配前项"这消息"上，使得"消息"具备了人的生命特征和动作能力，从而实现了二者搭配的合理化。从修辞角度分析，该超常搭配在深层结构上实际暗藏着对"消息"的拟人化处理，从而实现了"消息"与"掴"的相容相配。译文（1）、（2）、（3）均将原文比喻句中本体的中心词"消息"准确地直译为"news"，其中译文（3）还在"news"之前添加了"bad"（坏的）这一修饰语，对"news"的性质进行了明晰化处理。对于喻体的中心词"巴掌"的翻译，三种译文高度一致地采用了英语固定词组"a slap in/across the face"，该词组意为"一记耳光；侮辱；打击"（《牛津高级英汉双解词典》，2009：1885），准确地传递了此中心词的语义。三种译文最大的差异在于对谓语动词的选用方面，选用不同的谓语动词会导致译文之间产生语义差异，从而导致译文中本体和喻体之间的相似点在显隐程度和着眼点方面产生差异。译文（1）选用"be"动词作为谓语，并通过"be like"结构将本体"the news"与喻体"a heavy slap in the face"连接起来，只是单纯实现了将"消息"与"一记重重的耳光"作比，并没有明确指出本体和喻体之间的相似点。尽管如此，由于"a slap in the face"是英语固定短语，译文读者还是能够依据该常规短语的语用意义和常识判断出译文是将这两大外部刺激源的刺激强度作比，在一定程度上再现了原文比喻借助身体所承受的刺激的强弱来说明心理所承受的刺激的强弱的修辞效果。译文（2）的谓语"strike"可同时表示"使遭受打击"①和"使用手、拳头、武器击打"（同上）这两种语义。无论是大老意外溺亡的消息使老船夫的内心"遭受重大打击"还是狠狠的一记耳光"击打"在老船夫脸上，两个动作均直接作用于老船夫，并且均具有强大的"攻击"力。通过选用集这两个动作于一身的动词"strike"作为谓语，译文（2）实现了将大老溺亡的消息对老船夫内心的打击之沉重与耳光对于老船夫身体的击打之剧烈作比，充分再现了原文比喻的修辞效果。译文（2）与译文（1）的不同之处在于前者通过谓语"strike"的使用得以将本体和喻体的相似点更为直接地呈现，而后者的相似点则是隐藏的，需要译文读者通过推理才能得出。但无论相似点是隐是显，两种译文都聚焦于消息和耳光这两大外部刺激源在刺激强度上的相当程度。译文（3）的谓语"sting"既可以表示"使某人在内心或在情感上感到十分痛苦"②，又可以表示使某人身体某个部位感到刺痛（《牛津高阶英汉双解词典》，2009：1983）。本体"bad news"（坏消息）对老船夫"造成的情感创伤"与喻体"a heavy slap"（重重的一记耳光）打在脸上给老船夫"造成的皮肉之痛"都统一于"sting"一词之中，从而实现了将情感伤痛程度与身体疼痛程度作比，再现了原文比喻将情感伤痛外化为身体疼痛的修辞效果，而且译文的本体和喻体之间的相似点显身。如果说译文（1）、（2）均是将消息和巴掌这两大外部刺激源的刺激强度作比，那么译文（3）则是将两大刺激源所产生的刺激反应的强度作比，与前两者比喻的相似点在着眼点方面略有差异。译文（4）用表示抽象情绪的形容词"stunned"（震惊）替代了原文中用以生动描写大老的意外溺亡给老船夫带来的打击之沉重的整个比喻句，虽然也在一定程度上传递出了老船夫在接到该消息之后的内心情绪，但这种情绪终究是抽象的，是译文读者可以想见却难以有切身体会的，而原文中大老溺亡的消息对老船夫的内心造成的冲击之剧烈程度是有身体上的痛感做参照的，而且这种痛感是读者可以切实体会到的。译文（4）因去除了比喻而导致因比喻而产生的强烈的文学效果随之消失，原文表达形式的生动性也遭到了抹除。

---

① *The Free Dictionary by Farlex*［EB/OL］.［2018 - 08 - 11］. https://www.thefreedictionary. com/strike.

② *The Free Dictionary by Farlex*［EB/OL］.［2018 - 08 - 11］.. https://www.thefreedictionary. com/sting.

例(5)原文：家中人不拘谁在无意中提起关于丈夫弟弟的话，提起小孩子，提起花狗，都象使这**话**如**拳头**，在萧萧胸口上**重重一击**。（沈从文《萧萧》）

译文(1)：If someone in the family innocently raised the subject of her little husband or mentioned a child or Spot, **the words** would **hit** her like **a fist pounding** upon her chest.（Lewis S. Robinson 译）

译文(2)：Whenever anyone in the family mentioned—even in passing—her husband, or babies, or Motley, she felt as if **a blow** had **struck** her hard on the chest.（欧阳桢译）

译文(3)：If one in the family happened to mention her husband, babies, or Flower Dog, she felt **it** like **a heavy fist** on her breast.（Lee Ru-mien 译）

译文(4)：No matter which member of the family referred to a tiny brother-like husband, to little children, or to Spotted Dog, **these words** would assume the shape of **a fist**① **dealing a blow** at her breast.（Lee Yi-hsieh② 译）

在本例上文中，童养媳萧萧因遭到婆家帮佣花狗的诱骗而怀孕，肚子一天大过一天，萧萧害怕事情败露，整天忧心忡忡。此时家中无论是谁无意中提到了萧萧的小丈夫、小孩子或者花狗，都无疑正好戳中了萧萧的要害，揭开了萧萧内心的伤疤。"胸口"是人们心事的聚集处，也是人体的要害部位，在这一要害部位用拳头重重一击，其杀伤力可想而知。将用"拳头"重击萧萧胸口所产生的冲击力之巨大来说明"这话"对萧萧造成的心理打击之沉重，实际上起到了将只有当事人才能感知的心理打击外化为旁观者也可以切身体会的身体伤痛的作用，还使得心理打击程度有了身体伤痛程度作为参照，能让旁观者对"这话"给萧萧带来的心理冲击强度有一个直观认识。从本例比喻句的结构来看，家人无意中提起丈夫弟弟、小孩子和花狗的话是本体，"拳头"是喻体，延体"在萧萧胸口上重重一

---

① 此处译文原稿中为"fish"，疑为印刷错误，笔者将其改为"fist"。

② 即李宜燮

击"补充说明本体和喻体之间的关联,其中延伸主词"重重一击"与喻体"拳头"构成主谓结构的常规搭配,与本体"这话"构成主谓结构的超常搭配。在该超常搭配中,搭配后项"重重一击"的选择限制条件"溢出"(周春林,2008:53)到搭配前项"这话",使得话语这一无生命的抽象概念具备了生命特征和动作能力,从而实现了二者搭配的合理化。从修辞角度分析,该搭配在深层结构上实际隐藏着对"这话"的拟人化处理,从而实现了"这话"与"重重一击"的相容相配。

译文(1)译者将原文比喻句中的本体"这话"和喻体"拳头"分别直译为"the words"和"fist",语义传递准确;将本体"这话"对萧萧的"打击"译为"hit",该词意为"产生不良影响;打击;危害"(《牛津高阶英汉双解词典》,2009:969),因此语义传递准确;将喻体"拳头"在萧萧胸口的"重重一击"这一击打动作译为"pound",由于该词意为"反复击打;连续砰砰地猛击"(《牛津高阶英汉双解词典》,2009:1548),选用该词导致译文将原文中"重重一击"这一个一次性动作改写为反复多次发生的动作,语义传递不够准确。译文(1)通过将"这话"对萧萧造成的心理打击与用拳头连续猛击萧萧胸口造成的身体伤痛作比,再现了原文比喻句将只有当事人萧萧才能感知的心理打击外化为旁观者也可以切身体会的身体伤痛的修辞效果,但由于"pound"的使用,译文放大了"这话"对萧萧造成的心理打击的程度。

译文(2)采用"feel as if"(感觉像是……)句型构成比喻(姜丽蓉、李学谦,1995:33;刘尚贤,1993:122),将萧萧听到家人无意中提起丈夫、小孩子或花狗时的内心伤痛程度与一记重击(a blow)打在她胸口时的身体疼痛程度作比,相似点突出。译文虽然省略了"blow"(用手、武器等的猛击)这一动作的力量来源即原文比喻中的喻体"拳头",但还是较好地再现了原文比喻中将只有当事人萧萧才能感知的心理伤痛外化为旁观者也可以切身体会的身体伤痛的表达效果。

译文(3)将本体"it"与喻体"a heavy fist on her breast"(在她胸口上的一记重拳)作比,其中"it"指代的具体内容为前面的条件状语从句,即"家人碰巧提及小丈夫、小孩子或者花狗"这一情形的发生,并用"feel"一词指明本体和喻体之间的相似点,即这一情形的发生给萧萧带来的心理感受和一记重拳打在萧萧胸口给萧萧带来的身体感受在剧烈程度上是相当的,再现了原文比喻以身体伤痛程度来说明萧萧内心伤痛程度的修辞效果。但笔者认为,若将原文中的"a heavy fist on her breast"改为"a heavy fist hitting/ striking her on her chest",凸显一记重拳对萧萧胸口的直接作用力似乎表达效果更佳。

译文(4)将动词短语"assume the shape of"(呈现出……的样子)用作喻词，试图构成"these words"(这些话)与"a fist"(一记拳头)之间的比喻关系，并用现在分词短语"dealing a blow at her breast"(在她胸口一记重击)对本体"these words"和喻体"a fist"之间的相似点作进一步说明，即一记重拳打在萧萧胸口所产生的冲击力与这些话对萧萧的内心造成的冲击力在强度上是相当的，在一定程度上再现了原文比喻句的修辞效果。然而由于将"assume the shape of"用作喻词在英语比喻的表达形式中十分罕见，势必会让译文读者略感突兀，鉴于此，笔者试将译文最后一个分句改为"these words would deal a blow at her chest as with a fist"。

例(6)原文：妇人的笑，妇人的动，也死死的像**蚂蝗**一样钉在心上。（沈从文《柏子》）

译文(1)：Her laughter and her movements clung to his heart like so many **leeches**, ...（许芥昱 译）

译文(2)：Her movements and her laughter were like **a leech** in his heart.（金隄、白英 译）

译文(3)：省略（埃德加·斯诺 译）

"蚂蝗"是蛭纲动物，在我国的水田、河流、湖泊中极为常见。这种动物具有极强的吸附能力，能用吸盘吸附于暴露在外的人体皮肤上，并逐渐深入皮内吸血。本例将"妇人的笑，妇人的动"与"蚂蝗"作比，由于分别充当本体和喻体的两类事物在典型特征上联想度不高，作者还用延体"钉在心上"对二者的相似点进行了说明，指明"蚂蝗"吸附在柏子心上的牢固程度与"妇人的笑，妇人的动"在柏子心中留下的印象之深刻程度是相当的。在该比喻句中，喻体"蚂蝗"与延伸主词"钉"构成主谓结构的常规搭配，本体"妇人的笑，妇人的动"与"钉"构成主谓结构的超常搭配。在该超常搭配中，搭配后项"钉"的选择限制条件"溢出"（周春林，2008：53）到搭配前项"妇人的笑，妇人的动"，使得妇人的表情和动作具备了动物的生命特征和动物的吸附能力，从而实现了搭配的合理化。前两种译文均通过直译法充分、准确地传达了原文比喻中本体和喻体的语义。由于蚂蝗只具有吸附能力而不具有叮咬能力,因此原文比喻中的延伸主词"钉"实为吸附之义。译文(1)译者借用英语固定短语"cling like a leech"("死死地黏附在某物上"①)来翻译喻体和延体部分"像蚂蝗一样钉在心上",语义传递准确。通过"cling"(粘住,附着)一词的使用,译文指明了本体"her laughter and her movements"与喻体"leeches"之间的相似点,较好地再现了原文通过借用蚂蝗吸附能力的强大和吸附的牢固程度来说明妇人的笑和动在柏子心中留下的印象之深刻的修辞效果。译文(2)用"be like"句型试图构成"her movements and her laughter"和"a leech"之间的比喻关系,却未对这两类典型特征联想度不高的事物之间的相似点进行明确说明,此比喻可能会让译文读者感觉费解甚至产生误解。译文(3)将原文比喻句整句删除,该句的语义信息,修辞手法以及修辞效果全部随之消失。

5.1.1.4 "A 像 B,C 型"比喻的英译再现情况小结

通过5.1.1.3中的译例分析,笔者发现译者对于沈从文小说中"A 像 B,C 型"比喻的英译主要表现出了四种翻译倾向:"比喻再现"、"改写"、"译意"和"省略"。"比喻再现"是指在译文中对原文运用的比喻这一修辞手法予以再现的翻译倾向。在5.1.1.3中所引的6个例句的共计18种译文中,有15种(即83.3%的)译文都再现了原文所运用的比喻这一修辞手法。"改写"是指译者对原文比喻句进行大幅度改写导致该比喻句的语义在译文中发生重大改变而且比喻这一修辞手法也遭到抹除的翻译倾向,如例(3)的译文(2)。"译意"是指只传递原文比喻句的基本语义信息而并不再现比喻这一修辞手法的翻译倾向,如例(4)的译文(4)。"省略"是指将原文中的比喻句省略不译的翻译倾向,如例(6)的译文(3)。笔者认为,在"A 像 B,C 型"比喻的英译过程中,译者应该兼顾原文比喻句语义信息的充分传递与比喻这一修辞手法及其修辞效果的充分再现,尽量避免"改写"、"省略"和"译意"这三种翻译倾向。

表现出"比喻再现"倾向的译者在再现比喻这一修辞手法时主要采用了以下七种比喻表达形式:"A does sth. like B"型(其中"A"是本体,"B"是喻体,如例1译文1—4;例3译文2;例4译文2、3;例6译文1),"A is like B,同时补充说明'A'与'B'之间的相似点"型(如例2译文),"A is like B,对'A'与'B'之间的相

---

① *Collins Dictionary* [EB/OL]. [2018 - 08 - 12]. https://www. collinsdictionary. com/dictionary/english/cling-like-a-leech.

似点不加说明"型(如例 4 译文 1;例 6 译文 2),"A does sth. like B doing sth."型(如例 5 译文 1),"feel as if ..."型(如例 5 译文 2),"feel A like B"型(如例 5 译文 3)以及"A assumes the shape of B,同时补充说明'A'与'B'之间的相似点"型(如例 5 译文 4)。

　　在上述七种比喻表达形式中,采用"A does sth. like B"型比喻的译文占据主导地位。在采用该比喻表达形式的译文中,谓语动词"does"一般为原文比喻句中延伸主词的对应译文。为确保"A does sth. like B"型比喻句在译文中的有效性,谓语动词的选择尤为关键,它需要同时满足以下三个条件:首先,该谓语动词要能够与喻体"B"构成符合英语表达习惯的常规搭配;其次,该谓语动词与本体"A"构成的搭配即便不符合英语常规搭配习惯,也需要与原文比喻句的情境相符,并且与本体"A"和喻体"B"构成的比喻句要实现与原文比喻句等同或近似的修辞效果;再次,该谓语动词要能够解释本体"A"与喻体"B"之间的相似性。在例(1)译文(1)中的比喻部分"the walls of the city crawl up along the hills like a serpent",谓语动词"crawl up"与喻体"a serpent"构成了主谓结构的常规搭配,与本体"the walls of the city"搭配,虽然无法构成符合英语表达习惯的常规搭配,但符合原文比喻句中"城墙爬行"的语义,并产生了将本体"the walls of the city"这一静物动态化的效果,与原文比喻中本体和延伸主词搭配后产生的表达效果对等,此外,"crawl up"还指明了本体"the walls of the city"和喻体"a serpent"之间的相似点,即城墙蜿蜒伸展之貌与巨蛇缘山爬行之态相似。由此可见,在此译文中,谓语动词"crawl"的选择就充分满足了上述三个条件。然而,在该例句译文(4)的比喻部分"the walls climbed the mountain like a long snake"中,谓语动词"climb"与喻体"a long snake"搭配就不符合常规逻辑和英语常规搭配习惯,将谓语动词"climb"与本体"the walls"搭配又导致原文比喻在读者脑海当中产生的"城墙"像"长蛇"一样缘山蜿蜒爬行的画面变为了"城墙"像"长蛇"一样登山的画面,未能实现与原文比喻句同等的修辞效果。此外,"climb"也不足以解释本体"the walls"与喻体"a long snake"之间的相似点。对于"A is like B,同时补充说明'A'和'B'之间相似点"型比喻,译者若在补充说明部分对用于揭示原文比喻中本体和喻体之间相似点的延伸主词翻译不当,会导致译文中比喻难以成立。如例(2)将"大红山茶花"比作"火炬",并用"火炬"的照明功能来说明"大红山茶花"的颜色之鲜亮,足以用来照明。而译文却将延伸主词"照"省略,改用"remind"(使……回想起)一词对"the scarlet camillia"和"torch"之间的相似点进行补充说明,然而该词又无力担此重任,最终导致译文中比喻难以成立。译者若采用"A is like B"句型再现比喻这一修辞手法,同时又不对"A"与"B"之间的相似点进行说明,则很容易因分别充当本体和喻体的两类事物在典型特征方面联想度不高而导致译文读者无法理解将这两类事物作比的意图。值得注意的是,对于"A 像 B,C 型"比喻的英译再现,除了可采用上述几种比喻表达形式之外,还可以从英语原创文学作品中广泛吸取丰富的比喻表达形式,如前文中笔者提到的英语名动词就可用于构成比喻。译者需注意尽量避免采用英语中罕见的比喻表达形式如"A assumes the shape of B"来再现比喻这一修辞手法。

由 5.1.1.3 中的译例分析可知,在"A 像 B,C 型"比喻的英译中,延伸主词的英译问题最为突出,但本体和喻体的英译同样存在一定问题,主要表现为信息遗漏和语义传递准确度不高这两个方面。前者如例(1)的译文(2)、(3)遗漏了原文比喻句中喻体"长蛇"中"长"这一修饰语的语义信息,又如例(1)的译文(3)、(4)将原文比喻句中的本体"城墙"分别译为"its wall"和"the walls";后者如例(3)的译文(2)将原文比喻句中的本体"水车"译为"wheels"。

综上所述,沈从文小说中"A 像 B,C 型"比喻句所运用的比喻这一修辞手法在英译中得到了较高程度的再现,但再现效果并不理想,主要问题在于延伸主词的英译失当,导致译文中比喻或难以成立,或无法与原文比喻实现对等或近似对等的修辞效果。此外,本体和喻体的语义传递在准确性和充分性方面也有所欠缺。笔者认为,在"A 像 B,C 型"比喻的英译过程中,译者应该兼顾比喻句语义信息的准确、充分传递和比喻这一修辞手法及其修辞效果的充分再现。

5.1.2 联喻的英译再现

如果说 5.1.1"'A 像 B,C 型'比喻的英译再现"探讨的是沈从文小说中以个体形式存在的比喻的英译再现情况,那么本节即将探讨的则是沈从文小说中以组合形式存在的比喻的英译再现情况。所谓"以组合形式存在的比喻"指的是"两个以上的比喻可以组合而成为一个大的比喻"(王希杰,2011:280)。具体说来,本节以"联喻"这一组合型比喻为考察对象,首先介绍"联喻"的定义及其构成,其次对沈从文小说中的联喻句进行译例分析,重点考察"联喻"这一修辞手法修辞效果的再现情况。

5.1.2.1　联喻的定义及构成

"联喻是指由两个或两个以上互相依存的比喻连接成为整体的比喻群。联喻有两个特征:一是相关性,本体之间、喻体之间都有某种关系;二是呼应性,前后比喻之间往往互为条件,孤立地看其中一个比喻似乎十分平常,但将几个比喻联系起来着眼于它们的呼应关系,会感到贴切、巧妙。"(曹津源,1999:40)"如果说重庆的地形像一条长长的舌头,那么朝天门就是舌头尖了"(转引自曹津源,1999:40)一句就运用了"联喻"这一辞格。此联喻句由两个比喻构成:"重庆"被比作"舌头","朝天门"被比作"舌头尖",其中"朝天门"是"重庆"的一座古城门,而"舌头尖"则特指"舌头"的最前端,两大本体之间和两大喻体之间均为部分与整体的关系。该联喻句旨在借"舌头尖"在"舌头"上的位置说明"朝天门"在"重庆"市所处的地理位置,若去掉该联喻句中的任何一个比喻,剩下的比喻就失去了存在的意义。

另有汉语修辞研究者将该结构类型的比喻称为"合喻"。笔者之所以认为"联喻"与"合喻"是不同汉语修辞研究者对同一种结构类型的比喻的不同命名,主要是因为这些学者对这两大概念的界定高度一致,而且针对这两大概念分别列举的例句在结构形式方面也高度一致。陈林森(1986:55)曾指出,"合喻"由两个或两个以上结构完整的比喻构成,构成合喻的各个比喻即分喻各有本体、喻体和比喻词,这些分喻在形式上是各自独立的,但在内容上却是相互依附、相辅相成、合而为一的,抽出其中任何一个分喻单独使用,虽然从形式上看并无不妥,却会因为失去与之相依存的其他分喻而使修辞效果大为减弱,甚至使比喻不能成立。然而把它们组合起来,这些分喻"犹如发生'化合反应',产生了奇异的变化,显得十分新颖贴切和谐自然。这种修辞效果是一个单独的比喻不易达到的"(同上)。从该定义来看,"合喻"与"联喻"都是由两个或两个以上结构完整的比喻构成的比喻群,构成比喻群的各个分喻之间在内容上相互依存,且各分喻合在一起能够发挥单个比喻所无法实现的组合修辞效应。在陈林森(1986:55-56)列举的一个"合喻"例句"山如眉黛,小屋恰似眉梢的痣一点"中,通过将"山"与"眉黛"作比,将"小屋"与"眉梢的痣"作比,实现了对小屋在山上所处的大致位置以及小屋对山的点缀作用的诗意化描写。"小屋"是"山"上的小屋,"痣"是"眉梢"的"痣",本体之间、喻体之间相互关联,而且无论是去掉"山——眉黛"比喻还是去掉"小屋——眉梢的痣"比喻,剩下的比喻都会因本体和喻体之间相似点不甚明显而导致比喻难以成立。鉴于"合喻"与"联喻"在定义及例句的内部结构方面的高度一致性,有理由认为这两大概念共同指称的是同一种变异修辞现象。为讨论方便起见,笔者将在本书中统一采用"联喻"来指称该修辞现象。需要指明的是,由于"联喻"与另一种结构类型的比喻"博喻"在形式上具有一定的相似性,容易混淆,因此笔者认为有必要对二者进行区分。"博喻"是指"两个以上的本体相同的比喻的组合形式"(王希杰,2011:281),也就是说,"博喻不管有几个分喻,都只有一个本体,即博喻的几个喻体是共一个本体的,而合喻(即联喻,笔者注)有几个喻体就有几个本体。博喻的公式可以写为:A 象 B,象 C,象 D……;合喻(即联喻,笔者注)的公式可以写为:A_1 象 B_1,A_2 象 B_2,A_3 象 B_3……"(陈林森,1986:55)准确把握"联喻"的定义及构成形式,并理清"联喻"与"博喻"之间的区别是准确识别沈从文小说中联喻句的前提。

5.1.2.2 联喻的译例分析

例(1)原文(1):萧萧嫁过了门,做了拳头大的丈夫小媳妇,一切并不比先前受苦,这只看她一年来身体发育就可明白。风里雨里过日子,**像**一株长在园角落不为人注意的**蓖麻,大叶大枝,日增茂盛**。

……

……**婆婆**虽生来**像**一把**剪子**,把凡是给萧萧暴长的机会都剪去了,但乡下的日头同空气都帮助人长大,却不是折磨可以阻拦得住。(沈从文《萧萧》)

译文(1): It was plain from Xiao Xiao's physical growth during her first year as the young bride of her infant husband that in every respect her life was by no means more bitter than before. She weathered hardships **like a castor oil bush** that grows unnoticed in a corner of the garden, **its big leaves and branches more luxuriant every day.**

...

... Although her mother-in-law had a **nature like a pair of scissors, cutting off any opportunity by which Xiao Xiao could grow**, there was no way bad treatment could hinder the country sun and fresh air from helping someone mature. (Lewis S. Robinson 译)

译文(2): 省略 (Li Ru-mien 译)

译文（3）：When Xiaoxiao was married off, to become the "little wife" of a pint-sized little child, she wasn't any the worse for wear; one look at her figure was proof enough of that. **She** was **like an** unnoticed **sapling** at a corner of the garden, **sprouting forth big leaves and braches after days of wind and rain.**

...

... Although **Grandmama** became something of a **nemesis**, and tried to keep her from growing up too fast, Xiaoxiao flourished in the clean country air, undaunted by any trial or ordeal. （欧阳桢 译）

译文（4）：Xiaoxiao's marriage to this manikin of a husband did not make things harder for her in any way. This was clear from her growth that year. **She flourished like a castor-oil plant** growing unnoticed in wind and rain in a corner of the yard.

...

... **Her mother-in-law, a shrew,** tried to slow down the girl's growth, but ill-treatment was powerless to do this in the sun and the country air. （戴乃迭 译）

原文（2）：萧萧嫁过了门，做了拳头大丈夫的媳妇一切并不比先前受苦，这只看她半年来身体发育就可明白。风里雨里过日子，**像**一株长在园角落不为人注意的**蓖麻，大叶大枝，日增茂盛**。

……

……**婆婆虽生来像一把剪，把凡是给萧萧暴长的机会都剪去了**，但乡下的日头同空气都帮助人长大，却不是工夫折磨可以拦得住。

译文（5）：After Hsiao-hsiao came to her husband's house, she was no more miserable than before. This was proved by her healthy growth during these six months. **She** spent her days in wind and rain, **like a castor-oil plant** sprouting unobserved in a corner of the garden. **Its broad leaves flourished as time went on.**

...

... Her mother-in-law resembled a pair of scissors by nature, and **would have nipped her in the bud** had not the country air and sunshine combined to counteract the effects of abuse and privation. （李宜燮 译）

本例共包含两个比喻,第一个比喻将青春期少女"萧萧"比作对自然环境适应力极强、生命力极为旺盛的植物"蓖麻",以凸显萧萧的茁壮成长和顽强的生命力,第二个比喻将想方设法阻挠萧萧成长的"婆婆"比作"剪子",以平静克制、不动声色的笔调揭示出婆婆对萧萧的压迫。"萧萧——蓖麻"比喻出现在小说《萧萧》故事情节的开端部分,"婆婆——剪子"比喻则出现在故事情节接近高潮的部分。两个比喻出场的时间差和布局上的间隔使得这两者看似并无明显关联。然而,事实并非如此。首先,这两个比喻的本体之间、喻体之间均存在一定的相关性。由于"婆婆"是"萧萧"的"婆婆",因此本体"萧萧"与本体"婆婆"之间存在所属关系;又由于"婆婆"百般阻挠"萧萧"的成长,因此相对于"萧萧"而言,"婆婆"是施害者,本体"萧萧"与本体"婆婆"之间还存在受害与施害关系。由于"剪子"可用于修剪并摧残"蓖麻",以阻碍其生长,因此相对于"蓖麻"而言,"剪子"是施害者,喻体"蓖麻"与喻体"剪子"之间同样也存在受害与施害关系。其次,"婆婆——剪子"比喻以"萧萧——蓖麻"比喻为构建基础,后者暗中配合前者,使得前者的存在更加合乎情理。在"婆婆——剪子"比喻句中,按照常识判断,"一把剪子"自然无法剪去"萧萧暴长的机会",但有了前文中出现的"萧萧——蓖麻"比喻作为前提,则不难理解作者是把"蓖麻"枝叶型的植物构造顺势迁移到了"萧萧"身上,"剪子"可以剪去一切能让"蓖麻"繁茂生长的枝枝叶叶,即"蓖麻"暴长的机会,也就同样可以剪去一切能让"萧萧"茁壮成长的枝枝叶叶,即"萧萧"暴长的机会。这样,用于解释"婆婆——剪子"比喻的合理性的表达"把凡是给萧萧暴长的机会都剪去了"就具备了合理性,"婆婆——剪子"比喻也就合乎情理了。可以说,"婆婆——剪子"比喻实际上是借"剪子"对"蓖麻"的生长造成的摧残来说明"婆婆"对"萧萧"的成长制造的阻碍。将"萧萧——蓖麻"比喻作为构建基础,并与其相配合,"婆婆——剪子"比喻不但不至于显得费解突兀,牵强做作,反而显得"新颖贴切和谐自然"(陈林森,1986:55)。鉴于此,有理由认为这两个比喻构成了"联喻"这一修辞手法。

译文(1)既准确再现了原文联喻中"萧萧——蓖麻"分喻的作比方式又充分

传递了该分喻中本体、喻体和延体的语义信息。该译文却将"婆婆——剪子"分喻改写为"婆婆的天性(nature)——剪子(a pair of scissors)"比喻,虽然并不影响比喻这一修辞手法的再现,却改变了原文分喻的本体,从而偏离了原文分喻将人与物作比的作比方式,同时还遮蔽了原文联喻中本体与本体之间,喻体与喻体之间共同存在的受害与施害关系。简言之,译文(1)因改写了原文联喻中其中一个分喻的本体而导致原文联喻的修辞效果未能得到充分再现。译文(2)删去了本例中的所有语句,也包括运用联喻这一修辞手法的语句,既导致本例的语义信息受损又未能再现本例所采用的修辞手法。译文(3)将"萧萧——蓖麻"分喻中的喻体"蓖麻"替换为"sapling"(幼树,树苗),由于译文并未限定树苗的树种,一株具有泛指意味的"树苗"与特定的植物"蓖麻"相比,前者的生长习性显然不如后者明确。译文将一株具有泛指意味的"树苗"与"萧萧"作比,也就无法像用"蓖麻"与"萧萧"作比一样以喻体本身所具有的生长习性来为本体"萧萧"顽强的生命力做出有力诠释。因此,译文将"萧萧"比作具有泛指意味的"树苗",无疑极大程度地削弱了原文联喻中"萧萧——蓖麻"这一分喻的修辞效果。另外,该译文还将"婆婆——剪子"分喻中的喻体"剪子"改写为"nemesis"(报应,应得的惩罚)。为配合喻体"剪子"在译文中的消失,译文还将此分喻的延体部分"把凡是给萧萧暴长的机会都剪去了"改写为"tried to keep her from growing up too fast"(试图阻止她长得过快),从而抹除了比喻这一修辞手法,导致原文表达形式的生动性遭到削弱,原文联喻中两个分喻之间的关联性也无从得以体现,两个分喻通过相互配合所实现的组合修辞效应也遭到了遮蔽。译文(4)再现了"萧萧——蓖麻"分喻的作比方式以及比喻这一修辞手法,但对该分喻语义信息的传递却不够充分。喻体"蓖麻"虽然被准确地直译为"a castor-oil plant",延体"大叶大枝,日增茂盛"却被简单地译为"flourish"(长势茂盛),只传递出了"茂盛"一词的语义信息,延体的大部分语义信息都在译文中流失。在"婆婆——剪子"分喻的英译中,译文将喻体"剪子"改写为"a shrew"(悍妇),为配合"剪子"这一喻体在译文中的消失,译文还将此分喻的延体"把凡是给萧萧暴长的机会都剪去了"改写为"tried to slow down the girl's growth"(试图减缓女孩的成长速度),从而抹除了比喻这一修辞手法,导致原文表达形式的生动性遭到削弱,原文联喻中两个分喻之间强烈的关联性以及两个分喻配合使用所产生的组合修辞效应均无从得以体现。另外,值得需注意的是,原文借"婆婆——剪子"比喻揭示婆婆对萧萧的压迫时采用的是一种平静克制、不动声色的笔调。译文将"婆婆"称为"悍妇","悍妇"是一个带有鲜明的贬义色彩的称呼,这一称呼集中体现了叙事者对"婆婆"品行的看法和态度。这种将叙事者的态度暴露无遗的叙事风格显然严重偏离了原文平静克制,不动声色的叙事风格。译文(5)完好再现了原文联喻中"萧萧——蓖麻"分喻的作比方式和比喻这一修辞手法,对该分喻语义信息的传递也较为充分,但对"婆婆——一把剪"分喻的英译却存在一定问题。译文首先将"her mother-in-law"比作"a pair of scissors",再现了原文分喻的作比方式,却未对这两种典型特征联想度不高的事物之间的相似点予以说明。该比喻的直接语境即"(her mother-in-law,笔者注) would have nipped her in the bud ... "这一分句也只是对婆婆阻挠萧萧成长的行为进行了说明,依然无法为解释将"婆婆"与"剪子"作比的意图提供语境线索。由此可见,译文中的"婆婆——剪子"比喻缺乏成立的条件。还需注意的是,"nip her in the bud"这一表达明确指出了婆婆阻挠萧萧成长这一事实,而原文是借助"婆婆——一把剪"分喻以一种含蓄委婉、轻描淡写的方式来揭露婆婆阻挠萧萧成长这一事实的。因译文对"婆婆——一把剪"分喻的延体处理不当而导致译文偏离了原文的叙事风格。

　　例(2) 原文:自从产业上有了一只母鸡以后,这个人,他有些事情,已近于一个做**母亲**人才需要的细心了。他同别人讨论这只鸡时,是也像一个**母亲**与人谈论儿女一样的。

　　……

　　会明除了公事以外多了些私事。预备孵小鸡,他各处找找东西,仿佛做**父亲**的人着忙看**儿子**从**母亲**大肚中卸出。对于那伏卵的母鸡,他也要从"我佩服你"的态度上转到"请耐耐烦烦"的神情,……

　　……

　　遇到进村里去,他便把这笼鸡也带去,他预备给那原来的主人看,像那人是他的**亲家**。小鸡雏的健康活泼,从那旧主人口中得到一些动人的称赞后,他就非常荣耀骄傲的含着短烟管微笑,……

　　……

　　……会明的财产上多一个木箱,多一个鸡的家庭,他们队伍撤回原防时,会明的伙食担上一端是还不曾开始用过的三束草烟叶,一端就是

那些**小儿女**。（沈从文《会明》）

　　译文：He began to care for the hen with the gentle cunning of a **mother**, and when he discussed her with others, he would resemble a **mother** praising her own **children** ... , and he began to find ways and means by which the eggs might be hatched, and he no longer said: "Hen, I admire you," but "Please, hen, be patient. " ...

　　　　...

　　... Or else he would take them all down to the village, so that the original owner of the hen could see them; and when the villager paid them compliments, he would expand gloriously, the short pipe in his mouth ...

　　　　...

　　... Hui Ming's possessions had increased by a wooden box and a family of chickens. And when the army moved off, the cook-boy moved with them, carrying his **chickens** and the three bundles of tobacco leaf which had remained untouched. （金隄、白英译）

　　本例中的会明原本是个热衷于战争的伙夫。在到达前线后，他迟迟不见其所在的部队开火，于是常常到附近村子里和村民聊天，并逐渐与村民建立起了友谊。自从一位村民送给他一只每天都能下一个蛋的母鸡之后，会明便开始精心照料这只母鸡。在养鸡的过程中，会明体会到了"家庭"的幸福，于是逐渐从战争狂热者转变为非战主义者。本例中共包含 7 个比喻，它们都是营造"家庭"氛围的有效手段。这 7 个比喻出现在以下 5 个情景中：（1）自从获赠母鸡之后，精心照料母鸡的会明俨然成为这只母鸡的"母亲"；（2）当会明以"母亲"的心情和别人谈起母鸡时，母鸡犹如会明的"儿女"；（3）预备孵小鸡时，会明忙碌的样子俨如即将升级当"父亲"的男人，母鸡则俨如一名待产的准"母亲"，待孵化的小鸡就是他们的"儿子"；（4）当会明带着一笼鸡进村打算把它们给母鸡原来的主人看时，那架势俨然是把母鸡原来的主人当成了他的"亲家"；（5）当部队撤回原防时，在会明心里，他所有的鸡都是他的"小儿女"。概言之，"会明"先后被比作母鸡的"母亲"和待孵化的小鸡的"父亲"，"母鸡"先后被比作会明的"儿女"和待孵化的小鸡的"母亲","待孵化的小鸡"被比作会明和母鸡的"儿子","母鸡原来的主人"被比作会明的"亲家",会明所有的鸡被比作他的"小儿女"。值得注意的是,这7个比喻的本体之间、喻体之间均存在明显的相关性。本体"会明"、"母鸡"、"待孵化的小鸡"、"母鸡原来的主人"以及"会明所有的鸡"之间主要存在所属关系,只有"会明"与"母鸡原来的主人"之间的关系例外,二者作为母鸡的新旧主人,因母鸡而产生了关联;喻体"母亲"、"父亲"、"儿女"、"儿子"、"亲家"、"小儿女"均为亲属称谓,因此他们之间存在亲属关系。此外,这7个比喻之间还存在明显的依存关系。如果抽出"会明——母亲"比喻,"母鸡——儿女"比喻则无法成立;如果抽出"会明——父亲"比喻和"母鸡——母亲"比喻,"待孵化的小鸡——儿子"比喻则无法成立;如果抽出"会明——母亲/父亲"比喻,"会明所有的鸡——小儿女"比喻则无法成立;如果抽出所有把"母鸡"比作会明的子女的比喻,"母鸡原来的主人——亲家"比喻则无法成立。因此,有理由认为这7个虽然散布于小说各处但相互依傍,相互呼应的比喻构成了联喻这一修辞手法。

金隄、白英译文再现了情景(1)中的"会明——母亲"比喻,情景(2)中的"会明——母亲"比喻和"母鸡——儿女"比喻,省略了情景(3)中的"会明——父亲"比喻,"母鸡——母亲"比喻和"待孵化的小鸡——儿子"比喻以及情景(4)中的"母鸡原来的主人——亲家"比喻,并将情景(5)中借喻①的喻体"小儿女"译为其具体所指"chicken",从而抹除了比喻这一修辞手法。在本例的7个比喻之中,只有3个比喻在译文中得到了充分再现,原文联喻中分喻的庞大规模在译文中遭到了大幅缩减,这个庞大的比喻群相互配合所实现的组合修辞效应也遭到了削弱,原文表达形式的生动性亦未能得到充分再现。

例(3)原文:到这时打柴人都应归家,看牛羊人应当送牛羊归栏,一天已完了。过着平静日子的人,在**生命**上翻过一**页**,也不必问**第二页**上面所载的是些什么,……(沈从文《媚金,豹子,与那羊》)

译文(1): This was the time for woodcutters to go home and

---

①　"借喻是一种省略性比喻。这是直接用比喻物代替被比喻物,或者用表示比喻物的行为形状的词语来代替比喻物的修辞方式。这种比喻在被比喻物和比喻物中隐去了其中的一方,比喻词也省去了,表示两者之间的一种相代关系。"(袁晖,1982:43)

herdsmen to return their sheep and cattle to the pens, for the day was at an end. The people who led this peaceful life had turned over **another page**, without any need to ask what was on **the next**, ...（Caroline Mason 译）

　　译文（2）：This was the time when wood-cutters returned home, when the cattle and sheep returned to pens and byres.（金隄、白英 译）

　　本例中共出现了三个比喻：人的"生命"被比作"一本书"，生命中刚刚逝去的"一天"被比作书中已经阅读完毕并即将被翻过去的"一页"，生命中即将到来的新的一天被比作"第二页"。需要指明的是，虽然本例中并未出现"书"这一字眼，但"生命"与"一页"、"第二页"的配合使用却揭示出了"生命——书"这一隐藏的比喻。另外，在"生命中刚刚逝去的一天——一页"比喻中，本体"一天"与喻体"一页"分别出现在了前后相连的两个句子中，而"生命中即将到来的新的一天——第二页"比喻中的本体甚至根本没有出现，但有了"一页"的本体作为语境，"第二页"的本体则不言自明。在这三个比喻中，本体"生命"与另外两个本体"刚刚逝去的一天"和"即将到来的新的一天"之间均为整体与部分的关系，后两个本体之间则存在接续关系，喻体"书"与喻体"一页"、"第二页"之间同样也表现为整体与部分的关系，后两个喻体之间则存在接续关系。此外，三个比喻之间还存在依存关系。如果抽出"生命——书"这一比喻，"生命中刚刚逝去的这一天——一页"比喻和"生命中即将到来的新的一天——第二页"比喻则失去了存在的意义；如果抽出"生命中刚刚逝去的这一天——一页"比喻，"生命中即将到来的新的一天——第二页"比喻则失去了存在的意义。鉴于这三个比喻的本体之间、喻体之间的关联性以及三个比喻之间的依存关系，有理由认为这三个比喻构成了联喻这一修辞手法。译文（1）未将"生命"一词译出，将"一页"和"第二页"分别译为"another page"和"the next"。由于译文中并未出现诸如"book"之类包含"page"的事物，而且"page"一句的前文语境似乎也不足以解释"page"存在的合理性，因此"page"一词的出现显得十分突兀。由于英语中存在"page of life"

这一表达①,笔者认为,若在"another page"后加上"of their life",则不仅能构成"life"(生命)与"book"(书)之间的隐喻关系,而且还能激活"another page (of the book,笔者注)"与前一句译文中"the day (of their life,笔者注)"之间,"the next (page of the book,笔者注)"与译文并未直接表述出来的"the next day (of their life,笔者注)"之间的比喻关系,这样"page"一词的存在就具备了合理性,而且原文联喻的作比方式和修辞效果也都能得到充分再现。译文(2)删除了原文中的联喻句,导致原文语义信息受损,原文中采用的联喻这一修辞手法以及原文表达形式的生动性均无从得以体现。

5.1.2.3 联喻的英译再现情况小结

与"A 像 B,C 型"比喻这种以个体形式存在的比喻的英译相比,联喻这种以组合形式存在的比喻的英译更为复杂。联喻的英译除了要考虑构成联喻的各个分喻的语义信息的传递和修辞手法及修辞效果的再现之外,还要考虑各分喻之间的相关性和呼应性的再现以及各分喻配合使用所实现的组合修辞效应的再现。然而,从5.1.2.2中的译例分析来看,每个联喻的译文都在上述一个或多个方面出现了问题,联喻的英译再现情况并不理想。笔者现将5.1.2.2中所引联喻译文在上述各方面存在的问题以及引发这些问题的直接原因总结如下。

首先,在各分喻语义信息的传递方面,由于译者对个别分喻延体的语义信息进行了简化处理,或者对部分乃至全部分喻进行了省略,导致分喻的语义信息未能得到充分传递。如例(1)译文(4)将"萧萧——蓖麻"分喻的延体部分"大叶大枝,日增茂盛"的语义简化为"flourish"(茂盛),例(1)译文(2)和例(3)译文(2)将联喻中的所有分喻全部省略,例(2)译文将部分分喻省略,均导致原文联喻中分喻的语义信息在译文中受损。

其次,在各分喻修辞手法的再现方面,因译者对个别分喻进行了全盘改写(如例1译文3、4对"婆婆——剪子"分喻的处理),或对个别分喻的延体处理不当(如例1译文5对"婆婆——剪子"分喻延体的处理),或将借喻型分喻的喻体译为其具体所指(如例2译文将借喻型分喻喻体"小儿女"译为其具体所指"chicken"),或将联喻中为其他分喻的成立提供前提条件的核心分喻省略(如例

---

① 在当代美式英语语料库(Corpus of Contemporary American English)的网页 https://corpus.byu.edu/coca/上以"page of life"作为检索词进行检索,能够找到对应语料。

3 译文 1 将原文联喻中的"生命——书"这一隐喻省略），或导致这些分喻所运用的比喻这一修辞手法在译文中遭到抹除或导致这些分喻在译文中缺乏成立条件。

再次，在各分喻修辞效果的再现方面，因译者将原文分喻中在某方面具有鲜明特征的喻体事物替换为在此方面特征并不明显的喻体事物，导致译文中的喻体无法为本体该方面的特征作出有力诠释，译文未能实现与原文分喻修辞效果的对等。如例（1）译文（3）将原文中与"萧萧"作比的具有顽强的生命力和对自然环境极强的适应力的喻体事物"蓖麻"替换为具有泛指意味且生长习性不甚明确的"树苗"，导致"萧萧——蓖麻"比喻的修辞效果未能在译文中得到充分再现。

最后，在各分喻之间的相关性和呼应性的再现方面，因译者对个别分喻的本体作出了改动，导致原文联喻中各分喻的本体之间明显的关联性在译文中遭到削弱。如例（1）译文（1）将原文联喻中的"婆婆——剪子"分喻改写为"婆婆的天性——剪子"比喻，导致原文联喻中两个分喻的本体"萧萧"和"婆婆"在译文中变为"萧萧"和"婆婆的天性"，前两者之间存在明显的所属关系，而后两者之间的关系则不甚明确。

以上四个方面中任意一个方面出现问题，都将导致联喻的修辞效果无法得到充分再现。此外，译者能否察觉出沈从文小说中联喻这一修辞手法的存在则更是直接关系到译者能否有意识地对联喻进行再现，并进而对联喻的再现效果产生影响。由于沈从文小说中构成联喻的各个分喻常常散布于小说各处，这就为联喻这一修辞手法的识别带来了困难，从而也在一定程度上加大了联喻这一修辞手法和修辞效果再现的难度。鉴于此，笔者认为，在沈从文小说的英译过程中，译者应该注意考察原文中比喻之间的关联性，以提高联喻这一修辞手法被识别出来的几率，在此基础上再去寻求联喻再现的途径。如果构成联喻的各个分喻不至于在译入语文化中引起文化冲突，则应该尽可能忠实地将各个分喻予以再现，同时确保各分喻中本体、喻体和延体语义信息的充分、准确传递。若联喻中某个分喻有可能在译入语文化中引起文化冲突，则需要对该分喻的喻体事物进行替换。译者应以该分喻中喻体事物与本体事物所共有的特征为依据，寻找具有类似特征的其他事物来替代原喻体事物，以确保该分喻的译文与原文在修辞效果方面的对等；若联喻的分喻中存在延体，还应充分考虑延体的英译是否足以解释译文中本体事物与喻体事物之间的相似点，防止因延体处理不当导致译文中比喻无法成立;译者还应注意兼顾联喻译文中各比喻之间的关联性和呼应性的再现。

5.2 飞白的英译再现

本节笔者将考察沈从文小说中另一种变异修辞格"飞白"的英译再现情况。笔者将首先介绍"飞白"的定义以及沈从文小说中"飞白"辞格的运用情况;其次将对沈从文小说中的"飞白"例句及其译文进行分析,以归纳出译者对"飞白"采取的再现策略,同时对比采取不同再现策略的译文在表达效果方面的差异;最后将对"飞白"可取的再现策略进行总结,同时揭示采取不当的再现策略的译者在"飞白"的英译过程中存在的认识误区和盲区。

5.2.1 飞白的定义

"飞白"是一种"明知其错故意仿效"(陈望道,2017:131)的修辞格,"是表达者为了形象、生动地再现所叙写(或塑造)的人物形象而故意记录(或虚拟记录)其说写的错误"(吴礼权,2006:97)。该修辞格常用于文学作品的人物语言中,"在表达上有形象、生动的效果;在接受上使人有如见其人的逼真感或忍俊不禁的幽默感"(同上:97)。"飞白"这一修辞格大体可分为"语音飞白、文字飞白、用词飞白、语法飞白和逻辑(事理)飞白五类"(成伟钧、唐仲扬,1991:572)。

沈从文主要在其乡土小说中运用"飞白"辞格。由于沈从文的乡土小说常以揭示城乡文明之间的隔阂为创作主题,"飞白"则被作为烘托这一创作主题的词汇手段安插到乡下人谈论代表现代城市文明的新事物的话语中。由于这些事物远远超出了乡下人的认知和理解范畴,他们在谈论这些事物时,常常只能根据他们曾经听到的别人对这些事物的发音来对这些事物进行粗略"音译",根本无法在充分理解这些事物的实质的前提下准确地说出它们的名称。通过通读沈从文所有被英译的小说,笔者发现这些小说中运用的"飞白"辞格主要表现为"语音飞白"和"文字飞白"这两类。所谓"语音飞白"指的是"故意仿效由于咬舌儿、大舌头、口吃或方言等的影响而发错的语音"(成伟钧、唐仲扬,1991:572),如"爸爸妈妈说,不管哪个银(人)都要朽(守)住康(岗)位"(转引自成伟钧、唐仲扬,1991:

572)一句中将儿童因发音不准而导致的语音错误如实地记录了下来。所谓"文字飞白"则是指"故意仿效由科学文化水平低,不懂某字的意义而在该用甲字的地方用了跟甲字同音或近音的乙字的错误"(同上),如"他可真鸡极呀!"(转引自成伟钧、唐仲扬,1991:573)一句将说话人因文化水平不高而对"积极"产生的误解"鸡极"如实记录下来。笔者接下来将对沈从文小说中这两种类型的飞白例句及其译文进行分析,以考察飞白辞格的英译再现情况。

5.2.2 飞白的译例分析

例(1)原文: 坐了一会儿,出来了一个穿白袍戴白帽装扮古怪的女人。三三先还以为是男子,不敢细细的望。到后听到这女人说话,且看她站到城里人身旁,用一根小小管子塞到那白脸男子口里去,又抓了男子的手捏着,捏了好一会,拿一枝好象笔的东西,在一张纸上写了些什么记号。那先生问"多少**豆**,"就听到回答说:"同昨天一样。"且因为另外一句话听到这个人笑,才晓得那是一个女人。这时似乎妈妈那一方面,也刚刚才明白这是一个女人,且听到说"多少**豆**",以为奇怪,所以两人互相望望,都抿着嘴笑了起来。(沈从文《三三》)

译文(1): The strange things began to happen. There came from the house a woman wearing a white dress and a white cap, a woman who resembled a man, who placed a little tube in the stranger's mouth and grasped his hand. She held his hand for a long while, and taking something which resembled a pen from her pocket, she wrote some characters on a slip of paper. The stranger asked: "How many **beans**?" "The same as yesterday," the white-robed figure replied. Sansan and her mother thought the stranger asked: "How many **beans**?" because the words sounded similar, and both burst out laughing. (金隄、白英 译)

译文(2): They'd been sitting just a while when out came a woman, curiously dressed in a white robe and cap. At first Sansan thought it was a man and didn't dare look too closely. But then she heard this person speak and saw her go up to the city man. She stuffed a tiny white pipette into the mouth of his white face and took his hand—touched it for quite some time—then took something that appeared to be a kind of writing brush and wrote some numbers on a piece of paper. When the gentleman asked，"How many **d'geese**?" the figure in white was heard to reply，"The same as yesterday." It was only when she laughed，at another query，that Sansan knew for sure it was a woman. Mama seemed just now to have come to the same conclusion；puzzled at this talk of "**geese**，" mother and daughter looked at each other and suppressed a smile. （金介甫 译）

本例中"多少豆"这一问句是运用"飞白"辞格的特殊案例,之所以说它特殊,是因为该句同时运用了"语音"和"文字"这两种类型的飞白。一方面,由于"度"(dù)字的湖南方言读音为"dòu",以"豆"代"度",是对城里人湖南方言口音的模拟,体现了对"语音飞白"这一修辞手法的运用,为读者营造出一种如闻其声的带入感;另一方面,当三三听到城里人询问多少"dòu"时,她无法根据眼前的情景对"dòu"这一语音信息的具体所指作出正确判断,而只能将这一语音信息与她的认知范畴内有着相同读音的事物进行匹配。"豆"作为一种极为常见的农作物,是乡下女孩三三既熟知又能马上联想到的事物。以"豆"配"dòu",揭示出三三对于代表城市现代文明的温度单位的一无所知。将这种因文化水平导致的理解错误照实记录,体现了对"文字飞白"手法的运用。

本例中的飞白句本质上体现的是语言表达形式与其实际所指之间的不匹配。"多少豆"从表达形式上看是对豆子数量的询问,而其实际所指却是对体温度数的询问。该飞白句的表达形式与其实际所指之间的不匹配之所以不会对读者造成理解障碍,是因为读者拥有足够的文化背景知识帮助他们建立起语言形式与其实际所指之间的关联,并能够理解作者有意制造这种不匹配现象的用意。

金隄、白英译文将原文中的飞白句"多少豆"直译为"how many beans"(有多少豆子)。一方面,由于"bean"无论是在读音、词形还是语义上都不足以让译文读者联想到原文中"豆"的实际所指即体温单位"度"的对应英文"degree",而且译者也并未在译文中提供任何背景信息帮助译文读者理解"bean"的所指"豆"是如何与"degree"的所指(体温单位)"度"在源语文化中产生语音、语义和逻辑关联的,因此,译文未能再现飞白这一修辞手法,原文因飞白辞格的运用而产生的修辞效果,如对城里人地方口音的展现,为读者营造的如闻其声的带入感,对三三认知水平的揭露以及对城乡文明之间的隔阂这一创作主题的揭示均无法在译文中得以体现。另一方面,由于"how many beans"这一表达形式只能传递出"有多少豆子"这一单一的语义信息,且该语义信息与对体温度数的询问无涉,因此,该句完全脱离了原文以陌生化手法描写的体温测量过程这一语境之外,使得该句在译文中的存在显得十分突兀,令人费解。金隄、白英通过对原文飞白句进行极端直译既未能传递出该句真正的所指意义"多少度",又未能再现飞白这一修辞手法及其修辞效果。金介甫译文根据"豆"字在原文中的实际所指"度"的对应英文"degree"仿造出一个在英语中并不存在,但在词形和读音上均与"degree"联想度非常高的单词"d'geese"。金介甫教授(2018 年 10 月 13 日电子邮件)指出,"'d'geese'虽然是一个生造词,却是不懂得'degree'这个表示度量衡单位的外来词的人能够想得出来的词"。以"d'geese"代替"degree",不仅能够再现城里人的不标准发音,而且还因"geese"(鹅)是中国南方农村的常见家禽而能够实现乡下姑娘三三的话语与其有限的认知水平的匹配,同时还有助于揭示城乡文明之间的隔阂这一创作主题。金介甫译文通过仿词法再造了英语飞白,完好再现了原文飞白的修辞效果,是难得的佳译。

例(2)原文:每年一到六月天,据说放"**水假**"日子一到,照例便有三三五五女学生,由一个荒谬不经的热闹地方来,到另一个远地方去,取道从本地过身。(沈从文《萧萧》)

译文(1): Every year in the sixth month when it was time for their **summer holiday**, small groups of them from some outlandish, rowdy place would pass here bound for some other far-away place. (戴乃迭译)

译文(2): During the sixth month of the lunar calendar when **summer vacation** came along, small groups of girl students passed by on their way from that highly irregular and noisy place to another faraway place. Their route took them through this rural village. (Lewis S. Robinson 译)

译文(3)：Every year, with the arrival of **the summer vacation**, girl students in twos and threes travelling from the sordid and noisy city to some distant destination had to pass through the village.（李宜燮 译）

译文(4)：Every year, come June, when the start of **the so-called "summer vacation"** had finally arrived, they would come in small groups from some outlandish metropolis, and, looking for some remote retreat, they would pass through the village.（欧阳桢 译）

译文(5)：Every summer, when **the long vacation** began, small groups of girl-students passed by the village, on their way from some absurd and prosperous city to another distant town.（李汝勉 译）

本例将"暑假"这个在现代教育体制下才出现的新事物写作"水假"，同时还给该词加上引号，一则表明被称为"水假"的假期实际上并不存在，二则表明"水假"是叙事者引用的乡下人对"暑假"的叫法。本例通过对文字飞白这一修辞手法的运用，揭示出乡下人对于"暑假"这个在现代教育体制下出现的新兴事物知之甚少，以至于都无法准确说出其名称，同时还起到了烘托城乡文明之间的隔阂这一创作主题的作用。前三个译文均将"水假"译为"summer vacation"或"summer holiday"（暑假），纠正了原文中的有意错写，导致文字飞白这一修辞手法在译文中遭到抹除，因运用该修辞手法所产生的全部文学效果如对乡下人有限的认知水平的揭示和对城乡文明之间的隔阂这一创作主题的烘托均无法在译文中体现出来，译文也成为对暑假期间女学生路过此地这一事实的客观陈述。李汝勉将原文中的"每年夏天"译为"every summer"，大概是为了避免"summer"一词在后文中的重复，译者将"水假"译为"the long vacation"（长假），同样也抹除了原文中的飞白辞格，导致因运用该辞格所产生的修辞效果随之消失。欧阳桢将"水假"译为"the so-called 'summer vacation'"（人们口中的"暑假"），虽然也未能再现飞白这一修辞手法，却在一定程度上再现了对"暑假"这一概念的陌生之感，只是无法让译文读者轻易分辨出到底是叙事者还是乡下人对此概念产生了陌生之感，即便能够判断出是乡下人对此概念产生了陌生之感，也因译者正确拼写出了"summer vacation"这一表达而导致乡下人的认知水平在译文中得到了一定程度的提升。

例(3) 原文：五爷是读书人，懂科学，平时什么都不信，除了洋鬼子看病，照什么'**挨挨试试**'光，此外都不相信。（沈从文《贵生》）

译文(1)：Fifth Master is a learned man. He understands science, puts no stock in any belief, except that he goes to a foreign-devil doctor and lets them shoot him with '**hex**' **rays** or something. （金介甫译）

译文(2)：Fifth Master's studied, studied science. He's a sceptic. All he believes in is those foreign doctors' '**X-rays**', whatever they are.（戴乃迭 译）

此句的说话人为乡下长工鸭毛。在鸭毛口中，城市里兴起的西方医学检查手段"照'X'光变成了"照什么'挨挨试试'光"，其中"挨挨试试"几近于对字母"X"的"音译"，这是对文字飞白这一修辞手法的运用，表明乡下人鸭毛对于"照'X'光"这种现代医学检查手段一无所知。金介甫译文用与字母"X"[eks])有着近似发音的单词"hex"[heks])来翻译"挨挨试试"，再现了原文中"挨挨试试"与其实际所指"X"在发音上的近似性。此外，由于"hex"意为"恶毒的诅咒"，将"挨挨试试"译为"hex"，还能够体现乡下人对于西方现代医学检查手段的偏见、无知，以及乡下人的迷信，因而能够起到烘托城乡文明之间的隔阂这一创作主题的作用。戴乃迭译文将"挨挨试试"光还原为其实际所指——"X-rays"（"X"光），虽然紧跟该词之后的状语从句"whatever they are"（不管这到底是一种什么东西）在一定程度上补充说明了长工鸭毛对西方现代医疗手段的无知，但译文中鸭毛终究还是将这个包含外文字母的现代医学检查手段的名称准确无误地说了出来，这显然与鸭毛的身份和文化水平严重不符，影响了小说人物塑造的真实性。

5.2.3　飞白的英译再现情况小结

从 5.2.2 中的译例分析来看，译者对沈从文小说中主要用于揭示乡下人对于代表城市现代文明的新事物的认知程度的两种类型的飞白——语音飞白和文字飞白主要采用了以下四种策略翻译："'错误'直译法"、"纠'错'法"、"纠'错'与补充说明结合法"和"以'错'译'错'法"，其中采用"'错误'直译法"的译文占译文总数的 11.1%，采用"纠'错'法"的译文占 55.6%，采用"纠'错'与补充说明结合法"的译文占 11.1％,采用"以'错'译'错'法"的译文占 22.2％。

"'错误'直译法"是指将原文故意仿效的人物的说写错误按其字面意思进行英译的翻译策略。例(1)中金隄、白英译文将飞白句"多少豆"直译为"how many beans"采用的就是此翻译策略。由于中英两种语言之间的巨大差异,在一般情况下,直译飞白句不但无法在译文中再现飞白这一修辞手法及其修辞效果,而且连飞白句的实际所指意义也无法得到传递,这势必会导致飞白句译文的存在在整个译文语境中显得十分突兀,令人费解,因此"'错误'直译法"是一种不可取的翻译策略。

"纠'错'法"是指译者将原文故意仿效的人物的说写错误在译文中予以纠正并使其成为译入语规范表达的一种翻译策略。例(2)译文(1)、(2)、(3)、(5)以及例(3)译文(2)均采用的是此翻译策略。采用此翻译策略会导致"飞白"这一修辞手法及其在传递人物话语的语音特色,揭示人物的认知水平,塑造人物形象乃至揭示作品的创作主题等方面所具有的表达效果均遭到抹除。此外,还因在采用了"纠'错'法"的译文中人物准确无误地说/写出了超出他们认知范畴的新事物、新概念的名称,导致人物的认知水平在译文中得到了一定程度的提升,使得人物形象失真。需要指明的是,虽然例(3)译文(2)采用"纠'错'式"译法将"照什么'挨挨试试'光"译为"'X-rays', whatever they are"之后还是在一定程度上揭示了乡下长工鸭毛对于现代医学检查手段的无知,但这并不是因为译者采用了"纠'错'式"译法才产生了这样的表达效果,而是因为"什么"一词的译文"whatever they are"揭示出了长工鸭毛对于被称做"X-rays"的事物的认知程度。鉴于此,当原文中的飞白主要揭示的是人物对于某一概念有限的认知程度时,在实在无法找到能够完整再现原文中的飞白及其修辞效果的译法的情况下,译者不妨考虑将"纠'错'法"与诸如"whatever they are"之类能够起到揭示人物对此概念的有限认知的作用的表达结合使用,这样就能够在一定程度上弥补因把原文故意仿效的人物的说写错误纠正之后所导致的对飞白这一修辞手法及其修辞效果造成的损失。笔者认为,"纠'错'法"在四种翻译策略中占据主导地位,一方面说明译者对原文语义信息传递的关注多于对原文表达形式再现的关注,忽视了语言表达形式同样也是文本意义的重要来源;另一方面说明飞白这一修辞手法及其修辞效果的再现难度之大。

"纠'错'与补充说明结合法"是对"纠'错'法"的一种修正,指的是译者虽然在译文中纠正了原文故意仿效的人物对某一概念的说写错误,却增加了补充说明成分以暗示人物对此概念缺乏了解的一种翻译策略。例(2)的译文(4)将"水假"译为"the so-called 'summer vacation'"就采取了此翻译策略。

"以'错'译'错'法"是指通过在译入语中重造飞白来再现原文运用的飞白辞格及其修辞效果的一种翻译策略。例(1)、(3)的金介甫译文就采用的是此翻译策略。由于该翻译策略要求译者重造与原文飞白具有对等或近似对等的修辞效果的英语飞白,该翻译策略在四种翻译策略中实施难度最大。需要注意的是,再造的"错"词要与原文"错"词实际指代的词的英译具有相近的发音,而且不能超出"错"词说写者有限的词汇量和认知水平,此外,如果原文飞白还具有烘托作品的创作主题这一功能,再造的"错"词也同样应该具备这一功能。

笔者认为,沈从文小说中飞白辞格的英译应该尽量采用"以'错'译'错'法"。即便实在无法在译文中再造原文中的用词"错误",也应该采用"纠'错'与补充说明结合法",避免使用"'错误'直译法"和"纠'错'法"。

第 6 章

结 论

在结束了对沈从文小说的语言风格手段,即在沈从文的不同小说中反复而持续出现,涉及遣词、择句、调音、设格这四个方面的六种变异修辞现象——"词语的超常搭配"(包括主谓、动宾、述补和偏正这四种结构类型的超常搭配)、"同词相应"、"乡土语言"(包括方言詈辞和地方俗语)、"叙事语言中的押韵现象"、"比喻"(包括"A 像 B,C 型"比喻和联喻)和"飞白"的英译再现情况的考察之后,笔者接下来将对沈从文小说语言风格的整体再现情况作出评价,同时对本书的主要观点进行梳理,最后指出本书的创新点与局限性。

6.1 本书研究的主要观点

本书厘清了小说创作、变异修辞和语言风格三者之间的关系。小说家在进行小说创作时,"所面对的并不是一个个允许他随意驱遣的词语,而是本身已有约定俗成的固定意义的语言符号和语法成规,在规范性语言的束缚下",要想真切、细腻地表现心灵深处微妙复杂的审美体验和感受,往往需要"遵循情感逻辑,通过对日常语言的'形变'、艺术化的'扭曲',使语言冲破牢笼"(李荣启,2005:142)。对"日常语言的形变"和"艺术化的扭曲",从本质上讲,就是变异修辞活动。可以说,小说创作是离不开变异修辞活动的。张德明(1990:100)曾指出,修辞活动的一个重要目的是形成特定的语言风格,"语言风格就是修辞效果的集中表现"。变异修辞活动作为修辞活动的一种,也与语言风格有着密切关联。我国学界对于"语言风格"的界定就存在一种"常规变异论,即认为语言风格是人们在语言运用中有意识地违反语言常规的一种变异或变体"(张德明,1994:10),换言之,语言风格是人们在语言运用中通过变异修辞活动所产生的修辞效果的集中体现。秦秀白(2001:F29)也指出,"就一篇文学作品而言,变异表现的总和就构成了这篇作品的独特风格;对一个作家来说,他在不同作品中所反映出的带倾向性的变异之总和,就构成了他本人的个人风格"。鉴于此,本书尝试将"作家语言的个人风格"界定为作家在其一系列作品中反复而持续地使用的各类变异修辞手法所产生的修辞效果的集中体现。由于作家语言的个人风格综合地体现在其作品"从调音、遣词、择句、设格到谋篇"(黎运汉,1990:5)的语言运用的各个方面,"而不是运用语言的某一方面的特点的表现"(同上:7),本书将"作家语言的个人风格"进一步界定为在作家一系列作品中反复而持续出现的涉及调音、遣词、择句、设格、谋篇各个方面的变异修辞现象的总和。鉴于此,本书以变异修辞为切入点,对沈从文小说中反复而持续出现的涉及上述各方面的变异修辞现象的再现进行考察,以期对沈从文小说语言风格的整体再现情况作出评价。

通过细致梳理包括郑颐寿(1982),叶国泉、罗康宁(1992),冯广艺(2004),许钟宁(2012)在内的国内主要的汉语变异修辞研究,本书发现这些研究均存在一定问题,不能直接用来对本书研究对象进行有效的理论指导和实证分析。这些问题主要包括:研究者对核心概念"变异修辞"的界定并不充分,对"变异参照系"的认定众说纷纭,对"常规修辞"与"语言表达规范"之间关系的阐释不足,导致汉语变异修辞研究理论基础薄弱,无法为变异修辞方式的判定提供可操作的指导原则和统一的判定依据;此外,研究者对变异修辞方式的分类所依据的标准也不甚统一,从而导致了变异修辞方式的归属性混乱。可以说,这些变异修辞研究大都各自为阵,尚未形成统一的变异修辞理论体系。然而,这并不意味着现有的汉语变异修辞研究对沈从文小说语言风格的英译再现研究就毫无指导意义。上述四大研究均结合大量实例对众多变异修辞方式的结构及修辞效果进行了细致的描述,所有这些研究成果对沈从文小说中变异修辞现象的结构和修辞效果的分析乃至再现效果的评价都不乏一定的指导意义。

基于上述分析,本书引入了陈望道(2017)在其构建的汉语修辞理论体系中提出的"积极修辞"和"消极修辞"这两大概念,指出其与"变异修辞"和"常规修辞"之间存在着对等关系。在此前提下,本书通过将"常规修辞"即"消极修辞"指定为变异修辞的变异参照系,将陈望道(2017)在其汉语修辞理论体系中构建的"积极修辞"纲领移用为"变异修辞"纲领,从而将该理论体系中的"积极修辞"部分改造为"变异修辞"研究框架的基本架构("积极修辞"即"变异修辞"由"辞趣"和"辞格"两部分构成,"辞趣"部分又可进一步细分为"辞的形貌"、"辞的音调"和"辞的意味")。这在一定程度上解决了国内现有的汉语变异修辞研究在变异修辞方式的判定和分类方面存在的问题。本书进而以统一的变异参照系和变异修辞纲领为依据,对郑颐寿(1982),叶国泉、罗康宁(1992),冯广艺(2004),许钟宁(2012)这四大变异修辞研究框架中归纳出的变异修辞手法的变异性进行了重新判定,同时根据改造后的汉语"变异修辞"研究框架的基本架构,将本书中所认定的变异修辞手法进行整合和分类,从而形成了一个博采众家之长,以整合后的变异修辞手法为主体但并不局限于这些变异修辞手法的开放式汉语变异修辞研究框架,以此作为沈从文小说语言风格英译再现研究的理论及结构框架。重构后的变异修辞研究框架不仅能够为沈从文小说中各类变异修辞现象的识别提供可操作的指导原则和统一的判定依据,还能够为沈从文小说中变异修辞现象的结构和修辞效果的分析乃至再现效果的评价提供指导和借鉴。

在重构后的变异修辞研究框架的指导下,笔者对沈从文所有被英译的小说及其英译本进行了反复比对性细读,从中挑选出反复而持续出现的,涉及调音、遣词、择句和设格这四个方面,且在不同英译本间翻译策略存在一定差异的六种变异修辞现象,包括辞趣部分辞的意味方面的"超常搭配"、"同词相应"和"乡土语言",辞趣部分辞的音调方面的"叙事语言中的押韵现象"①以及辞格部分的"飞白"和"比喻",作为沈从文小说语言风格英译再现的考察参数。这六种变异修辞现象的再现情况如下:

对于"词语的超常搭配"的英译,译者主要表现出四种翻译倾向:"传意"、"现形"、"形意兼顾"和"省略"。其中,"传意"倾向占据主导地位,换言之,译者所关注的多为超常搭配基本语义的传递,很大程度上忽略了超常越格的搭配形式及其所蕴含的独特的美学或诗学意义的再现。然而,需要指明的是,"在超常搭配这种特殊的传递手段中,美学信息是传递者要传递的所有信息中的一种重要的信息"(冯广艺,1997:68)。"接收者捕捉到了传递者编码中的美学信息以后,就会获得极大的美感。这种美感正是艺术语言的实质所在"(冯广艺,2004:159)。

---

① 由于笔者并未在沈从文所有被英译的 45 部小说中发现反复而持续出现的"辞的形貌"方面的变异修辞现象,故不对此方面再现情况进行探讨。

由此可见,如何充分传递超常搭配的美学信息,或者更准确地说,如何让译文读者获得与原文读者类似的审美体验才是超常搭配英译的重点。译者在超常搭配的英译中不应仅满足于将超常搭配"纠正"为常规搭配,并传递该"常规搭配"的语义信息,甚至将这种超常越格的表达形式删去不译,只有对超常搭配的深层结构进行深入分析,破解搭配前项与搭配后项在深层结构上相容相配的运作机制,才有可能尽可能多地捕捉超常搭配所蕴含的美学信息,在此基础上再去思考采取何种翻译策略能够最大限度地再现超常搭配的修辞效果。

对于"同词相应"的英译,译者主要采取"译义不译形"、"译形不达意"、"调义救形"、"改拼凑形"、"换词构形"、"直译携形"和"省略"这七种翻译策略,其中"译义不译形"是译者普遍采用的一种翻译策略,采用此翻译策略的译者仅关注构成呼应关系的词语/词素语义的传递,并不考虑再现它们在语言形式方面的呼应性。这七种翻译策略表明译者在"同词相应"的英译过程中共存在三种翻译倾向:"形意兼顾"、"只传意不现形"和"只现形不传意"。在本书所引用的所有"同词相应"的译例中,只有 43.8% 的译文做到了"形意兼顾",即兼顾了原文用词呼应性的再现和构成呼应关系的词语/词素语义的传递,可以说,"同词相应"这一变异修辞手法的再现程度不高。这一方面与译者对沈从文小说的语言风格缺乏整体性认识有关,译者可能并未意识到"同词相应"这一变异修辞手法是沈从文小说的语言风格手段,另一方面与"同词相应"的再现难度较大有关。尽管如此,笔者依然认为有必要兼顾原文用词的呼应性的再现和构成呼应关系的词语/词素的语义的传递。在这两方面实难兼顾的情况下,可以允许译者为再现原文用词的呼应性而根据原文语境对个别词语或句子的语义进行微调。此外,"改拼凑形"、"换词构形"、"直译携形"也都是值得借鉴的翻译策略。但这并不意味着可以牺牲译文的可理解性为代价而盲目追求对原文用词的呼应性的再现,"译形不达意"是一种不可取的翻译策略。

对"乡土语言"再现情况的考察从"方言詈辞"和"地方俗语"两部分展开。译者对"方言詈辞"的英译主要采取了"译入语地道詈辞对译法"、"局部译意与译入语地道詈辞结合法"、"译意法"和"省略法"这四种翻译策略,其中"译意法"占据主导地位。方言詈辞的英译主要存在以下问题:(1) 译者大多专注于方言詈辞的字面或语用意义的传递,忽略了其詈骂功能及其他语用功能的再现;(2) 即便译文能够再现方言詈辞的詈骂功能,却常因未能实现与原文方言詈辞在感情色彩或侮辱性强弱方面的对等而导致方言詈辞的译文与詈骂者的身份、形象不符；(3) 译者忽视方言詈辞中文化意象的再现，导致方言詈辞的文化内涵在译文中消失，方言詈辞的侮辱性和詈骂方式的地域特色也在译文中遭到削弱；(4) 部分译者将方言詈辞中的比喻意象予以抹除，导致方言詈辞表达形式的地域性和生动性受损。无论是对于与作者籍贯不同的汉语母语译者而言还是对于英语母语译者而言，全面、准确地理解方言詈辞对于湘西本土人士而言的丰富内涵都是方言詈辞英译的前提和关键。在此基础上，再努力实现方言詈辞语用意义的准确传递，方言詈辞的译文与原文在詈骂功能及其他语用功能方面，在感情色彩和侮辱性强弱方面的对等以及方言詈辞的译文与詈骂者的身份、形象的匹配，进而追求原文方言詈辞的文化内涵和詈骂方式的陌生化效果的再现，从而真正起到语言沟通和文化交流的作用。译者对"地方俗语"的英译主要采取了"直译法"、"直译与补充结合法"、"习语对译法"、"习语创译法"、"意译法"和"省略法"这六种翻译策略。在本书所考察的所有地方俗语的译例中，兼顾了地方俗语表达形式的再现和语用意义的传递的译文只占 36％，其他译文均出现了"顾此失彼"的问题，这一方面与译者的翻译观有关，另一方面也反映了在地方俗语的英译过程中追求形意兼顾的困难程度。笔者认为，地方俗语的英译应该以语用意义的传递为前提，在此基础上尽量兼顾对其表达形式的再现和文化内涵的传递，"直译与补充结合法"和"习语创译法"都是值得借鉴的翻译策略。

　　"叙事语言中押韵现象"的再现主要分为五种情况："局部再现"、"完整再现"、"韵律再造"、"省略"和"不再现"。在本书考察的所有押韵句的译例中，不同程度地再现或再造了押韵现象的译例不足 17％。即便是在这部分译例中，押韵现象的英译也依然存在一些问题：(1) 译者因重点关注押韵句中押韵现象的再现或再造而忽略了对押韵句在其他方面的表达效果的再现；(2) 译者虽然再现了原文押韵句中的押韵现象，却因造韵痕迹过于明显而极大程度地偏离了作者的用韵风格；(3) 在再现/再造人物语言中的押韵现象时，译者对说话人的身份、受教育水平和交际情境的关注不够，导致译文中的押韵句显得做作、不自然；(4) 在严守原文中押韵句语义的前提下再现的押韵现象容易产生明显的雕琢痕迹，不利于作者用韵风格的再现。笔者认为，在押韵句的英译过程中，译者应该在充分传递押韵句基本语义的基础上尽量再现其押韵现象，同时注意兼顾押韵句整体表达效果的再现。如果押韵句出现在人物语言中，译者还需注意保持押

韵句的译文与说话人的身份、受教育水平以及交际情境相符。另外,在寻求押韵
现象的再现时还应充分关注作者的用韵风格,力求最大限度地接近原文的押韵
风格。在押韵句语义的忠实传递和押韵效果的完整再现难以兼顾的情况下,不
妨考虑从语义方面为译者适当松绑,允许译者以原文语境为依据对押韵句中的
个别词语或该押韵句的语义进行微调,为再现或者再造押韵现象创造条件。

　　对"比喻"辞格再现情况的考察从"A 像 B,C 型"比喻和"联喻"两部分展开。
译者对"A 像 B,C 型"比喻的英译主要表现出四种翻译倾向:"比喻再现"、"改
写"、"译意"和"省略"。在本书所考察的"A 像 B,C 型"比喻的译例中,有83.3%
的译文都再现了比喻这一修辞手法。然而,尽管该修辞手法的再现率较高,但其
再现效果却并不理想,主要问题在于延伸主词的英译失当,导致译文中比喻或难
以成立,或无法与原文比喻实现对等或近似对等的修辞效果。此外,本体和喻体
的语义传递在准确性和充分性方面也有所欠缺。笔者认为,在"A 像 B,C 型"比
喻的英译中,译者应该兼顾比喻句语义信息的准确、充分传递和比喻这一修辞手
法及其修辞效果的充分再现,在再现过程中还应对延伸主词的英译予以特别关
注,确保译文中的比喻不仅具备比喻的形式还能满足比喻成立的条件。与"A 像
B,C 型"比喻这种以个体形式存在的比喻的英译相比,"联喻"这种以组合形式存
在的比喻的英译更为复杂。联喻的英译除了要考虑构成联喻的各个分喻语义信
息的传递和修辞手法及修辞效果的再现之外,还要考虑各分喻之间相关性和呼
应性的再现以及各分喻配合使用所实现的组合修辞效应的再现。而本书所考察
的所有联喻译例均在上述一个或多个方面出现了问题,联喻的再现情况并不理
想。笔者认为,在沈从文小说的英译过程中,译者应该注意考察原文中比喻之间
是否具有关联性,以提高联喻这一修辞手法被识别出来的概率,在此基础上再去
寻求联喻再现的途径。如果构成联喻的各个分喻不至于在译入语文化中引起文
化冲突,则应该尽可能忠实地将各个分喻予以再现,同时确保各分喻中本体、喻
体和延体语义信息的充分、准确传递。若联喻中某个分喻有可能在译入语文化
中引起文化冲突,则需要对该分喻的喻体事物进行替换,以该分喻中喻体事物与
本体事物所共有的特征为依据,寻找具有类似特征的其他事物来替代原喻体事
物,以确保该分喻的译文与原文在修辞效果方面的对等。若联喻的分喻中存在
延体,还应充分考虑延体的英译是否足以解释译文中本体事物与喻体事物之间
的相似点,防止因延体处理不当导致译文中比喻无法成立。最后,译者还应注意

兼顾联喻的译文中各比喻之间的关联性和呼应性。

对于"飞白"辞格的英译,译者主要采取了"'错误'直译法"、"纠'错'法"、"纠'错'与补充说明结合法"和"以'错'译'错'法"这四种翻译策略,其中"纠'错'法"占据主导地位。在本书所考察的所有"飞白"译例中,有55.6%的译文都采用了"纠'错'法",使得原文故意仿效的人物的说写错误在译文中被纠正为规范表达,"飞白"辞格及其修辞效果未能得到充分再现。笔者认为,"飞白"辞格的英译应该尽量采用"以'错'译'错'法"以实现"飞白"的译文与原文在修辞效果上的对等。然而,由于此翻译策略要求译者重造与原文飞白具有对等或近似对等的修辞效果的英语飞白,因此,该翻译策略在上述四种翻译策略中实施难度最大。译者在采用此翻译策略时需注意,再造的"错"词要与作者使用"错"词时实际所指代的词的英译具有相近的发音,且不应超出"错"词说写者有限的词汇量和认知水平,此外,如果原文"飞白"还具有烘托作品的创作主题的功能,再造的"错"词同样也应具备这一功能。

通过对以上六种变异修辞现象的再现情况逐一进行考察,不难发现,多数译者更注重变异修辞现象语义信息的传递,忽略了表达形式和修辞效果的再现。由此我们认为,从变异修辞视角来看,不少情况下,沈从文小说的语言风格并未得到充分再现。

译者在这六种变异修辞现象的翻译过程中所体现出的翻译倾向一方面反映了译者在翻译过程中所普遍存在的翻译倾向如"明晰化"(explicitness)、"去模糊化和简化"(disambiguation and simplification)、"传统语法规范化"(conventional grammaticality)、"避免重复"(avoid repetitions)以及"夸大译入语特征"(exaggerate features of the target language)(Baker,1993:243-244),另一方面则在一定程度上反映了译文在目标语文化的社会和文学系统中所处的地位对译者翻译策略的选择所产生的影响(Munday,2016:175)。埃文-佐哈尔(Evan-Zohar)认为,当译文在该系统中居于次要地位时,"译者往往倾向于在译文中采用现有的目标语文化规范,从而产生不够充分的译文"(转引自Munday,2016:173)。此外,这种翻译倾向还与以下因素存在着密切关联:首先,译者普遍对沈从文小说的语言风格缺乏整体性认识,他们大概只把沈从文小说中这几类变异修辞现象当作孤立的语言现象看待,未能意识到这些变异修辞现象在沈从文不同小说中反复而持续出现,甚至成为沈从文小说的语言风格标记,因而也就未能意识到变异修辞转换之于沈从文小说整体语言风格再现的重要意义;其次,英语母语译者即便拥有良好的中英文读写能力,较之于汉语母语译者,也依然缺乏对汉语敏锐的感知力,因而无法对各类变异修辞现象及其所蕴含的诗学意义进行透彻的理解和传递。就连精通英汉双语的沈从文研究专家、沈从文小说英译者金介甫教授在评论本书中所探讨的各类变异修辞现象时也坦言:"很多时候,你都在分析沈从文小说中语言运用的精妙之处,这当中有许多现象是我之前没有注意到的,其他母语并非汉语的人士很可能也没有注意到。"(2018 年 10 月 13日电子邮件)然而,令人遗憾的是,汉语母语译者尽管能够更好地识别各类变异修辞现象,在转换过程中,却往往因缺乏应有的语感及相应的表达能力而同样无法传递出变异修辞手段所承载的风格信息;再次,英汉两种语言系统上的差异性也为变异修辞现象的再现及其所蕴含的美学意义的传递带来了巨大挑战。琼·博厄斯·贝耶尔(Jean Boase-Beier)(2013:62)曾指出,"译者会努力传递语义并再现风格的某些方面,但他们不会为了得到一个理想译文而花费数小时时间去不断进行试验和修改。"即便是从本书对这六种变异修辞现象的译例分析来看,将沈从文小说的语言风格传递得最为充分的译者金介甫教授也坦言:"即便译者能够察觉这些偏离语言表达规范的变异现象,要在翻译中将它们一一再现也是非常困难的。"(2018 年 10 月 13 日电子邮件)尽管如此,金介甫教授还是凭借着"一个湘西亲历者对沈从文笔下人事物景的亲切","一个美国汉学家对汉语和英语的敏感","一个沈从文传记作家对沈氏生平的熟稔","一个历史学家对中国近现代史的了解"和"一个沈从文评论家对沈氏文体特征的体察"(金介甫、安刚强,2010:3),最终打造出了一部部在很多情况下都能充分再现上述各种变异修辞现象的修辞效果的优秀译文。

鉴于此,笔者认为,要充分再现沈从文小说的语言风格,译者首先应对沈从文小说进行认真细读,从而获得对其作品中种种变异修辞现象等反映原作风格的语言现象的敏锐感知力。在此基础上,若能采用中西合璧的翻译模式,既充分发挥汉语母语译者在识别原作中的变异修辞现象和理解其所蕴含的美学意义方面的优势,又充分发挥英语母语译者在英语表达方面的优势,以变异译变异(王东风,2001:47),充分再现变异修辞现象的修辞效果,并传递出变异修辞现象所承载的风格信息,才有望将沈从文这位蜚声中外的小说家的语言风采展现于英语世界。

6.2　本书研究的创新点

本书从变异修辞视角出发考察沈从文小说语言风格的英译再现。本书研究的创新之处主要体现在以下几个方面：

首先，基于小说创作、变异修辞和语言风格三者之间的密切关联，本书在沈从文小说英译研究领域首次提出从变异修辞视角切入沈从文小说语言风格的英译再现研究。该研究视角对于其他作家作品语言风格的英译再现研究同样具有借鉴意义。

其次，本书的理论框架并非是对国内主要的汉语变异修辞研究成果的直接挪用，而是在对其进行批判性反思的基础上通过借鉴陈望道（2017）构建的汉语修辞理论体系对其进行了整合和重构，从而构建起一个统一的汉语变异修辞研究框架，该框架不仅能够为沈从文小说中变异修辞现象的识别及其结构和修辞效果的分析乃至再现效果的评价提供具体指导原则和依据，还能够为沈从文小说语言风格的英译再现研究提供结构框架。该研究框架同样能够为其他作家作品语言风格的英译再现研究提供理论和结构框架。

最后，本书将沈从文所有被英译的小说及其英译本全部纳入考察范围，对这些小说中的变异修辞现象及其对应译文进行了全面梳理，从中挑出了在沈从文不同小说中反复而持续出现，涉及调音、遣词、择句、设格这四个方面，并且在各英译本之间翻译策略存在一定差异的变异修辞现象，以此作为沈从文小说语言风格英译再现的考察参数。本书首次在文本内研究方面突破了沈从文小说英译研究"以篇为界"的研究格局，有助于推动沈从文小说英译研究的整体发展。

6.3　本书研究的局限性

本书研究的不足之处主要体现在以下几个方面：

首先，沈从文的小说创作主要集中于 20 世纪二三十年代。众所周知，这一时期为中国现代汉语文学的草创期，鲁迅、茅盾、郁达夫、沈从文等中国新文学作家都肩负着现代汉语文学语言的建设任务,他们也因此"拥有极大的自由度去创造性地运用语言"(2018 年 10 月 13 日电子邮件)①。立足于当下,笔者无法确定上世纪二三十年代的汉语语言表达规范是怎样的,或者说是否真正存在,也就无法确定本书研究中以现代汉语语言表达规范为依据挑选出来的变异修辞现象在沈从文的小说创作过程中是否就一定是被作为变异修辞现象而使用的。

其次,在各类变异修辞现象的译例分析部分,笔者对于这些变异修辞现象的修辞效果的分析和判断具有较强的主观性,不一定与沈从文在创作过程中运用这些变异修辞现象时所希望达到的修辞效果相符。由于笔者对这些变异修辞现象再现效果的评价也以此分析和判断为依据,因此也具有较强的主观性。

最后,本书研究采取的是取样法,对沈从文小说中六种变异修辞现象再现情况所作的判断,以及在此基础上对沈从文小说语言风格的整体再现情况所作的判断都是基于对这六种变异修辞现象的有限译例所做的分析,并没有穷尽这六种变异修辞现象的所有译例,因此,本书对这两方面所做的判断可能与实际情况之间存在一定偏差。日后若条件允许,笔者将通过建立沈从文小说中这六种变异修辞现象的中英文平行语料库对这些变异修辞现象的再现情况进行统计研究,从而对本书中所作的判断进行验证。

---

① 此局限性为金介甫教授在读完笔者的研究设计之后所做的批注。(2018 年 10 月 13 日电子邮件)

参考文献

[1] BAKER M. In Other Words: A Coursebook on Translation [M]. London: Routledge, 1992.

[2] BAKER M. Corpus Linguistics and Translation Studies: Implications and Applications [A]//BAKER M, FRANCIS G, TOGNINI-BONELLI E. Text and Technology: In Honour of John Sinclair [C]. Philadelphia & Amsterdam: John Benjamins Publishing Company, 1993.

[3] BIRCH C. Anthology of Chinese Literature (Volume 2): From the 14th Century to the Present Day [C]. New York: Grove Press, 1972.

[4] BOASE-BEIER J. Stylistic Approaches to Translation[M]. Shanghai: Shanghai Foreign Language Education Press, 2013.

[5] CHING T. PAYNE R. The Chinese Earth: Stories by Shen Ts'ung-wen [C]. New York: Columbia University Press, 1982.

[6] DUKE M S. The Problematic Nature of Modern and Contemporary Chinese Fiction in English Translation[A]//GOLDBLATT H. Worlds Apart: Recent Chinese Writing and Its Audiences [C]. New York: M. E. Sharpe, Inc. , 1990.

[7] EBRAHIMI S, TOOSI F L. An Analyis of English Translation of Collocations in Sa'di's Orchard: A Comparative Study[J]. Theory and Practice in Language Studies, 2013(01): 82 - 87.

[8] EOYANG, E. Freud in Hunan: Translating Shen Congwen's "Xiaoxiao"[J]. Translation Quarterly, 2014, 71: 53 - 67.

[9] GIBBS N. The Orange Grower and the Old Sailor[A]//EBREY P B. Chinese Civilization and Society: A Sourcebook [C]. NewYork: The Free Press,1981.

[10] HAHN E, SHING M-L. Green Jade and Green Jade[J]. T'ien Hsia Monthly,1936, Ⅱ (1): 93 - 107.

［11］HAHN E，SHING M-L. Green Jade and Green Jade［J］. T'ien Hsia Monthly，1936，Ⅱ
(2)：174－196.

［12］HAHN E，SHING M-L. Green Jade and Green Jade［J］. T'ien Hsia Monthly，1936，Ⅱ
(3)：271－306.

［13］HAHN E，SHING M-L. Green Jade and Green Jade［J］. T'ien Hsia Monthly，1936，Ⅱ
(4)：360－390.

［14］HORNBY A S，WEHMEIER S，MCLNTOSH C，TURNBULL J，ASHBY M.
Oxford Advanced Learner's Dictionary［Z］. Oxford：Oxford University Press，2000.

［15］HSIA C T. A History of Modern Chinese Fiction［M］. 3rd ed. Bloomington：Indiana
University Press,1999.

［16］KINKLEY J. Imperfect Paradise：Stories by Shen Congwen［C］. Honolulu：University
of Hawaii Press，1995.

［17］KINKLEY J. English Translations of Shen Congwen's Masterwork，Bian Cheng
(Border Town)［J］. Asian and African Studies，2014(1)：37－59.

［18］LEE Y-H. Hsiao-Hsiao［J］. T'ien Hsia Monthly，1938，Ⅶ(3)：295－309.

［19］LIU L. Imperfect Paradise：Stories by Shen Congwen (review)［J］. China Review
International，1997(1)：250－252.

［20］LOVELL J. Great Leap Forward［N］. Guardian，2005－6－11.

［21］MUNDAY J. Introducing Translation Studies：Theories and Applications (Fourth
Edition)［M］. London&New York：Routledge，2016.

［22］MUNRO S. R. Genesis of a Revolution：An Anthology of Modern Chinese Short Stories
［C］. Singapore：Heinemann Educational Books (Asia) Ltd. ,1979.

［23］NIDA E. Language，Culture and Translating［M］. Shanghai：Shanghai Foreign
Language Education Press，2005.

［24］NIDA，E. Toward a Science of Translating［M］. Shanghai：Shanghai Foreign Language
Education Press，2007.

［25］QI S H. The Pearl Jacket and Other Stories：Contemporary Chinese Flash Fiction［C］.
Berkeley：Stone Bridge Press，2008.

［26］WALES N. The Modern Chinese Literary Movement［A］//SNOW E. Living China：
Modern Chinese Short Stories［C］. New York：Reynal & Hitchcock,1936.

［27］WANG C-C. Contemporary Chinese Stories［C］. NewYork：Columbia University
Press，1944.

[28] XU M H. English Translations of Shen Congwen's Stories[D]. The Hongkong Polytechnic University,2011.

[29] XU M H. English Translations of Shen Congwen's Stories:a Narrative Perspective [M]. Bern:Peter Lang,2013.

[30] XU M H. On Scholar Translators in Literary Translation—a Case Study of Kinkley's Translation of "Biancheng"[J]. Perspectives:Studies in Translatology,2012(2):151 - 163.

[31] XU M H. The Voice of a Scholar-Translator:Interview with Prof. Jeffrey C. Kinkley [J]. Translation Review,2018(1):1 - 13.

[32] XU M H. Translators' Professional Habitus and the Adjacent Discipline:The Case of Edgar Snow[J]. Target,2015(2):173 - 191.

[33] YANG G. Recollections of West Hunan [C]. Beijing:Panda Books,1982.

[34] YANG G. The Border Town and Other Stories [C]. Beijing:Panda Books,1981.

[35] 曹津源. 精警 通俗 含蓄——"联喻"表达功能类说[J]. 语文知识,1999(06):40 - 41.

[36] 曹倩. 基于改写理论的小说方言翻译探析[D]. 湘潭大学,2013.

[37] 陈林森. "合喻"初探[J]. 当代修辞学,1986(06):55 - 57.

[38] 陈汝东. 修辞学教程[M]. 2 版. 北京:北京大学出版社,2014.

[39] 陈思和. 文本细读的几个前提[J]. 南方文坛,2016(02):5 - 9.

[40] 陈望道. 修辞学发凡[M]. 上海:复旦大学出版社,2017.

[41] 成伟钧,唐仲扬. 修辞通鉴[M]. 北京:中国青年出版社,1991.

[42] 邓高峰.《边城》英译研究的现状分析与若干思考[J]. 华北水利水电大学学报(社会科学版),2014(01):120 - 123.

[43] 董正宇. 沈从文与湘西方言——兼论沈从文对现代汉语文学的贡献[J]. 吉首大学学报(社会科学版),2006(4):7 - 12,30.

[44] 凡容. 沈从文的《贵生》[A]//邵华强. 沈从文研究资料(上)[C]. 北京:知识产权出版社,2011.

[45] 冯广艺. 变异修辞学(修订版)[M]. 武汉:湖北教育出版社,2004.

[46] 冯广艺. 超常搭配[M]. 银川:宁夏人民出版社,1997.

[47] 冯广艺. 超常搭配的语用价值[J]. 北京师范学院学报(社会科学版),1992(01):66 - 70.

[48] 冯全功. 广义修辞学视域下的《红楼梦》英译研究[D]. 南开大学,2012.

[49] 古大勇. 沈从文的"被发现"与"美国汉学"——以夏志清和金介甫的沈从文研究为中心[J]. 民族文学研究,2012(03):87 - 94.

［50］古婷婷,刘洪涛.跨文化语境中的文学翻译策略选择——以金介甫《边城》英译本为例［J］.燕山大学学报(哲学社会科学版),2014(03):89-94.

［51］顾建敏.关联理论视域下的文化意象互文性及其翻译［J］.外语教学,2011,32(05):110-113.

［52］韩庆果."歇后语"一词的英译名及歇后语翻译初探［J］.外语与外语教学,2002(12):42-43,52.

［53］侯东华.《边城》英译综述［J］.资治文摘,2016(06):1674-0327.

［54］胡道华.基于拉斯维尔传播模式的《边城》译介研究［J］.怀化学院学报,2017(03):91-95.

［55］胡明扬.对外汉语教学中语汇教学的若干问题［J］.语言文字应用,1997(01):14-19.

［56］胡清国,高倩艺.词语搭配与对外汉语教学［J］.语言与翻译,2017(04):89-94.

［57］华强.沈从文著作的外文翻译［J］.上海师范大学学报(哲学社会科学版),1985(03):149-151.

［58］霍恩比.牛津高阶英汉双解词典［Z］.7版.北京:商务印书馆 & 香港:牛津大学出版社(中国)有限公司,2009.

［59］贾燕芹.文本的跨文化重生——葛浩文英译莫言小说研究［M］.北京:中国社会科学出版社,2016.

［60］姜丽蓉,李学谦.简析英语比喻表达形式［J］.外国语(上海外国语大学学报),1995(05):32-36.

［61］金介甫,安刚强.永远的"希腊小庙"——英译《边城》序［J］.吉首大学学报(社会科学版),2010(04):1-3.

［62］金介甫.给沈从文的一封信［J］.花城,1980(05):138-139.

［63］具洸范.沈从文著作版本初识［J］.求是学刊,1995(03):83-84.

［64］黎运汉,盛永生.汉语修辞学［M］.广州:广东教育出版社,2006.

［65］黎运汉.新视角 新方法 新成果——许钟宁《二元修辞学》序［A］//许钟宁.二元修辞学［M］.上海:复旦大学出版社,2012.

［66］黎运汉.汉语风格探索［M］.北京:商务印书馆,1990.

［67］黎运汉.言语风格学［M］.武汉:湖北教育出版社,1998.

［68］李荣启.文学语言学［M］.北京:人民出版社,2005.

［69］李胜梅.比喻的结构系统［J］.当代修辞学,1993(04):20-22.

［70］李亚林.论沈从文小说的叙事语言及其功能［J］.上海师范大学学报(哲学社会科学版),1995(01):40-45.

[71] 李艳荣.运用比较美学处理文学翻译中的民族色彩——对小说《边城》两个英译本的对比研究[J].北京理工大学学报(社会科学版),2004(S1):14-16.

[72] 李映迪.以接受美学观看模糊语言在英译中的磨蚀[D].南京师范大学,2012.

[73] 李宇明.权威方言在语言规范中的地位[J].清华大学学报(哲学社会科学版),2004(05):24-29.

[74] 厉平.中国文学在英语世界的经典化:建构、受制与应对[J].解放军外国语学院学报,2016,39(01):24-29.

[75] 梁洁贞.编选重写与翻译重写——沈从文作品英译选集研究[D].岭南大学,2005.

[76] 凌宇.从边城走向世界[M].长沙:岳麓书社,2006.

[77] 凌宇.沈从文小说的倾向性和艺术特色[J].中国现代文学研究丛刊,1980(03):141-168.

[78] 刘洪涛.沈从文小说新论[M].北京:北京师范大学出版社,2005.

[79] 刘炼.小说《边城》英译中美学再现步骤的探讨[D].湖南师范大学,2012.

[80] 刘汝荣.金介甫英译《边城》中文化移植的操纵理论考察[J].外语学刊,2014(06):154-158.

[81] 刘尚贤.英语比喻的表达形式及其修辞功能[J].吉首大学学报(社会科学版),1993(02):121-127.

[82] 刘小燕.从翻译美学观看戴乃迭对《边城》中美学意蕴的艺术再现[J].北京交通大学学报(社会科学版),2005(02):70-74.

[83] 刘亚猛.西方修辞学史[M].北京:外语教学与研究出版社,2008.

[84] 刘正国.喻体的延伸[J].当代修辞学,1991(04):11-13.

[85] 刘壮翀,刘壮韬.沈从文作品中湘西方言释义(四)[J].天津大学学报(社会科学版),1999(04):316-319.

[86] 卢国荣,张朋飞.《边城》金介甫英译本的成功之道[J].当代外语研究,2016(01):71-77.

[87] 陆丙甫,于赛男.消极修辞对象的一般化及效果的数量化:从"的"的选用谈起[J].当代修辞学,2018(05):13-25.

[88] 陆文耀.消极修辞和积极修辞之"对立统一"辩[J].修辞学习,1994(02):21-23.

[89] 吕煦.实用英语修辞[M].北京:清华大学出版社,2011.

[90] 马会娟.汉英文化比较与翻译[M].北京:中国对外翻译出版有限公司,2014.

[91] 糜华菱.糜华菱先生专访[A]//张晓眉.中外沈从文研究学者访谈录(第一辑)[M].太原:北岳文艺出版社,2015.

[92] 糜华菱.沈从文作品的湘西方言注释[J].吉首大学学报(社会科学版),1992(Z1):

211 - 218.

[93] 莫玉梅. 沈从文作品英译研究综述[J]. 北方文学(下旬刊),2015(06):5 - 6.

[94] 倪宝元. 词语的锤炼[M]. 兰州:甘肃人民出版社,1981.

[95] 潘文国. 大变局下的语言与翻译研究[J]. 外语界,2016(1):6 - 11.

[96] 彭发胜,万颖婷. 基于语料库的《边城》三个英译本文体特色分析[J]. 合肥工业大学学报 (社会科学版),2014(06):83 - 89.

[97] 彭颖. 社会历史语境下的沈从文文学作品外译述论[J]. 江淮论坛,2016(06):176 - 182.

[98] 钱理群,温儒敏,吴福辉. 中国现代文学三十年(修订版)[M]. 北京:北京大学出版社, 2015.

[99] 秦牧. 海外的"沈从文热"[A]//邵华强. 沈从文研究资料(上)[C]. 北京:知识产权出版 社,2011.

[100] 秦秀白. 导读[A]//LEECH G N. 英诗学习指南:语言学的分析方法[M]. 北京:外语教 学与研究出版社,2001.

[101] 任南南. 转型语境与人性话语:新时期初期的沈从文重评[J]. 复旦学报(社会科学版), 2016,58(05):93 - 100.

[102] 申丹. 导读[A]//LEECH G N,SHORT M H. 小说文体论:英语小说的语言学入门 [M]. 北京:外语教学与研究出版社,2008.

[103] 沈从文. 边城·题记[A]//沈从文. 沈从文全集(第 8 卷)[C]. 太原:北岳文艺出版社, 2002.

[104] 沈从文. 从文小说习作选·代序[A]//沈从文. 沈从文文集(第 11 卷)[C]. 广州:花城出 版社,1992.

[105] 沈从文. 从文自传·我上许多课仍然不放下那一本大书[A]//沈从文. 沈从文全集(第 13 卷)[C]. 太原:北岳文艺出版社,2002.

[106] 沈从文. 小砦[A]//沈从文. 沈从文文集(第 7 卷)[C]. 广州:花城出版社,1992.

[107] 沈从文.《沈从文小说选集》题记[A]//沈从文. 沈从文全集(第 16 卷)[C]. 太原:北岳文 艺出版社,2002.

[108] 沈锡伦. 中国传统文化和语言[M]. 上海:上海教育出版社,1995.

[109] 时波. 文学翻译的美学效果[J]. 长春大学学报,2006(09):42 - 45.

[110] 寿永明,郭文国. 比喻的基本语义格式及其特点探析[J]. 山东大学学报(哲学社会科学 版),2002(04):26 - 30.

[111] 宋振华,王今铮. 语言学概论(修订本)[M]. 长春:吉林人民出版社,1979.

[112] 苏雪林. 沈从文论[A]//邵华强. 沈从文研究资料(上)[C]. 北京:知识产权出版社,

2011.

[113] 孙剑艺."花姑娘"源流嬗变新诠——兼为辞书"花姑娘"条订补[J].辞书研究,2010(04):176-178.

[114] 谭学纯,朱玲.广义修辞学(修订版)[M].合肥:安徽教育出版社,2008.

[115] 滕吉海,文斌.比喻的延体及比喻的基本格式[J].语言教学与研究,1984(04):148-153.

[116] 汪宝荣.异域的体验:鲁迅小说中绍兴地域文化英译传播研究[M].杭州:浙江大学出版社,2015.

[117] 汪璧辉.沈从文海外译介与研究[J].小说评论,2014(01):84-89.

[118] 汪璧辉.沈从文乡土小说文学命运的嬗变——兼对乡土文学走向世界的反思[J].吉首大学学报(社会科学版),2016(04):123-128.

[119] 王东风.译家与作家的意识冲突:文学翻译中的一个值得深思的现象[J].中国翻译,2001(05):44-49.

[120] 王宏印.文学翻译批评论稿[M].上海:上海外语教育出版社,2010.

[121] 王惠萍.从《边城》的英译历程管窥中国文学"走出去"[J].牡丹江大学学报,2015(02):132-135.

[122] 王润华.沈从文小说新论[M].上海:学林出版社,1998.

[123] 王希杰.汉语修辞学(修订本)[M].北京:商务印书馆,2004.

[124] 王希杰.修辞学导论[M].长沙:湖南师范大学出版社,2011.

[125] 王寅.简明语义学词典[M].济南:山东人民出版社,1993.

[126] 温科学.中西比较修辞论:全球化视野下的思考[M].北京:中国社会科学出版社,2009.

[127] 吴春林.词语语义·语法偏离搭配研究[M].昆明:云南人民出版社,2008.

[128] 吴礼权.现代汉语修辞学[M].上海:复旦大学出版社,2006.

[129] 吴礼权.现代汉语修辞学(修订版)[M].上海:复旦大学出版社,2012.

[130] 吴立昌.沈从文——建筑人性神庙[M].上海:复旦大学出版社,1992.

[131] 吴士文,冯凭.说明1984:1-2[A]//吴士文、冯凭.修辞语法学[M].长春:吉林教育出版社,1985.

[132] 吴士文,冯凭.修辞语法学[M].长春:吉林教育出版社,1985.

[133] 吴士文.现代汉语修辞手段研究中的几个问题[J].辽宁师院学报,1982(05):42-48.

[134] 武光军.葛浩文英译《红高粱》中的创造性搭配及其跨语言翻译研究[J].北京第二外国语学院学报,2017,39(01):94-104,135.

[135] 夏征农,陈至立.辞海(第六版)[Z].上海:上海辞书出版社,2010.

[136] 肖新新. An Analysis of the Translation of Rhetorical Devices in Biancheng from the Perspective of Functionalist Approach[D]. 西安外国语大学,2014.

[137] 谢江南,刘洪涛. 沈从文《边城》四个英译本中的文化与政治[J]. 中国现代文学研究丛刊,2015(09):109 - 118.

[138] 谢尚发. 80 年代初的"沈从文热"[J]. 当代作家评论,2016(04):165 - 174.

[139] 谢天振. 文化翻译:文化意象的失落与歪曲[A]//耿龙明. 翻译论丛[C]. 上海:上海外语教育出版社,1998:151 - 165.

[140] 谢艳娟.《边城》三个译本审美价值对比研究[D]. 湖南工业大学,2014.

[141] 徐鲁亚. 西方修辞学导论[M]. 北京:中央民族大学出版社,2010.

[142] 徐敏慧. 从《柏子》英译本结尾的改变谈起——翻译社会学视角[J]. 中国翻译,2013(04):74 - 78.

[143] 徐敏慧. 沈从文小说英译述评[J]. 外语教学与研究,2010(03):220 - 225.

[144] 徐宗才. 俗语[M]. 北京:商务印书馆,1999.

[145] 许钟宁. 二元修辞学[M]. 上海:复旦大学出版社,2012.

[146] 杨鸿儒. 当代中国修辞学[M]. 北京:中国世界语出版社,1997.

[147] 杨瑞仁. 从世界乡土文学的缘起谈沈从文的文学地位[J]. 吉首大学学报(社会科学版),2006(06):22 - 26.

[148] 姚喜明等. 西方修辞学简史[M]. 上海:上海大学出版社,2009.

[149] 叶国泉,罗康宁. 语言变异艺术[M]. 广州:广东教育出版社,1992.

[150] 英国培生教育出版有限公司. 朗文当代高级英语辞典(英英·英汉双解)[Z]. 北京:外语教学与研究出版社,2004.

[151] 于亚莉. 试论汉语独特文化意象的翻译——以《浮躁》中的俗语典故为例[J]. 西北大学学报(哲学社会科学版),2010,40(03):166 - 167.

[152] 袁晖. 比喻[M]. 合肥:安徽人民出版社,1982.

[153] 袁晖. 二十世纪的汉语修辞学[M]. 太原:书海出版社,2000.

[154] 袁家骅等. 汉语方言概要[M]. 北京:语文出版社,2006.

[155] 张德明. 风格学的基本原理[A]//程祥徽,黎运汉. 语言风格论集[C]. 南京:南京大学出版社,1994.

[156] 张德明. 语言风格学[M]. 长春:东北师范大学出版社,1990.

[157] 张弓. 现代汉语修辞学[M]. 石家庄:河北教育出版社,1993.

[158] 张晓眉. 沈从文文学在欧美国家传播及研究述评[J]. 楚雄师范学院学报,2014(11):27 - 35.

[159] 张振华.西方传统修辞学的生成及其早期发展——兼谈对比修辞学的两个问题[J].解放军外语学院学报,1991(03):1-13.

[160] 张卓亚,田德蓓.汉学家的译者身份——金介甫译沈从文小说研究[J].合肥工业大学学报(社会科学版),2016,30(01):122-128.

[161] 张卓亚.《边城》英译本的叙事建构[J].南方文坛,2017(06):77-83.

[162] 赵杨.符号学视域下的英译对等——以《边城》为例[J].南京理工大学学报(社会科学版),2017(05):88-92.

[163] 郑颐寿.比较修辞[M].福州:福建人民出版社,1982.

[164] 郑远汉.规范性修辞与语言规范化[J].当代修辞学,1985(04):3-4,6.

[165] 郑远汉.序[A]//冯广艺.超常搭配[M].银川:宁夏人民出版社,1997.

[166] 郑远汉.言语风格学[M].武汉:湖北教育出版社,1998.

[167] 郑子瑜.中国修辞学史稿[M].上海:上海教育出版社,1984.

[168] 中国社会科学院语言研究所词典编辑室.现代汉语词典(修订本)[Z].北京:商务印书馆,1996.

[169] 周春林.词语语义语法偏离搭配研究[M].昆明:云南人民出版社,2008.

[170] 周领顺,高晨,丁雯,杜玉,周怡珂.乡土文学、乡土语言及其翻译研究[J].翻译论坛,2016(01):23-27.

[171] 周领顺."乡土语言"翻译及其批评研究[J].外语研究,2016,33(04):77-82.

[172] 周毅军,欧阳友珍.《边城》的生态美学意蕴及其跨文化传播[J].江西社会科学,2017(10):250-256.

[173] 周振鹤,游汝杰.方言与中国文化[M].2版.上海:上海人民出版社,2007.

[174] 朱光潜.关于沈从文同志的文学成就历史将会重新评价[J].湘江文学,1983(01):70-72.

[175] 朱梅香.描述翻译研究理论下的单音节形容词重叠式英译研究——以戴乃迭的《边城》译本为例[J].当代教育理论与实践,2014,6(08):86-88.

附录一

沈从文小说语言风格的英译再现
——美国翻译家、汉学家金介甫教授访谈录

金介甫(Jeffrey C. Kinkley),美国哈佛大学博士、圣若望大学(St. John's University)历史系退休教授、波特兰州立大学(Portland State University)历史、世界语言与文学系礼任教授、著名汉学家、历史学家、沈从文研究专家、翻译家。金介甫教授于 1972 年开始研究沈从文,1977 年以题为《沈从文笔下的中国社会与文化》("Shen Ts'ung-wen's Vision of Republican China")的学位论文获得哈佛大学博士学位,1987 年以该博士论文为基础,写成专著《沈从文传》(The Odyssey of Shen Congwen)(金介甫,2018:V),该专著被王德威(2011:224)誉为"迄今为止,关于沈从文生平作品最好的英文著作"。除研究沈从文之外,金介甫教授还积极向英语世界译介沈从文作品。1981 年金介甫教授与黄锦铭(Wong Kam-ming①)合译《昆明冬景》,首次发表沈从文作品英译本。1995 年由金介甫教授与其他几位译者分工翻译,经金介甫教授统一编辑的沈从文作品英译选集《不完美的天堂》(Imperfect Paradise)问世。2009 年由金介甫教授独译的沈从文小说代表作《边城》(Border Town)诞生。金介甫教授是迄今为止英译沈从文作品数量最多的译者。

访谈按语: 2018 年 9 月 25 日——10 月 1 日,金介甫教授应邀前往上海外国语大学为全校师生做了题为"全球有关中国的侦探小说"("Global Detective Fiction about China")的学术讲座,并先后在由该校举办的"上海市博士后学术

---

① "黄锦铭,康奈尔大学博士,曾在爱荷华大学、康奈尔大学、佐治亚大学教授中国语言与文学、比较文学和亚裔美国文学等课程,主要从事传统与现代中国叙事研究、自传体小说研究以及文学中的种族、主体性、性别和跨国问题研究。"(金介甫,2019 年 5 月 9 日电子邮件)

论坛——中国文学在海外的译介与接受"以及"中国现当代文学在海外的译介与接受国际研讨会"上发表了主旨演讲,此外,还作为对谈嘉宾之一与复旦大学著名沈从文研究专家张新颖教授一起出席了在上海思南公馆举行的思南读书会第263期"沈从文传记的三十年之旅"。在金介甫教授的上海之行期间,笔者全程陪同他出席了所有学术活动。本访谈原定于2018年9月30日与金介甫教授在其下榻的宾馆面对面进行,却因金介甫教授行程安排过满而无奈推迟到他回国之后以电子邮件形式完成。2018年10月11日笔者将访谈内容以邮件形式发送,包括对本书的研究设计和研究内容的详细介绍,以及笔者对沈从文小说语言风格的英译再现考察参数(即六种变异修辞现象)的修辞功能及其英译再现存在的疑问,并于2018年10月13日收到了金介甫教授发出的长达24页的文档回复,内容涉及对本研究设计的批注以及对笔者所提问题的详细回复。本访谈便是由该文档内容及相关问题的后续回复整理而成。

张蓓(以下简称"张"):文学文体学将"风格"定义为"对常规的变异"(刘玉麟,1983:8)。有这样一种观点:"每一位作家都在其创作过程中努力使自己的语言显示出超乎寻常的风格特点。超乎寻常才能引人入胜;超乎寻常才能体现风格。"(秦秀白,2001:F29)您怎样看待这个观点?

金介甫(以下简称"金"):这个观点很有趣,但问题是,文体学意义上的"常规"("norm")应该如何界定? 我们知道,在文学作品中,特定的语言表达旨在传递特定的思想,然而同一种思想往往可以用不同的方式来表达,而每种表达方式都可能被视为常规语言表达。

很显然,"作家在创作过程中努力突破语言常规"这一说法只适用于现代文学。在许多历史时期,作家(或民谣歌手)都乐于或希望说古代先贤之语、上帝之言。在我看来,作家们的创作目标一般而言都是实现文字的不朽。换言之,他们希望自己的作品在读者或听众心目中拥有持久生命力,即便不能实现永恒,也希望能够延续数百年之久。有趣的是,既然我们现在探讨的是翻译问题,我想,作家主要关注的是与他们说同一种语言的读者和听众,并不那么关心如何通过译文在外国读者的心目中实现作品的永恒。

这也促使我开始思考从事文学作品翻译的译者主要关心的问题是什么。我想,他们首要关心的大概是译文读起来或者听起来是否像翻译。如果确实像翻译,这将会是译者最大的失败。然而,学术圈的译者还有更多考虑,他们要弄清楚原文晦涩之处的含义（尤其是在翻译古代宗教文本时更是如此），他们更加注重让译文读者理解原文，而不那么迫切地期待读者将译文作为文学作品来读。对于学人译者略显冗长的译文和他们直译的翻译倾向，学者们通常会予以谅解。

张：我从沈从文所有被英译的小说中找出持续出现，突破语言表达常规且独具表现力的语言表达形式即变异修辞现象作为沈从文小说的语言风格手段。考虑到译文的可比性问题，我进一步从中筛选出六种在不同英译本之间翻译策略存在一定差异的变异修辞现象，在逐一考察其英译再现情况的基础上对沈从文小说语言风格的整体再现情况作出评价。这六种变异修辞现象包括"超常搭配"、"同词相应"、"乡土语言"、"叙事语言中的押韵现象"、"比喻"和"飞白"。《边城》中有这样一个包含"超常搭配"的例句："一个微笑在脸上漾开。"我们通常说"脸上露出微笑"，说"水波荡漾"，但几乎从来不把"微笑"与"漾开"搭配在一起使用。您怎样看待这种变异修辞现象？

金：对这种修辞现象的探讨存在一个有趣的技术难题。"我们通常说"这一表达大概指的是普通话用法，或者更确切地说，是在过去的几十年里从你的听读过程中学到的"普通话"的文学性用法（literary "Mandarin" usage）。但 1930 年代的中国人通常怎么说？这是个问题。要回答这个问题，可能得指明是哪些中国人，来自中国哪些地区的中国人。现在想想，我认为沈从文当时的读者大概多来自上海及其他沿海大城市，还有一些大学生。在那个年代，沈从文、鲁迅以及他们同时代的作家实际上是在创造普通话的文学语言（literary Mandarin），而这种语言在 1910 年代之前是不完全存在的。他们在创造这种语言时，拥有极大的自由度去创造性地使用语言。但是，正如你所说，他们也可能选择一些不仅让读者觉得有创意还十分奇特的用词，这些词可能会让读者略感惊讶，并在此做片刻停留，沈从文想必也是希望并且乐于制造奇特的语言表达方式的。

这种对于沈从文风格的分析方法于我而言是极有价值的，我几乎从未在任何学术文献中见到过！很多时候，你都在分析沈从文小说中语言运用的精妙之处，这当中有许多现象是我之前没有注意到的，其他母语并非汉语的人士很可能也没有注意到。这对于深化沈从文语言风格研究大有裨益。我不知道文学批评家（而不是翻译研究者）是否对此展开过如此深入的研究。对于翻译研究而言，我想，价值可能就没那么大了。即便译者察觉到了这些偏离语言标准用法的语言变异现象（我不包括在内），通常情况下也很难在翻译中将其再现。即便他们尝试再现,可能也会使译文显得突兀,缺乏文学性,与沈从文的创作意图或者译文读者的品位不符。

我们不妨把这个句子翻译成"a smile rippled across his face",这种表达形式在英语中是可以接受的,而且还有点儿与众不同,会让译文读者觉得非常有创意,但又不至于新奇到让读者觉得突兀的地步。这样翻译正好再现了原文中"漾"字的用法。但这样翻译还是存在一个问题:这种表达形式会在英语读者心中产生怎样的效果?很可能与沈从文当时的用意是不一样的(尽管我们现在已经无从了解他当时在选择使用"漾"字时是如何考虑的了。他还有没有可能取的是"漾"字"液体太满而向外流"的意思,我们也不得而知。)。

张:我怀疑译者(甚至包括汉语母语译者)在翻译过程中是否真正注意到了"超常搭配"这一修辞手法在沈从文小说中反复出现。

金:的确如此,而且我认为除了译者之外,读者大多也都忽视了这种搭配。遗憾的是,"搭配"("collocation")这个词在英语中不太常见,我还特地查了一下。我有个疑问:汉语中所说的词(word)到底指的是什么?大多数汉语词都是双音节词,比如"漾开"和"荡漾",组成这些双音节词的其实是词素(音节或者汉字),而不是词。"yang"和"kai"只是两个音节,是词的组成部分,尽管把它们写成汉字各有各的意思,但它们实际上都是词素。"微笑漾开"则是由两个双音节词构成的搭配,这种搭配按照当今汉语的搭配习惯来看是不同寻常的。

张:通过对沈从文小说中众多超常搭配的译例进行分析,我发现译者大多倾向于将这些看似怪异实则巧妙的搭配用地道的英语进行正常化处理,这样一来,沈从文在词语搭配形式上的别出心裁就无法体现出来了。

金:的确如此。对于从事文学翻译的译者而言,他们的第一使命就是让译文读起来不像译文,而像是自然流畅的原创作品。把你之前提到的"一个微笑在脸上漾开"译为"a smile rippled across his face"我认为是可以接受的。译文读者不大可能说:"这是翻译过来的句子,为什么译者要用这种蹩脚英语来折磨我们?"

张:您认为英译者是否有可能再现超常搭配?有没有可能让译文读者在感受到译文表达方式新奇巧妙的同时又不至于觉得译文费解呢?您在翻译超常搭配时思维过程是怎样的?对于超常搭配,您有没有一贯坚持的翻译策略?

金:我不得不承认,有许多超常搭配是我在翻译时没有注意到的,因为我并不是汉语母语译者。有时候我能看出一些我自认为独出心裁的汉语表达方式,有时候也能想到办法将其再现,同时还不至于让译文读者觉得突兀(distracting)(有一些读者可能会对此持反对意见,尤其是当我尝试保留押韵现象时,译文最终可能还是让读者觉得可笑)。我无法判断沈从文的一些语言表达方式对于1930年代的中国读者而言是否新奇,当然我也完全有理由说,在当时,几乎沈从文的所有读者都觉得他的小说与众不同。一些文学批评家说他是"文体作家",这个称号可能是种委婉的批评(批评他一味关注文笔而不关注阶级斗争这一"内容")。即使是在1960年代,我碰到许多非常博学的中文系老教授,他们依然声称用白话文写的任何东西都不能算作文学,只有用文言文创作的诗歌和散文(prose)才能算作真正的文学。对于他们而言,鲁迅、沈从文等作家的作品根本不配叫做文学。曹雪芹的作品呢?当然也不是!

张:在乡土语言的英译再现方面,我主要从"方言詈辞"和"地方俗语"两方面进行考察。就"方言詈辞"而言,即便是汉语母语人士,如果没有在湘西常年生活的经历,恐怕也无法准确把握具有相近含义和语用功能的湘西方言詈辞与普通话詈辞之间到底存在何种微妙差异。您作为一位英语本土译者,是如何理解并翻译方言詈辞的呢?您曾经提到在翻译过程中有时会请教湘西本土人士(Kinkley,2014:48),方言詈辞也是您请教的内容之一吗?我记得糜华菱先生(2015:89)曾经提到为您解释过方言词汇。

金:我在翻译中遇到晦涩难懂的表达时,有时会请教糜华菱先生。此外,因特网也能给我帮上大忙。我认为理解方言词语的过程同理解普通话词语以及其他语言的词语是一样的。你要尽量去理解这些词对于当地人或者本土人士而言的所有丰富内涵。对于詈辞而言,通常你至少需要理解两方面内容:1.字面意思(这一点是很容易做到的);2.该詈辞的粗俗性到底体现在哪里?该詈辞有没有其他隐含意义,或者有没有指涉其他词?可能还存在第3步,那就是了解异域文化。例如,为什么在中文中骂别人的祖先不好?在英文中这样骂也不好,但是我们还是无法理解既然有活人可以骂为什么非得骂死人呢?

张:您有没有想过用不规范的拼写方式或者英语俚语来翻译方言詈辞以突出詈辞的地域特色?您在翻译方言詈辞时是否会考虑詈辞的译文要与詈骂者的年龄、性别、职业、性格特征等因素相符?

金:我想,目前大概还没有人能够想出将汉语方言译成英语的好方法。如果小说人物说的话表明他们没有受过良好教育,有时候可以通过插入单词或者语法错误的方式来再现他们的受教育程度。但是如果用美国或者英国方言来翻译汉语方言,恐怕大多数情况下都会让译文读者觉得做作,翻译腔明显。

很久以前,我在一部中国古典文学作品的译文中看到译者将"王八蛋"译成了"son of a turtle",这真是个妙译,比直译为"turtle egg"要好,因为英语中许多带有贬损意味的表达都是以"son of a …"打头的,无所谓你到底是谁"儿子",只要有人这样说你,你就知道他是在骂你。英国人和美国人都很喜欢海龟(turtle),而且也不将它与戴绿帽子进行联想。但如果在英译中国小说中一个人物说某人是"son of a turtle",读者就知道他/她是在骂那个人。

张:我们知道,地方俗语中常常蕴藏着丰富的文化意象。在大多数情况下,您都会将这些文化意象予以保留,但有时也会将其删除。您对于地方俗语中文化意象的取舍有没有什么标准?

金:和大多数译者一样,我做翻译并没有什么策略可言。如果通过翻译能够保存一点儿地域文化特色,我就会选择保留。如果我想不到好的办法既不让译文显得突兀又不让译文产生不必要的滑稽效果,同时也不让译文失去文学性,我就会放弃,让它们遗失在翻译中(lost in translation)。对于我打算保留的文化意象,如果它由一个汉语词构成,有时候我会给出两个英语单词,中间用逗号隔开,因为我们在英语行文中有时候就这样做,例如"He was a rat, a weasel."。有时候我会先用拼音音译,然后再用英语解释,例如"They are baba, biscuits made of corn and rice."。通过这种方式,译文读者能够学到一个在英语中没有对等语的中国词汇"baba"。但这里还是存在一个问题:"biscuits"在英式英语和美式英语中含义不同,被英国人称作"biscuits"的东西却被美国人称作"cookies"。

张:沈从文小说中有许多地方俗语都是押韵的。大多数情况下您都会将押韵现象予以再现。您曾经提到,您在翻译过程中会尽可能将沈从文小说的方方面面都进行完整再现,而不会删除任何内容(Kinkley,2014:48)。这种翻译倾向除了适用于文化元素(同上:47)的翻译之外,是否也同样适用于韵律及沈从文小说其他语言风格特征的翻译?

金:押韵的地方俗语即便在汉语原文中也常常带有些许幽默意味或者怀疑口吻,因此将它们翻译成押韵的英文(用韵形式势必会变得自由一些)可能也会带有幽默意味,甚至会略显荒谬,不过押韵现象的再现足以让译文读者明白韵体诗和打油诗首要关注的就是押韵,即便用韵会影响语义的明晰性,听众也只能发挥自己的想象力去弄明白俗语的真正内涵。

是的,一般而言,我倾向于采取一种无所不包(all-inclusive)的翻译策略,这种翻译倾向同样适用于押韵现象的再现。

张: 有些地方俗语比如"牛肉炒韭菜,各人心里爱"在沈从文不同小说中反复出现,您却总是给出不同的译文。为什么您不采用同一种译文呢?

金: 如果同一部作品中出现的同一个地方俗语我却采用了不同的译文,那很可能是由于我的粗心所致。既然对于一个俗语而言永远不存在完全正确的译文,那么在后来的译文中我想出的译法可能比先前在不同小说的译文中所想出的译法更好。读者可以自行判断哪种译文更加准确。

张: 在沈从文小说中,同一个词或词素在一句话或者相连的语句中常常重复出现,前后呼应,紧相配合,这既是一种变异性修辞手段,也是一种用于建立句际关联的内在衔接手段。例如《贵生》中的一句:"我们五爷花姑娘弄不了他的钱,花骨头可迷住了他",此句中"花"这一词素反复出现,构成同词相应的修辞手法。根据我对于"同词相应"这一修辞手法译例的分析,我发现译者们普遍只传递了构成呼应关系的词或词素的语义,并没有再现用词上的呼应性,但您是例外。在大多数情况下,您或通过单词或短语的重复或者通过呼应方式的重造再现了原文中"同词相应"的修辞效果。您当时是否已经注意到了这种修辞手法在沈从文小说中频繁出现? 对于这一修辞手法的语言表达形式和修辞功能是否有必要再现,您有什么取舍标准吗?

金: 对于和我一样母语并非汉语的读者来说,这种重复现象相对于其他修辞手法而言是比较容易察觉的。如果原文中说话人故意玩文字游戏,译者就应格外注意并将其再现。译文可能会带有幽默效果,但这种幽默效果是有意追求的结果,不是无心之举,也不属于那种看似做作的重复。

张: 一般而言,现代小说中的叙述性语言和人物语言都很少押韵,但沈从文小说却是例外。他是不是受到了古代韵文的影响?

金: 在我看来,这大概不是他有意模仿文言韵文写作的结果,因为他希望中国文学能够彻底摆脱旧文学的藩篱。此外,沈从文阅读过大量古文,除了古代韵文之外还包括文言散文和古代通俗小说,这些都可能对他的创作产生潜移默化的影响。他还有可能从比他拥有更高的古典文学素养的作家创作的"新文学"作品中所出现的古典文学元素中吸取了养分。

张：叙述性语言和人物语言中的押韵现象不太容易察觉。大多数译者都只传递了押韵句的语义信息，没有再现押韵现象。您认为是否应该在翻译中再现或者再造这种押韵现象？

金：如果押韵现象比较明显，而且在中文原文中较为自然，无做作之嫌，那么在英文中若能尝试将其再现会是非常好的一种做法，但前提是英语译文也应该同样自然，或者能让译文读者明显感觉到作者是出于调侃目的才故意用韵的。

张：在本研究中，我重点考察了两种类型的比喻："A 像 B，C 型比喻"和"联喻"。《雪晴》中有一个"A 像 B，C 型比喻"的例子："面前的火炬照着我，不用担心会滑滚到雪中，老太太白发上那朵大红山茶花，恰如另外一个火炬，照着我回想起三十年前老一派贤惠能勤一家之主的种种，……"在该句中，"大红山茶花"是本体 A，"恰如"是喻词，"另外一个火炬"是喻体 B，由于本体"山茶花"和喻体"火炬"之间的特征联想度较低，必须对二者的相似性进行补充说明，这正是延体 C"照着我回想……种种"的功能，其中"照着"是延伸主词，它与喻体构成常规搭配，与本体构成超常搭配。通过全面分析沈从文小说中此类比喻的译文，我发现最大的问题在于延伸主词的英译。例如戴乃迭将上例译为"… the scarlet camellia in the old lady's white hair was just like another torch, reminding me of my grandmother's generation who, thirty years before, had been such excellent housewives. "，延伸主词"照着"的译文"remind"无法有效解释译文中用于作比的本体和喻体事物之间的关联性，导致比喻难以成立。您在翻译此类比喻时有没有对延伸主词予以特别关注？

金：我认为戴乃迭对于"照着"的翻译不能算作误译，而是一种意译。对于这个例子的翻译，很难为"照"找到一个合适的英文单词让它既能够与本体搭配又能够与喻体搭配，但还是有可能做到的，而且还能够让译文不至于做作，不过我目前还没有想到好的译法。我想大多数译者都会注意保留沈从文创造的两个"白中带红"（"red amidst white"）的意象——白雪中的火炬和白发中的大红山茶花。从整体上看，我认为戴乃迭翻译的沈从文小说都是非常优秀的。我常常看到后来译者纠正前人译者的错误或者填补前人译者的空白。以《边城》为例，就是由戴乃迭纠正了前人译本中的一些错误。我认为戴乃迭译文美中不足之处在于不够灵活，有点儿乏味，有些呆板。当然，她的《边城》译文中最突兀的地方是她用了一般现在时来翻译，这实在是太罕见了。戴乃迭是沈从文的朋友，而且我也见过她,当时却从未想过去问问戴乃迭:"你的许多译文都归到了你和杨宪益的名下,《边城》的英译杨宪益参与了吗? 如果他没有参与,是出于什么原因?"戴乃迭的译文有时候是缺乏一点儿生气(lifelessness),但是没有人的译文是完美的,可能客观的旁观者(英语本土人士)会认为她的译文比我的译文更具有可读性。

张:沈从文小说中另有一种特殊的比喻——联喻,它是由两个或两个以上互相依存的比喻连接成整体而构成的比喻群。联喻中的本体之间、喻体之间都存在某种关联,而且前后比喻互为条件。比如《萧萧》中前文先把萧萧比作蓖麻:"萧萧嫁过了门,做了拳头大的丈夫小媳妇,一切并不比先前受苦,这只看她一年来身体发育就可明白。风里雨里过日子,像一株长在园角落不为人注意的蓖麻,大枝大叶,日增茂盛。"后文把萧萧的婆婆比作剪子,"把凡是给萧萧暴长的机会都剪去了"。"萧萧——蓖麻"比喻是"婆婆——剪子"比喻成立的前提,二者构成了联喻。您认为联喻这一修辞方式是否有必要予以保留?

金:当然,如果有可能的话应该把联喻保留下来,这样就能够保留一些原文特色了。至于怎样保留那又是另外一回事了。

张:沈从文小说中的"飞白"一般都是用于揭示乡下人对于城市文明的无知和城乡文化的隔阂。比如乡下人将"暑假"说成"水假",将"照 X 光"说成"照什么'挨挨试试'光"。您认为是否有必要保留飞白修辞手法?

金:沈从文小说中这类表达揭示了乡下人对于代表城市文明的新事物的印象,或者说沈从文希望传递给读者的一种印象。如果译者能够再现原文某些方面的面貌,那就应该尽力去再现,只是难度确实很大。

参考文献:

[1] KINKLEY J. English Translations of Shen Congwen's Masterwork,Bian Cheng (Border Town)[J]. Asian and African Studies,2014(01):37-59.

[2] 金介甫. 他从凤凰来:沈从文传[M]. 北京:新星出版社,2018.

[3] 刘玉麟. 风格是常规的变异(上)——介绍文艺文体学的一个理论兼析弥尔顿和意识流小说的语言[J]. 外国语(上海外国语学院学报),1983(03):8-14.

[4] 糜华菱. 糜华菱先生专访[A]//张晓眉. 中外沈从文研究学者访谈录(第 1 辑)[M]. 太原:北岳文艺出版社,2015.

［5］秦秀白.导读［A］//LEECH G N.英诗学习指南:语言学的分析方法［M］.北京:外语教学
　　　与研究出版社,2001.

［6］王德威.写实主义小说的虚构:茅盾,老舍,沈从文［M］.上海:复旦大学出版社,2011.

附录二

沈从文小说及中国现当代文学的英译
——美国翻译家、汉学家金介甫教授访谈录①

张：我们都知道，您是历史系而非文学系出身。作为一位历史学家，您是怎样对中国文学产生兴趣并踏上中国文学研究之路的呢？

金：首先，我要指出的是，历史包括思想史（intellectual history）。五四时期的中国文学都与思想史有关，因为在这个时期，中国人将书面语从文言文改为白话文，文学作品还将国外许多新思想介绍到中国，甚至还常常自觉承担起宣传新思想的责任。其次，上世纪七十年代，我在哈佛大学参加了一次研讨，主题为"从文学研究社会历史"。其间，历史系教授吴才德（Alexander Woodside）告诉我他刚刚读完沈从文的小说《边城》，之前他还读过王瑶的《中国新文学史稿》，他知道大陆的文学史对于沈从文的态度与很多人尤其是海外华人不完全相同，他建议我进一步了解沈从文。在我读完《从文自传》和苏雪林在《沈从文论》一文中提到的沈从文关于军旅生活的小说之后，我意识到沈从文的作品中包含了民国时期湘西一带的独特历史信息。沈从文有些作品还提供了关于军队的详细信息，其中甚至包括士兵的军饷和食物配给。我意识到如果将这些作品和其他材料结合在一起，就可以构成一部地方史的基础性材料。另外，从夏志清的《中国现代小说史》（A History of Modern Chinese Fiction）中我了解到尽管沈从文在二十世纪三四十年代极负盛名，但是在近几十年来却几乎无人研究，只有安东尼·普林斯（Anthony Prince）、威廉·麦克唐纳德（William MacDonald）和聂华苓用英语

---

① 本访谈与附录一中的访谈为同一次访谈，因涉及主题不同，故划分为两个访谈。需要指明的是，由于笔者与金介甫教授就其在本访谈中发表的个别观点展开了后续探讨，因此，一并将后续探讨的内容纳入本访谈中。

撰写了关于沈从文的重要研究论著,这种冷遇与沈从文当时在大陆和台湾遭禁有关。我咨询了麦克唐纳德,他并没有撰写一部完整的沈从文文学传记的计划,于是我就开始写一本既包括地方史又包括文学传记的书。在我的整个研究生涯中,我一直把文学作为历史文献和思想史文献看待。历史学家大多忽视了我的博士论文以及后来我所写的关于沈从文的著作,我的读者大多在中文系和文学系。尽管西方文学系常常声称他们拥有跨学科的学术视野,却常常忽视从历史学角度切入文学研究,这或许是因为在二十世纪六十年代以前,许多文学研究者都倾向于写文学史或文学传记,所以教授们后来就更倾向于进行理论研究,就好像可以把文学当作科学去研究似的。把文学和历史相结合的研究似乎太过"老套"了。这里我要为中国学者欢呼一下,中国人不是常说"文史不分家"吗?

张:您是沈从文研究专家,也是沈从文作品的主要英译者。但您曾经提到,您早期翻译的大多是"(中国)当代小说,比如张辛欣,陆文夫等人的作品"(Xu,2018:2),您的翻译生涯实际始于中国当代小说而不是沈从文作品的英译,是吗?是什么促使您开始翻译中国当代小说的呢?

金:是的。我翻译这些小说是因为它们都是非常优秀的文学作品,而且迥异于"十七年"文学,这些作品似乎代表了中国的文化复兴。和五四时期的小说一样,这些小说探索新技巧,表达新思想,挖掘新视角剖析中国社会,而且也不是宣传品。1986年我在上海金山参加了王蒙召集的"中国当代文学国际讨论会",其间见到了一些当代作家,进一步坚定了我翻译他们作品的决心。我在美国还有幸见到了白桦、高晓声和莫言以及台湾地区作家如陈映真、李昂、张大春等。2000年莫言还在我新泽西州的家中住过一夜。

张:您当时是为了进一步研究沈从文才翻译他的作品的吗?

金:不是。我翻译沈从文作品时主要从事的是中国现代文学和历史研究,我当时的研究成果主要集中于法制文学、反腐小说和新历史长篇小说这几个方面。翻译对我而言一直都是副业。中国文学的译文不容易找到出版商,除非出版商主动来找你翻译。《不完美的天堂》(Imperfect Paradise)是在金隄的提议下才开始翻译的,后来我们都退出了这个翻译项目,多年以后我又将其重拾起来,因为沈从文作品的译文实在是太少了。虽然《边城》之前已经有人翻译过,但我还是又翻译了一遍,因为葛浩文(Howard Goldblatt)当时在为哈珀·柯林斯(Harper Collins)出版集团编一套新的中国现代文学经典系列丛书,他邀请我翻译《边城》。可惜这套丛书读者太少,未能为出版商盈利,最终只好搁浅。

张:尽管沈从文是中国现代小说史上被译介到英语世界频率最高的小说家之一,但到目前为止,他的 200 部小说中也只有 45 部被英译,他的另一代表作《长河》尚无全译本。进入 21 世纪以来,沈从文小说新译本数量锐减。您是沈从文小说最主要也是在中国倍受推崇的英译者,假如有知名出版社的出版保证,您是否愿意继续从事沈从文作品的翻译?

金:很抱歉,我暂时没有这样的打算。其他人也可以翻译沈从文的作品。在完成手头的研究项目之后,我打算重返沈从文研究。

张:您在编辑沈从文作品英译选集《不完美的天堂》(Imperfect Paradise)时是怎样选择译者的? 我注意到其中一位译者威廉·麦克唐纳德(William MacDonald)也是沈从文研究专家。译者的学术研究背景是否是您挑选译者时考虑的因素?

金:不是。我选择这些译者是因为我知道他们之前的译文质量非常高,比如大卫·卜立德(David Pollard)、卡罗琳·梅森(Caroline Mason)和李培德(Peter Li)的译文。威廉·麦克唐纳德之前发表了《静》的英译文,译文质量高,于是我问他可否将其收录进来。《不完美的天堂》中这种类型的小说非常少,所以有现成的译文可用实属幸运。所有译者都是我的旧相识。我对所有译文都作了润色,统一了不同译者的中文术语译法,还做了其他一些工作。

张:您在各位译者开始翻译之前是否为他们设定了一些需要共同遵守的翻译原则?

金:没有。我凭经验就知道他们都会译出好译文。

张:按照徐敏慧教授的①界定,似乎这些译者当中大多数人都是"学人译者"。

金:是的,即便是大卫·卜立德,也依然应该算作学人译者。在他职业生涯的后期,他为《译丛》(Renditions)工作,但其晚期作品《鲁迅正传》(The True Story of Lu Xun)却是一本传记,并不是翻译。参与《不完美的天堂》翻译工作的

---

　①　徐敏慧教授(2010:225)在《沈从文小说英译述评》一文中指出,"学人译者是指那些在其翻译作品发表之时,翻译并不是其唯一或主要发表的作品。他们发表更多的是学术研究方面的作品"。

译者是学者,这一点是无法避免的,因为中国现代文学的职业英译者几乎是不存在的。戴乃迭(Gladys Yang)可算作一位,如今为纸托邦(Paper Republic)效力的译者也属于职业译者,尽管他们当中大多数人都拥有杰出的教育背景。

张:您(2014:48)在《沈从文代表作〈边城〉的英译本》("English Translations of Shen Congwen's Masterwork, Bian Cheng [Border Town]")(下文简称《边城英译本》)一文中提到,"内部编辑、总编辑 Tim Duggan 和业内最优秀的翻译家葛浩文"都改进了您的《边城》译文。这些改进主要体现在哪些方面?

金:他们为一些短语和词提供了别的措辞供我考虑。有时候他们的建议确实改进了我的译文,但有时候我并没有采纳他们的建议,因为我认为在那些情况下我的措辞更好,他们也接受了我的最终判断。

张:能否请您谈一谈编辑通常在哪些方面对中国文学的译文进行调整?

金:编辑帮助译者对译文进行润色,以增强译文的可读性。出版商则常常出于经济原因对译文进行删减。他们在英语书籍标题的选定方面可能也扮演着至关重要的角色。我很幸运,我译的《边城》篇幅相对较短,而且语言简练,因此没有人要求我对译文作出删减。我写上一步专著《中国新历史小说的反乌托邦想象》(Visions of Dystopia in China's New Historical Novels)时,编辑/出版商要求我砍掉手稿篇幅的 30%,尽管如此,我不得不承认精简之后书稿质量确实提高了不少。

张:您(2014:43)在《边城英译本》一文中指出"金隄、白英译文可能是《边城》四部译本中最为精妙(elegant)、文学性最强的一部",您是基于译本语言的地道性作出的判断吗?

金:是的。当然,我的看法比较主观。

张:您对《边城》英译本质量高低的评判与国内众多翻译研究者截然不同。他们多认为金隄、白英译文多删减,对原文文化元素和文学性的再现不够充分。相比之下,国内译界研究者大多更加青睐您的译文。

金:谢谢。在理想状态下,我们若能让白英(Robert Payne)和他在乔治·艾伦 & 昂温出版有限公司(George Allen and Unwin Ltd.)的编辑们起死回生,并由他们来担任我的《边城》译文的编辑和润色者,结果可能会好得多。

在这篇论文中我犯了一个小错误。论文第 39 至 40 页中我说没有任何译者就其译文向沈从文广泛征求过意见,事实上我至今还是这样认为。但是在写这篇论文的时候，我忽略了一点——沈从文在为由哥伦比亚大学出版社再版的《中国土地》做新序时曾提到金隄常常向他请教小说中的人物和地名（Shen,1981：3）。事实也许的确如此。但或许他应该更加频繁地向沈从文请教。不过，话又说回来，我们并不知道是谁对沈从文小说作出了删减。影响最大的删减之处是对《看虹录》中有关准宗教或者说是宇宙论内容①的删除，这部分内容将小说的主要故事嵌套进来（content framing the main story）。这些嵌套性段落（the framing passages）略显晦涩，删掉之后也许确实提升了故事主体部分的艺术水准。金隄、白英译文中的众多删减可能是两位译者所为，也可能是编辑、出版商所为，他们是否征得了沈从文的许可或者说沈从文对此是否知情，我们不得而知。1947 年中国处于内战当中，英、中两国都在由二战所导致的贫困和破坏中苦苦挣扎。两国之间的沟通恐怕并不容易。我认为金隄、白英，甚至可能还包括沈从文本人决定把《看虹录》收录到这个选集实属勇敢之举，这样说倒不是因为小说出版后可能会在英国引起争议，而是因为小说当时可能就已经在中国对沈从文的文学声誉造成了影响。在很长一段时间里，《看虹录》都只有英译本存在，原文遗失了长达数十年之久。

张：在这篇文章中，您（2014:44）还提到"我认为金隄和我一样，甚至比我更应算作是'学人译者'。"我们都知道，金隄、白英合译的《中国土地》（The Chinese Earth）对沈从文小说作出了大量删减，而且他们似乎也不太关注作品中文化元素的保留和文学性的再现。为什么您还把金隄称作学人译者？是基于他的学者身份还是翻译风格？

金：我说他是学人译者并不是基于他在合译《中国土地》时所做的工作（毕竟译文中许多删减可能是应白英的要求而为之，也可能是由该书经验丰富的英语编辑所为，他们显然十分清楚怎样表达才算精妙），而是基于我与他联手翻译沈从文小说（这个翻译项目最后成型为《不完美的天堂》）时的经验。与我的意译风格相比，他更倾向于直译。但最重要的原因在于他对翻译理论感兴趣。1984 年金隄与奈达（Eugene A. Nida）合著了《论翻译》（On Translation）一书。

张：您曾经对"学人译者"和"职业译者"作过区分，您认为"职业译者希望忠

---

①　笔者认为金介甫教授所指的删减之处主要为《沈从文全集》（北岳文艺出版社 2002 年版）第 10 卷第 341 页倒数第 3 段："我面对着这个记载，……什么都不留下而过去了。"

实于原文,希望译文具有较强的可读性,同时也关注自己的声誉,关注译文的文学性或文学魅力。他们这样做算不上十足的利己主义,但确实与学人译者有所不同"(Xu,2018:6)。据我对您译文的分析,您的译文似乎比职业译者比如戴乃迭的译文更加忠实于原文,而且更加关注译文文学性的再现。

金:回头看看我当时的论断,现在我只认同它的前半部分,至于职业译者和学人译者在翻译动机方面存在很大差异这一说法听起来则有些夸张,不过二者在从事翻译是不是为了谋生这方面确实存在差异。两类译者的主要区别在于学人译者非常清楚他们的读者大多是学者和学生,在学界之外可能还有少量读者,因此,他们可能更加强调译文准确与否,能否全面呈现原文风貌,他们将译文视为了解作者通过原文所传递出的思想和所表现出的文化影响力的窗口,并在可能的情况下,将译文作为引导读者阅读中文原文,甚至学习中文的助推器。职业译者更加关注译文对目的语读者的吸引力,而这些读者是绝不会有时间学习中文的,而且一旦他们发现译文乏味,就会果断放弃阅读。

对于中国现代文学而言,职业译者几乎不存在。即便像葛浩文夫妇这样在翻译方面投入的精力多于学术研究的译者,终究还是学人译者。他们受到了良好的学术训练,对中国文化有着丰富的个人体验,对世界文学有着广泛的阅读经历。他们主要在商业出版社(而不是在译文销量通常不高的大学出版社)出版译文。尽管商业出版社的编辑有时候会改进葛浩文夫妇的译文(我确信他们一定对此心存感激),但是出于对经济利益的追求,商业出版社常常对译者施加更多限制,提出更多要求,比如要求缩短手稿篇幅,译者对此很可能会感到十分苦恼。然而商业出版商如今也意识到对于某些类型的作品比如惊悚小说,读者实际上是愿意去读长篇巨著的。

张:在《边城英译本》一文中,您评价"金隄、白英译本无疑是最简洁,也是最不关注对原文中各个文化、文学或大众文化的细微差别进行再现的译本。这个译本大概最能让英语世界读者体会到《边城》是真正伟大的世界文学作品"(Kinkley,2014:43)。您是否认为伟大的世界文学作品中文化元素应该越少越好? 您如何定义"世界文学"?

金:我并不是说最优秀的世界文学作品就应该是民族特色文化元素最少的作品,事实常常相反。我的意思是金隄、白英译本语言简练、用语精妙,与我的译文风格相比,他们的译文也许更能向英语世界读者展现沈从文作为真正伟大的世界级作家的形象。

我对于"世界文学"没有什么深刻的见解，这只不过是文学批评家和文学史学家构建出来的一个理念，但他们希望将这个理念上升为抽象的概念，并让普通读者也铭记于心。所有的评判都是暂时的，时间能证明一切。一百年以后的评判会与今天的评判有所不同，谁又能说未来所有的评判都比今天的评判更为合理呢？

张：周作人曾说："我相信强烈的地方趣味也正是'世界的'文学的一个重大成分。"（转引自丁帆，2007：12）鲁迅（2005：81）也说过："现在的文学也一样，有地方色彩的，倒容易成为世界的，即为别国所注意。"您怎样看这两个观点？

金：很多时候情况确实如此。地方色彩能够为文学作品赢得一些外国读者，因为外国读者喜欢读带有异域风情的作品，但如果作品过度依赖地方特色而不具有普世价值，其吸引力终归有限，它们只会被看作地方文学（regional literature）。在我看来，作家应该把作品深深植根于某种文化当中，这种文化应当是作家最为熟知的，如果一味去模仿某种假想的，抽象的"普世性"文化，最终只能产生做作的文学作品，不过这种做法在心理小说和先锋小说中或许能行得通。

张：您（2014：51）在论文中还提到您的"《沈从文传》提供了如此多关于沈从文及其家乡的背景信息，这可能会加速甚至直接导致他被认定为地方作家"。您在翻译沈从文作品中的地域文化元素时所采取的面面俱到（ultra-inclusive）的翻译策略（Kinkley，2014：47）是否也会加速沈从文被认定为地方作家的进程，并加速其作品被认定为地方文学的进程？

金：有可能。然而，就算1970年代我没有从地域文化视角来分析沈从文的作品，中国的文学评论家和湘西学者在1980年代可能也会这样做，苏雪林就曾强调过沈从文作品中地域文化的重要性。夏志清在其文学分析中，项美丽和邵洵美，金隄和白英在他们的译文中可能都在一定程度上有意淡化了沈从文小说的地域特色，意在证明沈从文不只是一位地方作家。

张：您在这篇论文中还提到要通过采用面面俱到的翻译策略来"最大限度地对译文读者进行文化教育"（maximize cultural education of the reader）（Kinkley，2014：48），但同时您又希望将沈从文的文学地位从地方作家提升为世界级作家（同上：51），您如何协调这两大目标之间的矛盾？

金：这是个非常好的问题。我认为最好的办法就是既翻译和分析沈从文富有地域色彩的小说，又翻译和分析他没有地域特色的小说。即便在分析沈从文极富地域特色的小说时，也不应忽视沈从文对于人类普遍人性（universals of humanity）的关注。

张：地方色彩是中国乡土文学的突出特点，它因彰显了中国文学的民族身份而为中国文学赢得了一批海外读者，然而地方色彩（主要体现为地方文化元素）却为中国乡土文学的翻译带来了较大困难。如何既做到对译文读者进行地方文化教育又能保证译文的可读性和文学性，您有没有好的建议？

金：如果地方色彩是文学作品的唯一特色，那么地方色彩的存在是远远不够的。散文可以只专注于地方色彩，但小说必须要有情节和人物，或者其他一些能够超越感官世界并让人大开眼界的元素。地方色彩只是成就了部分中国文学作品的独特品质，并对外国读者产生了吸引力，它无法让所有的中国文学作品都对外国读者产生吸引力，正如它不是成就优秀的中国文学作品并吸引中国读者的唯一元素一样。对于乡土作品的英译，我认为葛浩文在英译莫言和贾平凹小说时就极好地保留了独特的汉语表达方式，而且也没有让译文显得怪异（outlandish）。但方言几乎是无法在译文中再现的。

张：您知道，中国现在正在积极推动中国文学和文化走出去。有学者认为，如果在中国文学作品的翻译过程中以适当方式将其中蕴含的文化元素予以保留，将能够在一定程度上起到助推中国文化海外传播的作用。这样一来，就同时实现了推动中国文学和文化海外传播的双重目的，可谓一箭双雕。您怎样看待这个观点？

金：在某些情况下可能确实如此，但如果翻译文学作品的目的不在于传递其作为文学作品本身所具有的文学价值，势必会削弱译文的文学性及其对译文读者的吸引力。外国读者不喜欢《红楼梦》，因为它是一部反映男人可以三妻四妾的家族制度的小说，不过外国读者可能会对此略感好奇，毕竟在当今社会一夫多妻制早已不复存在。如果说翻译《红楼梦》是为了让外国读者相信中国古代的一夫多妻制很好，外国读者也应该尝试去喜欢，或者是为了让外国读者信仰佛家、道家，相信生命轮回等，这岂不是很荒谬吗？就让曹雪芹按照他自己的想法去运用佛家和道家的宇宙观吧，不管是出于艺术目的还是基于哲学动机，毕竟他创作《红楼梦》的初衷并不是为了宣传中国文化；就让我们从他这部讲述旧社会上层阶级家庭故事的小说所反映出的那点现实主义中去发掘一些他意欲向我们展现的东西，以及一些甚至是他并不知道他正在向我们展现的东西吧。

张：您对于借助中国文学的翻译传播中国文化的做法持保留态度，但是您采用的面面俱到的翻译策略似乎又在客观上起到了促进中国文化对外传播的作用。比如您之前提到，通过将音译法和释义法相结合，把俗语"热米打粑粑，一切得趁早"中的"粑粑"译为"baba, biscuits made of corn and rice"，能够让译文读者学到一个在英语中没有对等语的中国词语"baba"，这种译法不是正好有助于推动中国文化的对外传播吗？另外，您先前在谈及学人译者和职业译者之间的区别时就指出，学人译者强调"将译文视为了解作者通过原文所传递出来的思想和所表现出来的文化影响力的窗口，并在可能的情况下，将译文作为引导读者阅读中文原文，甚至学习中文的助推器"，这难道不是您对于包括您在内的学人译者的翻译活动所应承担的文化传播使命的最佳阐释吗？

金：我的说法可能确实存在矛盾之处，不过这主要是因为我所信奉的是一种中庸之道。我的英文文采无法与沈从文的中文文采相提并论，也无法与比我英文更好的译者（如白英）或者创意作家的文采相提并论。于是，我就在其他方面作出了努力。我想，至少我可以传递出原文读者可能能够体会到的原文某些方面的风味。我相信在这方面，我比白英做得更好。谁是更好的译者？这取决于你如何定义"好"。是的，作为"学人译者"，我想，我大概从未完全失去对读者进行"教育"的渴望，不过，说教也有说教的风险。如果译者传递信息的意图过于明显，就会引起读者的反感。译者终究需要作出妥协，权衡得失。比如，如果译者能够在英译中保留中文原文的词序，就有可能让译文对谙熟英汉双语的汉语母语读者产生更加接近于中文原文对其所产生的心理影响。然而，一般而言，过于刻意地保持原文词序的做法是不可取的，因为这样做通常会导致译文缺乏美感，甚至显得怪异。（这是许多新手译者都会犯的错误。阅读英译文时，读者能够欣赏到英语文本的美，却无法像原文读者那样欣赏到中文原文表达的美。）因此，我的主要观点是，无论出于什么原因，都不应该让译文中的最佳表达发生扭曲。译文终究是妥协的结果，它既要忠实于原文的语义和美感，又要保持自身表达的自然、简洁和优美。译者毕竟不希望译文引起读者对译文身份的关注。不过，我在译文中使用拼音，确实会让读者意识到他们是在读译文，而且是在读一个发生在中国而不是美国的故事。

　　其他方面也存在一些矛盾之处。比如,译者想让《边城》英译本中的翠翠用地道的英语表达她的想法,就好像英语就是她的母语一样,同时,又不希望她讲的英语英国腔或美国腔过重,更何况翠翠口中谈及的还是只在中国,甚至也许是只在她所生活的中国的小小一隅才存在的事物。译者并不希望读者将翠翠想象成一个在位于英格兰北部的一条河流上摆渡的姑娘,当然,也不希望读者将她想象成一个在位于内布拉斯加州两片玉米地之间的河流上摆渡的姑娘。这样,译者就不得不作出判断,进行妥协。译文在语言表达方面要自然流畅,同时,在文化氛围方面又不能过于本土化(既不能英国化也不能美国化),也不能过分彰显其异域情调,否则可能会勾起英语读者对于中国文化氛围已有的某些不恰当联想,甚至引起文化偏见。到底怎样做才算"恰当"或者"正确",这是个问题,尤其我们探讨的还是像中国这样幅员辽阔且拥有古老文化的国度。

　　因此,我的基本立场是,译者不得不作出妥协,但教育性目的(educational purpose)可能会让译文发生扭曲,除非目的就是对读者就文本本身的意义进行教育,这种意义有时会在语境中形成。试图用一个特定的文本发表关于中国整体情况的特定看法,或者让读者爱上或者讨厌中国或中国文化等等,都将削弱译文的价值。就让文本为自己说话吧。

　　沈从文小说译文的出版商不得不接受这样一个事实——小说译文会让读者高度评价沈从文的小说艺术,尽管有些小说会让读者对中国文化更加友好,而另外一些小说一开始会让他们对中国文化更加不友好。不管怎样,读者还是会欣赏中国文化,因为中国文化能够造就像沈从文这样伟大的作家。

　　张:您于 2018 年 9 月 29 日在上海思南公馆与张新颖教授的对谈中说,"中国致力于让中国文学走向世界,让中国文化走向世界,中国文化包括中国历史、中国人类学、中国风俗习惯,如果要让中国文学走向世界,要注意,不要让外国人单纯为了进一步了解中国文化才看中国文学,这样做恐怕就有了利用中国文学的嫌疑。如果要增强中国的软实力,这样做恐怕就与中国文学走向世界的目标背道而驰了"。在我看来,文化元素无疑是中国文学不可分割的组成部分。在理想状态下,翻译中国文学的一个附带效应就是促进中国文化的传播。我并不觉得这两个目标会相互冲突。

　　金:我举个反例。中国读者似乎爱读动作小说(action novels),很多中国电影爱好者也爱看动作片。如果看的是美国小说/影片,英勇的男主角可能就职于中情局或者美国其他政府机构。书迷/影迷们着迷于惊险的打斗场面和扣人心弦的情节设计，但不能就此指望译者承担起让中国读者和电影爱好者爱上美国中情局的责任，这即便对于大众传媒而言也太过强人所难了。不仅如此，许多所谓"地方文化"也只是看似地方文化罢了，其实是冒充的，比如韩少功的《爸爸爸》。韩少功曾亲口承认，在他这部小说中，描写的部落的奇特地方文化要么是他编造的，要么是他听说过的某些远离中国的社会所遵循的奇特风俗，他只不过将它们移植到了湘西。在小说中这样做无可厚非。我很喜欢那个故事。小说和电影本来不就是编造的吗？

张：作为杰出的翻译家、汉学家和英语世界的专业读者，您对于如何更好地推动中国文学和文化在英语世界的传播有何建议？

金：我的看法是译者应该专注于将中国文学的所有精妙之处（all of its wonders）全部展现给外部世界。"中国文化"是一个比"中国文学"要大得多的概念，而且在许多方面都更为多样化。读者可能会喜欢中国文学，却并不一定喜欢中国文化的方方面面。要将中国文化传递给外部世界，尤其是还想让外部世界喜欢中国文化，或者中国这个国家，这个负担对于中国文学而言实在是太过沉重了。外国人不可避免地会接受中国文化的某些方面而排斥其他方面。中国读者和思想家也是如此。我们译者的职责是忠实再现中国文学作品，让它们的文学价值通过译文展现出来，让读者读到更多，学到更多，即使无法做到吸引读者接下来开始学习汉语。即便真的做到了这一点，可以肯定的是，英语世界读者依然无法接受当今中国文化的方方面面。有些人可能会喜欢上与当代中国文化截然不同的中国传统文化，毕竟以前曾经出现过这种情况。文学及文化的接受能力无不关涉心理（Literature and culture are all in the mind）。

参考文献：

[1] KINKLEY J. English Translations of Shen Congwen's Masterwork, Bian Cheng (Border Town)[J]. Asian and African Studies, 2014(1): 37 - 59.

[2] SHEN T S. Preface to the Morningside Edition[A]//CHING T, PAYNE R. The Chinese Earth: Stories by Shen Ts'ung-wen [C]. New York: Columbia University Press, 1982.

[3] XU M H. The Voice of a Scholar—Translator: Interview with Prof. Jeffrey C. Kinkley

[J]. Translation Review，2018，101（01）：1－13.

[4] 丁帆.中国乡土小说史[M].北京：北京大学出版社，2007.

[5] 鲁迅.致陈烟桥[A]//鲁迅.鲁迅全集(第十三卷)[C].北京：人民文学出版社，2005.

[6] 徐敏慧.沈从文小说英译述评[J].外语教学与研究，2010(03)：220－225.